La memoria

1327

DELLA STESSA SERIE

Un Natale in giallo
Capodanno in giallo
Ferragosto in giallo
Regalo di Natale
Carnevale in giallo
Vacanze in giallo
La scuola in giallo
La crisi in giallo
Turisti in giallo
Il calcio in giallo
Viaggiare in giallo
Un anno in giallo
Una giornata in giallo
Cinquanta in blu. Otto racconti gialli
Una settimana in giallo
Una notte in giallo
Cucina in giallo

Alicia Giménez-Bartlett, Andrej Longo,
Marco Malvaldi e Samantha Bruzzone,
Luca Mercadante, Francesco Recami,
Gaetano Savatteri, Simona Tanzini

Animali in giallo

Con una nota di
Gianfranco Marrone

Sellerio editore
Palermo

e-mail: info@sellerio.it
www.sellerio.it

Traduzione di Maria Nicola

Questo volume è stato stampato su carta Arena Ivory Smooth prodotta dalle Cartiere Fedrigoni con materie prime provenienti da gestione forestale sostenibile.

Animali in giallo / Giménez-Bartlett... [et al.]. - Palermo: Sellerio, 2024.
(La memoria ; 1327)
EAN 978-88-389-4757-5
I. Giménez-Bartlett, Alicia.
838.839362 CDD-23 SBN Pal0381430

CIP - *Biblioteca centrale della Regione siciliana «Alberto Bombace»*

Animali in giallo

Alicia Giménez-Bartlett

I nostri cari fratelli

A chi diavolo viene in mente di ammazzare un animale per motivi che non siano quelli consueti? Mangiare, difendersi da un'aggressione, praticare lo sport della caccia... sono scopi che rendono tollerabile, o almeno comprensibile, questo atto di violenza. Certo, ci sono vegetariani e vegani che rifiutano di nutrirsi di esseri viventi, ci sono attivisti che lottano contro la caccia, e anche contro le corride, non va dimenticato. Però tutti uccidiamo mosche e zanzare, e gli insetti che possono danneggiare i raccolti... d'accordo. Ma chi mai, per tornare alle corride, ucciderebbe con un colpo in testa tutti i tori presenti nei recinti di una *plaza de toros*? Sette, sette favolosi animali da combattimento, dall'enorme valore economico, già pronti e rinchiusi nei loro box per i tre giorni che precedono la corrida, come impongono i regolamenti. Tutte queste domande, che in realtà si riassumevano in una sola, vorticavano nella giovane mente di Berta Miralles, ispettrice di polizia del commissariato di Russafa, insigne quartiere dell'insigne città di Valencia. Sua sorella Marta, di due anni più giovane, anche lei ispettrice e incaricata del caso, cercava inutilmente di ottenere un po' di attenzione.

«Si può sapere a cosa diavolo stai pensando, Berta?».

«Perfino Aristotele diceva che gli animali hanno un'anima. Te lo ricordi? Lo diceva la prof al liceo».

«Ma certo, tu e le tue idee campate in aria! Ci affidano un caso di omicidio e a te viene in mente di far della filosofia sulle bestie del Signore».

«In realtà mi domando se la morte di quei sette animali sia davvero da considerare meno grave di quella del guardiano».

«Beh, è vero che valevano un patrimonio, ma il loro destino era comunque di morire nell'arena, tranne *los sobreros*, che vengono tenuti di riserva. Conoscendoti, dubito che tu ti beva quel che raccontano gli appassionati di corride: che quelle nobili bestie danno la loro vita in un combattimento eroico e onorevole. Col cavolo! Devono essere terrorizzati: li tormentano e li infilzano con tutte quelle punte mentre la gente grida a squarciagola. Molto meglio un colpo tra le corna e ciao».

«*Los sobreros!* Ma da dove li tiri fuori questi termini tecnici?».

«Sono una buona poliziotta e bado ai particolari, quindi mi sono cercata un po' di cose su Internet prima che lo facessi tu».

Berta alzò entrambe le mani per chiedere tregua.

«Hai ragione, stiamo divagando, Marta. Concentriamoci sull'omicidio, che è quello su cui ci tocca indagare».

In effetti, oltre ai poveri animali, anche Jonás García Peña, dipendente dell'istituto di vigilanza cui era affidata la custodia dei tori, aveva ricevuto un colpo mortale.

Qualcuno gli aveva legato le mani dietro la schiena e gli aveva chiuso la bocca con il nastro da pacchi. Stranamente, era ancora imbavagliato, ma le fascette di plastica che gli avevano serrato i polsi erano accanto a lui, tagliate. Si poteva pensare che fosse riuscito a liberarsi, e che questo gli fosse costato la vita.

«Vediamo» disse Marta, «tanto per cominciare, l'aggressore era uno solo o erano di più?».

«Dai segni che ha lasciato sul luogo del delitto si direbbe che fosse da solo».

«Certo che ne ha avuto di coraggio, no? Entra nel recinto perché il guardiano gli apre, dato che non ci sono segni di effrazione. O si conoscevano da prima, o riesce in qualche modo a raggirarlo. Comunque, una volta dentro, lo aggredisce. C'è una colluttazione, perché il corpo presenta dei segni. Lo immobilizza, lo disarma e lo lascia steso a terra con le fascette ai polsi e la bocca chiusa. Si incammina verso i *corrales* propriamente detti e, dalla barriera di protezione, si mette a sparare alle bestie finché non ne rimane una in piedi. Non abbiamo ancora il rapporto balistico, ma la prima impressione del perito è che i colpi siano stati sparati con un kalashnikov. Ah, il nostro vecchio amico russo! Oggi per cinquecento euro ne trovi finché ne vuoi sul mercato nero. Abbiamo fatto progressi in questo paese!».

«Continua con la tua ricostruzione, Marta, che andavi bene».

«Proseguiamo. L'intruso è un buon tiratore, perché ciascun animale ha ricevuto un colpo solo, dritto in mezzo agli occhi. Fatto il macello, il tipo si volta per andarsene e si accorge che il guardiano è riuscito a liberarsi dalle fascette e gli sta venendo incontro. Si spaventa, l'unica soluzione è far fuori anche lui. Da una certa distanza, torna a dare dimostrazione della sua ottima mira e... pam! Jonás García Peña cade colpito al cuore».

«Ci sono due punti che mi fanno dubitare della scena che mi racconti. Primo, il gran frastuono di tutti questi spari».

«Scusa, ma siamo nella settimana delle Fallas,* e non era poi così tardi al momento dei fatti. Il medico legale calcola che la morte sia avvenuta intorno alle due del mattino. Una scarica di petardi in più, avrà pensato la gente».

«Discutibile, ma plausibile».

«E il secondo punto?».

«Il colpevole lega le mani al guardiano e, secondo la tua interpretazione, non ha intenzione di ucciderlo. Quindi non avrà agito a volto scoperto, ma con un passamontagna o un cappuccio per non essere riconosciuto. Credi davvero che non avesse intenzione di ammazzarlo? Avrebbe potuto ignorarlo, fargli paura e basta».

«Ma certo che non aveva intenzione di ammazzarlo. Altrimenti lo avrebbe fatto subito, non credi? Ti vedo un po' tra le nuvole, oggi, cara sorella».

«Sì, sì, lo sono, ma perché tutto questo mi sembra completamente surreale. Un tipo incappucciato che entra con un fucile in un recinto di tori per una sua battuta di caccia personale. Un guardiano che gli apre

* Feste tradizionali che si svolgono a Valencia dall'ultima domenica di febbraio al 19 marzo.

come se niente fosse. Fucilate a tutto spiano. Ha un senso, secondo te?».

«La vendetta».

«Che idea all'antica, Marta. Vendetta nei confronti di chi?».

«Ma dell'allevatore! Metti per esempio un allevatore rivale, che gliel'ha giurata per qualche sgarro professionale del passato...».

«Un allevatore che paga un sicario specializzato in animali? Perché non ci sarà andato lui personalmente!».

«Non dire sciocchezze. Paga un tipo dei bassifondi che ha una mira pazzesca. Solo che la faccenda si complica perché il guardiano riesce a liberarsi e...».

«Se è così, i due erano d'accordo. Nessuno si toglie quelle fascette tanto facilmente. Per questo il tipo se ne libera senza problemi. I due fanno la finta dell'imbavagliamento. Però, gli ordini del mandante, chiunque sia, sono di ammazzare anche la guardia giurata. Né indizi né testimoni».

«È abbastanza logico. E la guardia lo avrebbe fatto per soldi, ovviamente».

«A meno che la vendetta non fosse contro la guardia stessa».

«E chi spende un mucchio di soldi in un sicario per far fuori un poveraccio?».

«L'assassino potrebbe essere della stessa famiglia del mandante, o un complice. Possono esserci sotto degli affari loschi che noi non conosciamo».

«E perché allora non lo ammazza da un'altra parte, senza tutta questa carneficina di animali?».

«Poniamo che l'intenzione non fosse di ucciderlo, ma di dargli una terribile lezione. Che cosa può succedere a una guardia giurata che fallisce su tutta la linea, permette l'ingresso di un estraneo nel luogo sotto la sua custodia, e non è nemmeno in grado di impugnare l'arma per difendere le bestie, col risultato che la sua inettitudine causa un danno valutabile in milioni di euro di cui si parla su tutti i giornali?».

«Perderebbe il lavoro».

«Solo? Io dico che l'allevamento di tori lo denuncerebbe, e lo stesso farebbe l'agenzia per cui lavora. In una parola, non avrebbe più una vita».

«In questo caso è morto, che è peggio».

«Come si chiama il padrone dell'allevamento?».

«Agapito Ruiz Roncal».

«Che cavolo di nome!».

«Tutti gli allevatori hanno dei nomi strani, dev'essere un'usanza. Magari non è il suo nome vero, magari è un José María Gutiérrez qualunque, ma se si presentasse con quelle credenziali non se lo filerebbe nessuno. Scelgono questi nomi di una volta per dare una patina antica alla loro attività, come se fossero gli eredi di chissà quale tradizione di famiglia, anche se magari ormai tutta la baracca è stata comprata da uno sceicco arabo. Mi gioco quello che vuoi che è così».

«Marta! Ma com'è che sai tanto dell'ambiente dei tori? Non è che in fondo sei un'appassionata anche tu?».

«Le corride mi fanno schifo, e lo sai, ma visto che sono una brava poliziotta mi sono documentata bene».

«Prima che lo facessi io?».
«Diciamo di sì».

Inutile dire che la notizia fu una bomba per la stampa. I giornali e le televisioni locali mettevano l'accento sul fatto che era stata sospesa una delle corride più attese delle Fallas. I cronisti, per scrupolo di correttezza, aggiungevano: «A causa della tragica morte di un addetto alla sicurezza». I notiziari nazionali puntavano sull'aspetto folcloristico della storia e rilevavano non senza scandalo la pericolosità di tenere degli animali così aggressivi, per quanto rinchiusi, proprio nel centro di una città. «Che cosa sarebbe successo se l'assassino avesse deciso di liberare i tori sulla pubblica via, invece di sopprimerli?». Alla fine, come sempre in questo paese, concludevano facendone una questione politica: «Chi è in definitiva il responsabile di un simile tragico evento, il governo centrale, l'amministrazione cittadina?». Anche diverse testate straniere riportarono la notizia. Naturalmente, fuori dai nostri confini la storia appariva talmente marziana che era addirittura difficile raccontarla. In ogni caso, dappertutto si avvertiva un tono di condanna, più del fenomeno della corrida in generale che del tragico fatto in sé.

Eppure, in qualunque luogo del mondo, una cosa era chiara: a nessuno, assolutamente a nessuno importava un fico secco della triste sorte del vigilante. Questa veniva appena menzionata, e quasi come un danno collaterale. Jonás García Peña non poté nemmeno godere del suo attimo di gloria postuma. Tuttavia, per la Policía Nacional, la vittima rappresentava il centro di interesse, un omicidio era un omicidio, e per le sorelle Miralles diventava un rompicapo di cui cominciavano a intravedere le proporzioni. Il giudice, preso atto del polverone mediatico, fece quello che sa fare un giudice: decretò il segreto investigativo. A partire da quel momento il polverone si alzò ancora di più e partì la caccia alle fughe di notizie. Questo mise in allarme il commissario di Russafa, che convocò le due ispettrici nel suo ufficio.

«Non voglio che vi sfugga il minimo brandello d'informazione, è chiaro? Se nel corso delle indagini doveste rivolgervi a qualcuno che non sia pienamente affidabile, usate la massima prudenza, e se la prudenza non dovesse bastare, passate alle minacce. Ci siamo capiti?».

«Ma... e se dovesse sfuggire qualcosa a un collega che noi non controlliamo?» chiese Marta con scarso tatto.

«In questo caso salterà la testa di un vostro collega, e la vedrete rotolare giù per le scale. E lo sapete, anche per voi saranno problemi».

Non appena furono sole, Berta la rimproverò:

«Come ti viene in mente di dire una cosa simile al commissario?».

«Non vedo cosa ci sia di male, è la pura verità, e per di più gli ricordiamo che le fughe di notizie, di solito, vengono da dentro. Noi non siamo le uniche a occuparci del caso».

«La pura verità non la puoi dire quasi mai, sappilo, e se la persona con cui stai parlando è il tuo capo, allora non la puoi dire nel modo più assoluto».

«Sì, tu fai pure la diplomatica. Poi vedremo cosa succede se a un collega viene in mente di chiacchierare con chi non deve».

«Il commissario l'ha già detto: salteranno le nostre teste. Certo, la tua, che è vuota, forse non rotolerà giù per le scale ma volerà via come un palloncino».

«Te l'ho mai detto che sei una gran cretina?».

«Molte volte, ma la cosa non mi tocca. Quello che dobbiamo fare è evitare di rivolgerci ai colleghi. Meno persone sanno, meglio è».

«Possiamo anche minacciarli».

«Non preoccuparti, a questo penserà il commissario».

L'indagine, come sempre, girava intorno a due elementi: l'assassino e la vittima, anche se forse, come le due ispettrici capirono subito, poteva esserci un terzo polo: il mandante. Comunque fosse, il movente era il punto fondamentale, la chiave di volta della questione. Ma sia la teoria che la pratica insegnano che bisogna arrivarci a partire dalle prove. Le Miralles erano forti in teoria, essendo fresche di studi, ma quanto a pratica erano un po' scarsine, e per questo alzavano le antenne dell'intuizione fino a considerevoli altezze.

«E adesso la procedura che cosa prevede?» chiese Berta, ancora tra le nuvole.

«Beh, lo sai, come sempre: aspettare. Aspettare il referto dell'autopsia, aspettare il rapporto balistico, aspettare gli indizi raccolti da quelli della Scientifica nel loro sopralluogo».

«Allora, mentre ci armiamo di pazienza, partiamo dalla vittima. L'unica cosa sicura in un omicidio è la vittima. Cerca tutto quello che puoi su di lui: se aveva dei precedenti, dove abitava, se c'è una famiglia... insomma, la solita solfa».

«E tu sotto quale palma pensi di sdraiarti, nel frattempo?».

«Sotto la più frondosa, e per di più su un'amaca, come mi spetta in quanto sorella maggiore».

Ovviamente, l'ispettrice Miralles numero uno non cercò nessun luogo paradisiaco per schiacciare un sonnellino mentre sua sorella si accingeva a un compito che, per il solo fatto di essere di routine, era considerato noioso. Al contrario: si recò all'agenzia di sicurezza per la quale lavorava il morto, decisa a incontrare il direttore. In perfetta consonanza con l'abitudine spagnola di battezzare le aziende con nomi in inglese, questa aveva ricevuto l'originalissima denominazione di Total Security. La gamma dei servizi offerti andava dal trasporto valori su furgoni blindati al semplice servizio di vigilanza notturna nei cantieri perché non venissero rubati i materiali.

Il direttore era sulla sessantina e aveva una faccia spigolosa che nessuno avrebbe descritto come dolce. Aspettava la visita della polizia, tanto che rimproverò a Berta il tempo trascorso tra il primo contatto telefonico e l'arrivo nel suo ufficio.

«Non sembra che le cose stiano cominciando col piede premuto sull'acceleratore, vero, ispettrice?».

Berta, ormai abituata al fatto che i suoi interlocutori

perdessero ogni senso di rispetto vedendola così giovane, sapeva che le conveniva dimostrare le sue doti meno pacifiche fin dal primo momento.

«Noi sappiamo quando è il caso di accelerare, e lei dovrebbe sapere quando è il caso di frenare. Prima che mi arrabbi sul serio, intendo».

Anche se non sembrava dotato di un'intelligenza spiccata, quel tizio capì immediatamente che le battute di spirito potevano non essere ben accolte. Berta chiese, impassibile, indicando la poltroncina di fronte alla scrivania:

«Posso sedermi?».

Avvisato delle possibili ire dell'ispettrice, lui si affrettò a risponderle con una gestualità più amabile del necessario.

«Ma la prego, per favore». Poi decise di prendere la parola e cominciò: «Vede, ispettrice, non è che io mi lamenti, ma...».

Fu immediatamente interrotto da Berta Miralles, che posò il cellulare sul tavolo con il registratore vocale avviato.

«Mi dice il suo nome, per favore?».

Un preambolo così semplice destabilizzò l'interlocutore.

«Registrerà quello che dico?».

«Lo facciamo sempre, ma se le dà fastidio posso prendere appunti».

«No, no, prego, faccia pure».

«Il suo nome?».

«Mi chiamo Jenaro Anglada. Dirigo questa agenzia».

«Sì, questo lo sapevo. E, mi dica, signor Anglada, è lei a decidere a quale dei suoi uomini affidare un incarico?».

«Generalmente io. Sono io a dare le carte, diciamo».

«Ed è sempre lei a decidere quante persone sono necessarie per un determinato lavoro?».

Leggermente inquieto, Anglada esitò prima di dire:

«Non capisco bene la domanda».

«Gliela farò in modo più chiaro. È normale che si affidi a un solo vigilante la custodia di sette tori che valgono una fortuna?».

L'uomo si agitò sulla poltrona, alzò la voce.

«Mi scusi, ispettrice, se si fosse trattato di ritirare una grossa somma di contante, di scortare il trasferimento di gioielli o pezzi di antiquariato, avrei assegnato il servizio a due uomini, come minimo. Ma la vigilanza notturna a un recinto chiuso in pieno centro, dove, come lei giustamente dice, erano rinchiusi sette tori furiosi... Insomma, bisogna avercene di fegato per provare a entrarci, e per cosa, poi?».

«Per ucciderli, precisamente. Mi parli di Jonás. Da quanto tempo lavorava per lei?».

«Tre anni. Veniva da un'altra agenzia, dove non si trovava più bene. Aveva già cinquantasette anni, e pensava che volessero farlo fuori».

«Ma lei lo ha assunto ugualmente».

«Io ho sessantatré anni, e penso che l'età sia garanzia di esperienza. La gente crede che per i servizi di sicurezza ci vogliano uomini con un fisico da marines, e invece il nostro lavoro è molto più tranquillo di quanto si immagini. In realtà, finora, abbiamo avuto solo due incidenti da quando sono qui, e sono state due sciocchezze in cui non ci sono stati spari e nemmeno colluttazioni. Né tanto meno vittime».

«Beh, io ho visto molti addetti alla security che sembrano armadi a due ante».

«Beh, sì, i più giovani li selezioniamo anche in base alla presenza. Non le dirò che assumiamo anziani e disabili, ma per fare vigilanza non è necessario essere dei forzuti».

«Che tipo era Jonás?».

«Una brava persona, niente di speciale come lavoratore, ma puntuale e sempre molto affidabile».

«E lei ha messo a sorvegliare dei tori pericolosi uno che non era niente di speciale?».

«Non insista, ispettrice. Quel lavoro noi non lo consideriamo "ad alto rischio". Lei è poliziotta e giustamente sa quello che fa. Noi siamo esperti in sicurezza».

«Questo vada a raccontarlo all'allevatore dei tori, vediamo se è d'accordo oppure no».

«Quel disgraziato ha sporto denuncia contro l'agenzia».

«La stupisce?».

«Ispettrice, non so dove vuole andare a parare con queste domande. Crede che sia stato io ad ammazzare i tori e a far fuori il mio dipendente? Non si rende conto di cosa rappresenta questa storia per me? Glielo dico io: perdita di prestigio, di soldi, e forse del posto di lavoro».

«Mi rendo conto, certo. Ma non la prenda sul personale, le mie domande sono pure formalità, nessuno la sta accusando di niente, per ora, e non ci sono indizi che ci spingano ad agire contro di lei. Comunque lei verrà sentito in qualità di testimone e dovrà rimanere a nostra disposizione se avremo bisogno di qualcosa».

Anglada annuì più volte, tra il rassegnato e l'offeso, poi accompagnò Berta all'uscita.

Quella sera le due sorelle cenarono nell'appartamento in cui vivevano in condivisione. I loro banchetti serali dipendevano in gran parte dal tipo di lavoro che stavano svolgendo. Se erano impegnate in faccende di routine dedicavano più attenzione al menù e sceglievano anche un vinello non eccessivamente costoso. Se invece, come quel giorno, erano alle prese con un caso poliziesco spinoso, le loro pretese culinarie si riducevano di molto: un'insalata, una minestra in busta, una fettina di carne ai ferri e poco altro. Anche i discorsi a tavola non erano gli stessi. Nei periodi tranquilli gli argomenti erano casuali, comparivano, si disperdevano e morivano. A volte ne veniva fuori qualche piccola discussione senza importanza, come lampi nel cielo prima della tempesta, senza che questa arrivi mai a esplodere. Quando invece avevano un'indagine in corso, facevano quello che le coppie sposate che lavorano insieme sanno bene di non dover mai fare: commentavano i fatti salienti della giornata. Ma loro non erano sposate, erano solo due sorelle che convivevano per una semplice questione economica, dato il prezzo proibitivo degli affitti, perciò ignoravano la prudenza coniugale e parlavano del caso che avevano per le mani.

«Come ti è andata dal capo dei vigilanti?».

«Così così. È un tipo molto sulle sue, che pensa cento volte a quello che deve dire».

«Sospetto?».

«Non particolarmente, ma si è un po' innervosito quando gli ho chiesto come mai avesse destinato un solo uomo alla vigilanza dei tori, e per di più un tizio che non era precisamente il migliore della sua squadra».

«Certo, perché sa di aver fatto una cazzata».

«Una cazzata che gli costerà cara. Ammesso che sia stata involontaria, ovviamente. Adesso tocca a te».

«Io mi sono già alzata a prendere il secondo».

«Non mi riferisco alla cena, ma alle indagini. Cos'hai scoperto sul povero Jonás?».

«Questo lo lascio per il momento del dolce».

«Eh, no! Fammi il favore di cantare».

«Papà e mamma ci hanno insegnato che a tavola non si canta».

«Marta, piantala di fare l'interessante e di dire idiozie. Sono sicura che non hai scoperto un cavolo di niente».

«Questo è quello che credi tu, ma non intendo parlare finché non avrai portato in tavola gli yogurt».

Qualunque adulto si comporta in modo infantile se si trova nel contesto adeguato. Poteva essere diverso per due adulte che erano state bambine insieme? No, anche di fronte a problemi cruciali, il loro atteggiamento rimaneva quello che avevano sviluppato nel corso degli anni. Quindi Berta rispose:

«Va bene, va bene, ma sappi che sei odiosa e che la prossima volta le informazioni le cercherai tu».

Due yogurt furono deposti sul tavolo. Al colmo della puerilità, Marta osservò, con maliziosa soddisfazione:

«Mancano i cucchiaini».

Berta tornò ad alzarsi dando segni evidenti di malumore, brontolando parole incomprensibili. Quando tornò con i cucchiaini, sua sorella le spiegò il motivo di quel suo atteggiamento.

«Non ti scaldare tanto. Ho le mie ragioni per essere arrabbiata. Tu ti tieni per te un interrogatorio interessante, e a me accolli delle pallosissime ricerche».

«Vuoi degnarti di parlare, una buona volta?»

«Con piacere. Vedi, il povero Jonás era un tipo abbastanza interessante. Tanto per cominciare, era schedato nei nostri archivi».

«Non scherzare!».

«Sì, per un piccolo reato, una rissa. Sembra che cinque anni fa si fosse preso una sbronza colossale e, senza pensarci due volte, avesse picchiato i camerieri di un bar per futili motivi. Il proprietario del locale, invece di pestarlo di santa ragione come succede di solito, lo aveva denunciato. Fu sanzionato con una multa, che pagò diligentemente, e rimase schedato, ma la cosa non si ripeté o, almeno, se ci furono altri episodi del genere, non ne seguirono denunce».

«Accidenti! Una scoperta non male. Quindi era un tipo portato alla violenza».

«Lo sai anche tu, Berta, quasi tutti quelli che lavorano nella sicurezza hanno un carattere di quel tipo. Altrimenti si dedicherebbero all'idraulica o all'installazione di pannelli solari. Ma c'è una cosa che mi colpisce di più della violenza, mi riferisco all'alcol. A quanto ho capito, Jonás era stato buttato fuori da SeguHogar, l'agenzia di vigilanza per cui lavorava prima, proprio perché alzava troppo il gomito. Lui impugnò il licenziamento, ma gli andò male, perché c'erano prove dei suoi continui ritardi sul lavoro e alcuni colleghi testimoniarono contro di lui, dicendo che l'avevano visto in stato di ebbrezza durante i turni di guardia. Licenziamento senza giusta causa? Niente affatto. Si è ritrovato sulla strada».

«Cavoli. Un alcolizzato!».

«Un ubriacone impenitente. E io mi domando, com'è possibile che quel Jenaro Anglada, sapendo che era stato licenziato per motivi così gravi, l'avesse preso nella sua agenzia, e per fare esattamente lo stesso lavoro? Impossibile che ignorasse il passato di quell'uomo, e il suo precedente. In qualunque ambiente professionale le voci girano, e poi si sa che quelle agenzie sono attentissime alla fedina penale dei loro dipendenti».

«Infatti, come ti dicevo, si è innervosito un bel po' quando gli ho chiesto perché diavolo avesse affidato proprio a lui, e a lui solo, un servizio così importante. Se avessi saputo queste cose, avrei insistito con le domande».

«Forse è meglio così. La prossima volta potrai metterlo alle strette con i dati che hai in mano. Si innervosirà ancora di più, e la gente nervosa parla e si confonde, lì nascono le contraddizioni».

«È curioso, perché quando mi sono mostrata sorpresa del fatto che lo avesse assunto nonostante l'età, lui mi ha detto che attribuisce grande valore all'esperienza. Come se seguisse una qualche filosofia manageriale».

«Magari c'è qualche agevolazione fiscale per le assunzioni di alcolizzati cronici, in fondo sono un po' come dei disabili anche loro».

«Marta! Non dire assurdità, sarebbe ben strano!».

«Si vedono cose più strane. Adesso la nuova parola d'ordine è "inclusione"».

«Già, perché alla fine le quote di inserimento lavorativo riguardano quattro gatti. Che vantaggi vengono offerti a chi assume gli immigrati, che arrivano a camionate? Ah, cara mia, quelli preferiscono lasciarli da parte».

«Ecco che viene fuori il tuo lato progressista».

«Anche tu sei di sinistra, in fondo: sei animalista e contro le corride. Quelle sono battaglie di sinistra».

«Sì, ma perché gli animali sono innocenti».

«E quelli che arrivano con i barconi non lo sono?».

«Qualche delinquente ci sarà, o si imbarcano solo i buoni?».

«Il *politically correct* non è il tuo forte, sister».

«Io ho la mia filosofia di vita».

«E quale sarebbe?».

«Prima dimmi la tua. E non mi tirare fuori il motto "servire e proteggere", che quello lo so già a memoria».

Berta ci pensò su, seria, e sospirò.

«L'altro giorno, una mia amica che si sta laureando in lettere mi ha detto una frase di Sartre che mi ha dato da pensare: "L'uomo è una passione inutile". Per questo io non ho nessuna filosofia, perché siamo tutti inutili. E adesso tocca a te».

«Anche la mia si riassume in una frase: "Fidarsi è bene, non fidarsi è meglio"».

Berta, presa in contropiede, si mise a ridere. Sua sorella, felice del risultato ottenuto con la sua battuta, continuò:

«Ne ho anche altre. Per esempio: "Tanto va la gatta al lardo che ci lascia lo zampino", e "Meglio un uovo oggi che una gallina domani"».

Scoppiarono in grandi risate tutte e due. Ogni dissenso sparì volando, trascinato via dal vento dell'allegria.

Naturalmente, i familiari della vittima erano stati avvertiti dell'assassinio, ma nessuno li aveva ancora interrogati a fondo. Solo la moglie e i due figli avevano risposto alle prime domande di rigore: a che ora era uscito di casa? Aveva parlato con qualcuno di quello che andava a fare?

Le due sorelle si recarono insieme ad affrontare l'ingrato compito. I García abitavano a Sant Pau-Benimàmet, una delle aree di Valencia dove i prezzi delle case sono più bassi. L'appartamento era piccolo, squallido e pulito, tre caratteristiche che di solito accomunano le abitazioni dei lavoratori con salari modesti. La vedova era fiancheggiata dai due figli trentenni. Entrambi, ormai indipendenti, erano venuti a trascorrere qualche giorno con la madre per non lasciarla sola in un frangente così terribile. La poveretta pareva distrutta, aveva lo sguardo assente e gli occhi arrossati dal pianto. Guardava le ispettrici Miralles come se non comprendesse il senso della loro presenza lì. Il figlio maggiore la prese delicatamente per un braccio e la fece sedere su una poltrona in similpelle.

«Noi possiamo rimanere? La mamma è ancora sotto shock e non so se saprà rispondere bene».

«Rimanete pure, se volete. Però è lei che deve rispondere alle domande» disse Berta e, dopo una breve pausa, si rivolse alla donna: «Signora García, cerchi di non prendere male le cose che devo chiederle. Sono solo formalità, domande che vanno fatte comunque. Mi capisce?».

La donna annuì, cercando il contatto visivo con i figli, che Marta aveva fatto spostare strategicamente alle sue spalle, per evitare interferenze di gesti e sguardi.

«Lei sa se suo marito fosse coinvolto in qualche brutta storia o avesse rapporti con persone poco raccomandabili?».

La donna non era così scossa da non aver più parole. La sua voce fievole si rafforzò via via che parlava.

«Ma figuriamoci! Era un brav'uomo, lavorava, portava a casa lo stipendio e non cercava guai con nessuno».

«Però aveva avuto problemi con la giustizia per un'aggressione in un locale pubblico. Lei ne era al corrente, vero?».

«Quello è successo anni fa e non era stata colpa sua. Lo avevano provocato».

«E in seguito aveva perso il lavoro a causa dei suoi problemi con l'alcol».

La vedova cercò di voltarsi verso i suoi ragazzi. Marta la bloccò.

«Si rivolga solo all'ispettrice, per favore».

«Non lo so, non so cosa dire» balbettò.

«Posso rispondere io?» intervenne il fratello più giovane.

Berta assentì con gli occhi.

«Nostro padre beveva. Erano molti anni che soffriva di una dipendenza dall'alcol. Ma non si immagini quello che di solito la gente pensa degli alcolizzati. Lui beveva e basta, aveva preso da mio nonno, ma non maltrattava nessuno, né mia madre né noi. Era debole di carattere, questo era il suo difetto. E ai traffici illegali non ci pensava nemmeno».

Berta Miralles rimase in silenzio. Aveva l'impressione che il giovane non avesse finito. E infatti continuò:

«Quanto a passare i soldi a nostra madre, appena il necessario. Lei dice che portava a casa lo stipendio, ma non è vero. Se ne teneva una parte per andare al bar».

Il fratello maggiore lo guardò con odio. Marta approfittò delle divergenze familiari per chiedere:

«Sapete se al bar vedesse abitualmente qualcuno?».

Il figlio accusatore non esitò a rispondere:

«Vedeva Manolito Atienza, un altro ubriacone come lui. A volte Manolito passava anche a prenderlo, vero, mamma? Se poi si vedessero con altri, io non lo so».

«Dove possiamo trovarlo?».

«Andate al bar La Oruga, è un cliente fisso. Siccome è disoccupato e non ha nessuno, passa la vita lì».

Il primogenito si risentì. Parlò con impeto, senza trattenersi:

«Mio fratello fa il santerellino, lo avete sentito. Ma che un onesto lavoratore vada a bersi un bicchiere ogni tanto non è mica un delitto».

«Un bicchiere ogni tanto?» esclamò l'altro. «Saremmo stati meglio tutti, se avesse bevuto un po' meno».

«Però anche tu, con tutte le tue arie da signorino...».

La madre si alzò in piedi e interruppe la discussione con energia piena di stanchezza.

«Zitti, state zitti una volta tanto! Non avete rispetto per la memoria di vostro padre?». Si voltò verso le ispettrici e con le lacrime che le rigavano il volto, soggiunse: «Era un brav'uomo. L'hanno ammazzato. Che altro volete sapere di lui?».

Le due sorelle decisero di mettere fine a quell'interrogatorio che minacciava di trasformarsi in un dramma familiare. In ogni caso, come conclusero una volta uscite di lì, non sembrava che ci fosse molto altro da dire. Se qualcosa avevano ricavato, da un incontro così amaro, era il nome di quel Manolito Atienza, poco di più.

Una volta in strada, Marta pose la domanda scottante, che non era meno scottante per il fatto di essere la più comune.

«E adesso che si fa?».

La risposta arrivò solo dopo che la sua collega e sorella ebbe consultato i messaggi sul cellulare.

«Ti comunico che sono arrivati il referto dell'autopsia e il rapporto balistico. Che ne dici se io vado in commissariato a dare un'occhiata con calma, mentre tu ti occupi di Manolito Atienza?».

«Posso dirti che non mi va neanche un po'?».

«Ti prometto che stasera a cena sarò io ad alzarmi da tavola tutte le volte che sarà necessario».

«Magra consolazione».

«Non sarai della stessa idea più tardi, vedrai».

La cena di quella sera fu estremamente semplice, segno inequivocabile di massima tensione. La pizza surgelata che avevano messo nel forno diffondeva effluvi appetitosi nel piccolo soggiorno.

«Mossa al nero» disse Berta, usando un termine scacchistico. «Tocca a te».

«Molto appropriato, perché ti assicuro che oggi il nero è il colore del mio umore. In che postaccio mi hai mandata!».

«Di sicuro non avresti trovato Manolito al ristorante Fierro».

«Manolito, santo Dio, che elemento! Praticamente ci abita, in quel bar. Non c'è stato bisogno di andare a cercarlo chissà dove, lui era lì, tranquillo, con una birretta davanti».

«Ha collaborato?».

«Più che altro ho collaborato io, che mi sono dovuta ordinare un'altra birra per riuscire a sopportarlo. Quello non sapeva nemmeno che il suo amico Jonás era stato assassinato. Neanche della mattanza dei tori aveva avuto notizia! Decisamente, vive in un altro mondo, sul pianeta alcol».

«E come ha reagito quando lo hai informato?».

«Si è messo a piangere! Mi ha fatto perfino un po' pena, pensa. Approfittando del suo stato emotivo, per chiamarlo in qualche modo, mi sono messa a interrogarlo a fondo. Cosa combinava Jonás, se avesse dei guadagni extra di origine sconosciuta, se gli avesse raccontato di qualche affare che faceva sottobanco, di qualche amicizia sospetta».

«E lui cos'ha risposto?».

«Niente di niente. Non solo non sapeva niente, ma era convinto che la fedina penale del suo amico fosse bianca come un lenzuolo».

«Mentiva?».

«A me non è sembrato. Si è sforzato di spiegarmi la situazione di Jonás: che era infelice perché il figlio minore non ne voleva sapere di lui, che si considerava un disgraziato perché beveva tanto, un fallimento sul lavoro... O è vero che la vittima non aveva niente da nascondere, oppure non apriva bocca sulle sue attività poco pulite».

«Mi stupisce che lui e Manolito non si scambiassero confidenze, considerato il tempo che passavano insieme e la quantità di alcol che dovevano mandar giù. Per tenere la bocca chiusa avrebbe dovuto essere un eroe, o un tipo tremendamente calcolatore. Non credo che Jonás rientrasse in nessuno di questi due profili».

«Lo scartiamo come possibile complice della macelleria taurina?».

«Temo di sì. I dati che emergono dai documenti ricevuti oggi sembrano confermarlo. L'autopsia, prima di tutto. E mi spiace parlare dell'argomento a tavola. Dice quello che potevamo aspettarci. Jonás doveva aver bevuto cognac in abbondanza la notte stessa in cui è stato ucciso. Che cosa avesse fatto della bottiglia, vuota o a metà, lo saprà la tomba: non è saltata fuori. Ma sul fatto che fosse sbronzo non ci piove. Questo spiegherebbe perché ha aperto allegramente all'assassino. Non aveva assunto droghe. Quanto agli organi interni, te lo puoi immaginare, aveva il fegato come un otre di vino *king size*».

«Se questo Jonás se lo inghiottiva una balena, il povero cetaceo si prendeva una sbornia colossale».

Berta rise, e riprendendo l'ingegnosa battuta di sua sorella, concluse:

«Una sbornia biblica, puoi dirlo forte!».

Scoppiarono a ridere tutte e due. La maggiore riprese il suo resoconto:

«Ho lasciato il meglio per il finale: il rapporto balistico. Mi è sembrato così interessante che sono andata a fare due chiacchiere con il perito che se ne è occupato. Secondo lui, l'assassino era un tiratore esperto».

«C'eravamo arrivate anche noi».

«Ma la sua opinione è fondata, la nostra no. Lui pensa che una mira simile si ottiene solo con l'esercizio. Pertanto, o è un assassino di professione, o è un cacciatore. Però, sempre secondo lui, nelle associazioni di caccia i gruppi sono piccoli, escono tutti insieme, si conoscono tra di loro, e questa per un assassino non è mai una buona cosa. Tanto più che nelle battute di caccia si spara molto poco. Il nostro esperto pensa piuttosto al socio di un club di tiro sportivo, o persino di tiro al piattello. Devi considerare che non ci si può mettere a sparare in un posto qualsiasi, alla fine c'è sempre qualcuno che ti sente e dà l'allarme. Quindi quel tipo, per esercitarsi, aveva bisogno di un luogo dove fosse consentito farlo».

«Cavoli, questa è una buonissima idea!».

«Piano, perché non è finita qui. C'è un dettaglio cruciale. Il perito scommette che non si tratti di un sicario di professione».

«E perché?».

«Dall'esame dei fori d'ingresso dei proiettili nella testa dei tori, sempre esattamente in mezzo agli occhi, risulta che è stato usato un silenziatore. Eppure, il colpo che ha ucciso Jonás è uscito dalla canna libera, senza nessun dispositivo».

«E questo proverebbe che non era un professionista?».

«Secondo l'esperienza del collega, nessuno paga un sicario solo per uccidere delle bestie. Ne abbiamo parlato e abbiamo fatto un tentativo di ricostruzione. Quel tipo non intendeva ammazzare Jonás. Un sicario, incappucciato o meno, lo avrebbe freddato senza esitare fin dal principio. E invece no, ha fatto il suo lavoro con le bestie usando il silenziatore. Una volta finito, l'ha tolto, perché non pensava di sparare ancora. Mentre si dirigeva verso l'uscita, ha scoperto che il vigilante si era liberato dalle fascette e stava venendo verso di lui. Si è spaventato, ha sparato e l'ha ucciso».

«Questo avrebbe senso. E poi va detto che un sicario come si deve sa come legare le mani a qualcuno».

«In effetti».

«Però, se devo essere sincera, io ci capisco sempre meno. A quale tiratore provetto verrebbe in mente di entrare nel recinto di un'arena per fucilare sette poveri tori?».

«Sembra evidente che qualcuno ha pagato un tizio normalissimo per fare esattamente questo, e non per uccidere il vigilante».

«C'è anche la possibilità che il tizio normalissimo sia completamente fuori di testa. Forse ha un trauma infantile, forse suo papà ha messo le corna alla mamma, e ogni volta che vede un animale con le corna non capisce più niente».

«Non mi sembra il momento di scherzare, Marta».

«Ma io non stavo scherzando! Non si può mai escludere l'infermità mentale».

«Questo si decide in fase di giudizio, non quando si cerca il movente del delitto».

«A meno che il delitto non abbia il minimo senso».

«Vuoi che inseriamo nella relazione per il giudice la storia del trauma delle corna?».

Marta abbassò gli occhi, guardò i piatti vuoti della cena e con aria un po' piccata osservò:

«Puoi sparecchiare, adesso. Per dessert vorrei una spremuta d'arancia, e se me la porti con un cubetto di ghiaccio è meglio».

«Va bene, te la preparo, ma non so come ti vendicherai del compito ingrato che ora ti affiderò».

«Quale compito?».

«Bisogna cercare tutti i circoli e i poligoni di tiro presenti a Valencia e dintorni. Anche le associazioni di cacciatori. Fai visita ai più vicini e indaga. E siccome prevedo che sarà una cosa lunga, appena avrò finito di interrogare Agapito Ruiz Roncal, ti darò una mano».

Berta andò in cucina senza aggiungere altro. Nemmeno Marta parlò, la sua mente era occupata a escogitare un'incombenza domestica da affibbiare a sua sorella quando fosse tornata.

Agapito Ruiz Roncal si presentava esattamente come Berta Miralles si era immaginata un allevatore di tori da corrida. Oltre la sessantina, non grasso ma appesantito nella zona addominale, volto abbronzato e capelli lucidi di gel pettinati all'indietro. Portava un abito di lana pettinata di un blu piuttosto chiaro, camicia bianca, cravatta di un colore pastello con tanto di fermacravatte d'oro, e impeccabili mocassini con piccole nappe ornamentali. La accolse con voce arrochita dal fumo e un forte accento andaluso, e fece immediatamente il gesto di baciarle la mano. Non occorre dire che all'ispettrice non era mai stato rivolto un simile saluto, che ricordava di aver visto solo in qualche vecchio film. Caso mai l'ossequioso signore si fosse sbagliato sulla sua identità, si presentò:

«Sono l'ispettrice Berta Miralles, ci siamo sentiti per telefono».

«Ma certo, so bene chi è. Venga nel mio ufficio, in corridoio non si può parlare con riservatezza».

Berta non aveva fatto congetture su che aspetto potesse avere l'ufficio di un allevatore di tori da corrida, ma di certo si aspettava molti più segni visibili della sua attività. A una prima occhiata distinse solo alcuni piccoli tori di bronzo e qualche fotografia di eventi taurini, poco di più. Forse Ruiz Roncal colse il suo sguardo perplesso, perché tenne subito a spiegare:

«Questo è un ufficio temporaneo che prendo in affitto solo quando vengo da queste parti, la mia sede ufficiale è a Siviglia. Lì tengo i trofei, moltissime fotografie... La paccottiglia che ho qui la porto con me per fare un po' di scena. Sa quanti uffici fissi aveva il mio allevamento solo qualche anno fa? Quasi uno in ogni regione, e adesso... lo vede lei stessa. Sono tempi duri per *la fiesta*, ispettrice. Tra il calo della passione per le corride in generale, le politiche assurde della sinistra e le cazzate degli animalisti, la decadenza rischia di farci sparire. Lei che ne pensa?».

Ovviamente, Berta preferì non rispondere.

«Mi scusi, signor Ruiz, non sono venuta per parlare della *fiesta*, ma del caso su cui stiamo indagando».

«Sì, lo so. Sette meravigliose bestie uccise nel modo più umiliante. Uno sparo in mezzo agli occhi! Ma dove siamo? In Spagna o negli Stati Uniti? La corrida è stata annullata, ne è andato di mezzo il mio buon nome e, naturalmente, il danno economico è ingentissimo».

«Però gli animali erano assicurati, immagino».

«Le polizze per le bestie da corrida sono un po' particolari. Coprono i casi di perdita, malattia, incidenti durante il trasporto, ma di sicuro la compagnia assicurativa troverà qualche cavillo per dimostrare che non è prevista l'eventualità dell'uccisione. Al momento ci stanno pensando, consulteranno i loro legali. Le giuro sulla Madonna Addolorata che se mi danno risposta negativa li rovino. I miei avvocati stanno già preparando una querela coi fiocchi. È una cosa da pazzi, ispettrice, una cosa da pazzi in cui non so chi ci rimetterà di più, alla fine».

«Le ricordo che Jonás García Peña ha già perso parecchio più di lei».

«E chi sarebbe?».

«Il vigilante che è stato assassinato mentre faceva la guardia ai suoi tori».

«Faceva la guardia? Si faceva i cazzi suoi, vorrà dire! Bei delinquenti, quelli dell'agenzia! Non mi mettono un solo uomo a sorvegliare sette tori? I miei avvocati hanno già sporto denuncia, e lo sa che cosa hanno scoperto facendo un po' di indagini? Che il vigilante aveva precedenti penali. Bella roba! Questo paese sta andando a rotoli, ispettrice, glielo dico seriamente!».

«Signor Ruiz, lei ha dei nemici nel suo ambiente professionale? Qualcuno della concorrenza che volesse danneggiarla?».

«Ammazzando le mie bestie in quel modo infame? Ma per carità, ispettrice, per carità! Siamo in pochi a dedicarci a questo mestiere secolare, apparteniamo tutti a ottime famiglie, famiglie con una storia. Ci conosciamo, ci rispettiamo. Qui non ci sono improvvisatori né nuovi ricchi. Se vi è passato per la testa che uno dei miei illustri colleghi abbia potuto commettere una simile bassezza, posso assicurarle che siete fuori strada. E se siete fuori strada, significa che non avete la più pallida idea di chi sia il colpevole, ragion per cui, e mi perdoni l'espressione, siamo tutti fottuti».

Berta non rispose, limitandosi a scrivere sul suo taccuino come se avesse davvero qualcosa di interessante da annotare. Poi lo guardò con espressione sprezzante, in silenzio. L'allevatore ne approfittò per dare libero sfogo al suo malumore.

«E allora, dopo queste domandine che non vanno da nessuna parte, posso chiederle quando avrò il piacere di parlare con il responsabile?».

«A quale responsabile si riferisce?».

«Al responsabile delle indagini».

«Gliel'ho già detto, la responsabile delle indagini sono io, in collaborazione con un'altra ispettrice».

«Un'altra ispettrice della sua età? E che esperienza avete? Che cosa sapete del mondo dei tori? Che cosa sapete del mondo in generale? Due ragazzette appena uscite dal guscio! È questa l'idea che ha la polizia spagnola di come si combatte il crimine? Santo Dio, quando dico che questo paese sta andando all'inferno, ho i miei buoni motivi!».

La capacità di contenersi dell'ispettrice Miralles si dimostrò notevole. Senza neanche serrare le mandibole, rispose con voce tranquilla:

«E non sa ancora il meglio, signor Ruiz. Sia io che l'altra ispettrice incaricata come me delle indagini, siamo contrarie alle corride, e quella che voi chiamate "*la fiesta*" per noi è uno spettacolo barbaro e crudele, degno di una civiltà primitiva più che di una democrazia europea. Quindi, finché continueranno a esistere le corride, non è che questo paese stia andando all'inferno: c'è già».

Agapito Ruiz Roncal si alzò in piedi, livido e tremante, indicò la porta e ordinò:

«Esca immediatamente dal mio ufficio!».

«È proprio quello che stavo per fare. E le suggerisco di raccontare ai suoi colleghi di illustre stirpe in che condizioni è oggi la polizia spagnola! Di sicuro la applaudiranno!».

Berta aveva calcolato alla perfezione i tempi, in modo che la sua ultima parola coincidesse con il richiudersi della porta dietro di lei. Sperava così di sfuggire a una valanga di improperi. Temeva perfino che l'allevatore uscisse in corridoio per lanciarle una maledizione, ma fu fortunata: Agapito rimase nel suo ufficio, probabilmente a chiedersi come si permettesse una ragazzetta di parlargli in quel modo, mentre cercava un'altra invettiva catastrofica per deprecare le sorti del paese.

Una volta uscita di lì, Berta poté smettere di trasformare i suoi pensieri più autentici in frasi piene di sarcasmo per tornare a esprimersi nel suo modo abituale.

«Maledetto stronzo! Figlio di puttana! Fascista, maschilista, decerebrato!» esclamò sottovoce. Ma quando si rese conto che quella sfilza di insulti non rappresentava uno sfogo sufficiente, cedette alla sua natura contadina e cercò con lo sguardo una pietra da lanciare furiosamente contro qualcosa. Difficile, quella non era una strada di campagna, ma la via di un quartiere residenziale. Eppure, qualche metro più in là, c'era un albero. Lo raggiunse speranzosa e, frugando nella terra secca ai suoi piedi, trovò un piccolo sasso. Lo prese e lo scagliò con tutte le sue forze contro il portone da cui era uscita. Il sassolino rimbalzò e sparì sotto una macchina parcheggiata. Grazie a quell'atto così primitivo, si sentì molto meglio.

I risultati ottenuti da Marta nella sua ricerca sulle armi parvero soddisfacenti a entrambe. Constatato il gran numero di poligoni di tiro presenti nella zona, la minore delle due sorelle disse di avere avuto un'idea che sfiorava la genialità. Raccontò di essersi recata nell'armeria più importante di Valencia e di aver chiesto quale fosse il fucile legalmente in vendita che più si avvicinasse al kalashnikov. Il proprietario del negozio non aveva il minimo dubbio: i fucili da tiro sportivo. Il modello e la marca in realtà non importavano, quello che contava era che l'assassino si fosse esercitato con un'arma che gli permettesse di affinare la sua mira per servirsene al momento indicato. Ebbene: la Real Federación de Tiro Olímpico brillava per prestigio e serietà. Inoltre, ogni altro club o circolo nella Comunità Valenciana era necessariamente affiliato alla federazione.

«Con questo facciamo una bella scrematura, no? Che ne dici della mia idea, cara collega e sorella?».

«Marta, per tutti i diavoli incoronati! Speri davvero che me la beva? Un conoscitore di armi ti dà una serie di dati molto precisi ma non ti dice quale fucile legalmente in commercio assomiglia di più a un kalashnikov? Perché diavolo ti inventi questa storia dell'armeria?».

«Per una volta che volevo fare bella figura, ecco come reagisci! E va bene, dimentica la storia dell'armeria, me la sono inventata. È stato il nostro esperto di balistica a dirmelo».

«A volte penso che tu ragioni come una bambina di dieci anni, Marta. E che cosa hai scoperto alla federazione?».

«Niente, non ci sono ancora andata».

«Cavoli, e dire che di tempo ne hai avuto!».

«Io ti porto un'informazione preziosissima e l'unica cosa che ti viene in mente è spedirmi a fare lavoro sul campo. È chiaro che quello che vuoi è trattarmi come se fossi una tua sottoposta. Per questo mi invento delle cose, per farmi valere».

«Beh, guarda, intanto ti sei risparmiata di dover parlare con uno stronzo pieno di arie come l'Agapito dei miei stivali, e poi io non ho avuto la tua stessa fortuna. Inoltre, una delle condizioni che abbiamo stabilito fin dall'inizio era questa: niente gelosie né bisticci professionali. Nel caso fosse proprio inevitabile, avremmo chiesto al commissario di non affidarci più indagini congiunte».

Marta serrò lievemente la mascella. Le dava un gran fastidio che sua sorella avesse così spesso ragione. Sì, era importante che tra loro non si creassero tensioni. Tanto più che non pensava veramente quello che aveva detto. Sapeva che Berta non era ambiziosa né calcolatrice, non aveva mai notato il minimo arrivismo in lei, mai il minimo tentativo di farsi strada a spese degli altri. Lo sentiva col cuore che sua sorella era una tipa come si deve. Decise di non pensarci più e di impegnarsi nelle indagini. Presero la macchina e si diressero verso la sede centrale della Real Federación de Tiro Olímpico.

Il direttore era al corrente del massacro dei tori e del loro guardiano, il fatto era troppo clamoroso perché non ne fosse informato. Eppure parve sinceramente sconcertato quando capì che la polizia si rivolgeva a lui in cerca d'aiuto. Le ispettrici dovettero spiegargli le loro ipotesi e i loro sospetti, senza riuscire a convincerlo del tutto.

«Però, ispettrice, può essere stato un malavitoso qualunque che sapesse usare un fucile. Che sia venuto a far pratica da noi mi sembra molto strano».

«I nostri esperti ritengono, dal modo in cui ha agito, che non fosse un delinquente abituale».

«E in che modo avrebbe agito?».

«Mi scusi. Le abbiamo già rivelato tutto quello che era possibile rivelare, non siamo autorizzate a fornirle altri particolari. Ma per capirci, diciamo che può essere stato un lupo solitario, qualcuno che ha messo a segno una vendetta personale o qualcosa del genere».

«E su chi pensa che si sia vendicato?».

Berta avvertì i primi sintomi di esasperazione, la curiosità di quel tizio la infastidiva.

«Non mi faccia ripetere quello che le ho appena detto. Risponda e basta».

«Ma se non mi avete fatto nessuna domanda».

«E non gliene faremo. Quello che vogliamo è una verifica nei data base di tutti i campi o poligoni di tiro affiliati alla sua federazione nell'area di Valencia.

Avremmo bisogno di una lista di tutti i nuovi iscritti da un anno a questa parte».

«Capisco. La Federazione di Caccia è una cosa a parte, lo sapete, no?».

«Sì, lo sappiamo».

«Ma il lupo solitario può aver sparato con un fucile da caccia».

«Apprezziamo il suo spirito collaborativo, ma si limiti a quello che le abbiamo chiesto. Quanto tempo ci vorrà per questa ricerca?».

«Non saprei, siamo perfettamente informatizzati, però dipende da quante iscrizioni sono state fatte. Posso chiamarvi quando ho l'elenco pronto».

«Aspetteremo facendole compagnia, sarà un piacere».

Il direttore ci mise poco a fare il suo bilancio. Erano state settanta le nuove ammissioni in un anno. Le ispettrici sentirono una trafittura d'allarme.

«Ma è un numero altissimo! Non possiamo affinare un pochino la ricerca?».

«Io affino tutto quello che volete».

«Provi a cercare gli iscritti ai poligoni più vicini alla città. Si limiti agli ultimi tre mesi».

Una nuova e rapida indagine informatica ridusse il numero a dodici.

«Alcuni si dedicano al tiro con la pistola e altri con la carabina» aggiunse il direttore.

«Concentriamoci unicamente su quelli che sparano con la carabina. Anzi, cerchi soltanto quelli che hanno cancellato la loro iscrizione nelle ultime settimane».

«Vediamo... mi restano tre nomi, soltanto tre».

«Lei ha i dati di queste persone?».

«Certo, conserviamo i dati di tutti gli iscritti per almeno un anno»

«Può fornirceli?».

«Ma naturalmente. È giusto facilitare il lavoro della polizia».

Digitò di nuovo, osservò lo schermo e recitò:

«Juan Rodríguez Montañés, venticinque anni. Ernesto Aguado Pelegrí, trentatré anni. Sergio Bartual Ramírez, quarant'anni. Guardate, questo si è iscritto un mese fa, ha pagato la sua quota per un paio di settimane e poi ha cancellato l'iscrizione».

«Ci piacerebbe parlare con gli istruttori che lavorano al poligono di tiro dove si allenava».

«Purtroppo è fuori città, e a quest'ora ha già chiuso i battenti».

«Allora dovrebbe farci il favore di convocare tutti gli istruttori dei diversi turni. Vorremmo vederli domattina alle dieci».

«E non si potrebbe fare alle nove, ispettrici? Alle dieci cominciano le attività».

«D'accordo, non c'è problema. Venga anche lei».

«Io ci sarò di sicuro».

Entrambe le sorelle erano certe che il direttore si sarebbe presentato anche se non glielo avessero chiesto. La sua tendenza a intromettersi era evidente. Quando furono di nuovo in macchina, si guardarono. Nessuna delle due osava parlare. Fu Marta a dar voce al dubbio che in fondo covavano entrambe.

«A proposito di tiro a segno, sei d'accordo con me che stiamo sparando a caso? Come mai abbiamo chiesto informazioni solo sugli ultimi mesi? Come mai ci siamo fatte dare solo i nomi di quelli che si sono cancellati negli ultimi giorni? E se il nostro uomo fosse un vecchio socio del circolo? E se lo frequentasse ancora? Ci basiamo sulla pura intuizione, è così?».

«Non del tutto. Se non è un professionista, avrà pensato che gli conveniva essere localizzabile per il minor tempo possibile. Se si allenava per commettere il delitto, entrare e uscire rapidamente dal club era la cosa più prudente. Se fosse un vecchio socio, qualunque istruttore ricorderebbe la sua buona mira e saprebbe molte cose di lui. No, dev'essere uno dei nuovi».

«Non vantarti delle tue capacità induttive, Berta, stiamo lavorando d'intuito e basta».

«All'Accademia hanno dedicato molte ore all'importanza dell'intuito nelle indagini. Tu lasciami fare».

«Hai carta bianca, collega».

La prima misura precauzionale che prese Berta, all'inizio della riunione con gli istruttori di tiro, fu pregare il direttore della federazione di lasciare la stanza. Questo non piacque affatto all'interessato, che sperava certamente di essere coinvolto e di venire subito a conoscenza dei dettagli. Ma la polizia non tollera la curiosità eccessiva di nessuno, che sia testimone, collaboratore o persona informata sui fatti. Perciò le due ispettrici rimasero sole con i quattro istruttori. Nessuno di loro era giovane. Si sarebbe detto che, con piccole differenze, tutti superassero i cinquant'anni. Evidentemente per quel lavoro erano richieste doti come l'esperienza e la prudenza. Qualunque soggetto impulsivo, esaltato o inesperto, con un'arma in mano poteva essere pericoloso.

I quattro uomini erano in attesa di capire che cosa si volesse da loro. La prima domanda era ovvia: chi di loro aveva seguito i tre iscritti che comparivano nella lista? Tutti e quattro li conoscevano, dato che i soci non erano tenuti a frequentare il poligono sempre nello stesso orario, e tutti li avevano avuti alle loro lezioni. Le domande seguenti, riguardanti la personalità, il comportamento o eventuali stranezze avvertite negli allievi, furono praticamente inutili. Tutti e quattro gli insegnanti concordavano su una cosa: Sergio Bartual Ramírez era un tipo molto particolare. Cedendosi la parola a vicenda, e strappandosela in certi momenti, furono d'accordo nel qualificarlo come: taciturno, introverso, educato e molto molto gentile. Ma c'era un'altra caratteristica essenziale: quell'uomo aveva una mira notevolissima. Aveva imparato in fretta e con facilità.

«Un giorno gli ho chiesto se avesse già sparato prima, e lui mi ha risposto che da piccolo andava a caccia con suo nonno» ricordò uno di loro.

«Anch'io gliel'ho chiesto, e mi ha detto che gli era sempre piaciuto sparare, che ai baracconi del tiro a segno vinceva sempre dei premi» aggiunse un altro.

Berta annuì più volte, poi alzò un dito per chiedere la parola.

«Può considerarsi normale che una buona mira sia innata, anche in chi non si è mai esercitato?».

«Beh, dire che sia normale mi sembra eccessivo, ma è vero che a volte ci capitano persone che prendono confidenza molto rapidamente e colpiscono subito il bersaglio. È come se avessero un dono, come chi ha facilità con le lingue o eccelle in uno sport» disse il più anziano.

«Vi ha mai raccontato qualcosa sulla sua vita, qualcosa di sé?».

«Quel tipo?» saltò su il più giovane. «Ma se vi abbiamo già detto che non spiccicava parola. Non che qui si chiacchieri molto, ma durante le esercitazioni si fanno dei commenti, si scherza... Lui non apriva bocca. Veniva, salutava educatamente e si metteva a sparare. Sparava e sparava come se fosse l'unica cosa che gli interessava al mondo. Era un orso».

«L'avete mai visto in compagnia di altre persone?».

«No, mai. Io l'ho visto scendere dalla macchina, un paio di volte, ed era sempre solo».

«Che macchina aveva?».

«Un piccolo furgone, un Citroën, mi sembra. Era un vecchio modello, abbastanza in cattivo stato. Quel tizio lo aveva fatto dipingere di verde. Era strano, probabilmente un po' hippy, l'aria da hippy ce l'aveva, no?».

Gli altri confermarono l'apparente hippismo del tiratore.

A quel punto le due sorelle decisero di chiudere l'incontro, ma non poterono andarsene senza l'inchiesta di rigore da parte degli interrogati.

«Credete che sia stato lui ad ammazzare i tori, ispettrici?».

«Vi ricordo che il colpevole, chiunque sia, ha ucciso anche una guardia giurata» disse Berta.

Tutti proruppero in frasi scandalizzate: «Ma certo, naturalmente, questo è gravissimo, spaventoso...».

Le Miralles ne approfittarono per filarsela senza soddisfare la fame di informazioni generale. Uscendo, videro il direttore che aspettava fumando una sigaretta. Marta lo raggiunse: «Lei ha riferito a questi signori che cosa venivamo a fare qui, vero?».

«Beh, ispettrice, dovevo un minimo informarli!».

«Sappia che se veniamo a sapere che ha informato qualcun altro, poniamo il caso, un giornalista, lei è rovinato. Ci siamo capiti?».

A quell'uscita impetuosa di una donna che fino a quel momento non aveva aperto bocca, il direttore della federazione si limitò a rispondere:

«Sì, ho capito».

Come qualunque investigatore alle prime armi non avrebbe avuto difficoltà a indovinare, Sergio Bartual non si trovava presso il domicilio che si leggeva sulla scheda del poligono di tiro. Non solo non c'era, non abitava nemmeno lì. Al suo posto le Miralles trovarono una coppia di anziani che vivevano in quell'appartamento da cinque anni, e dai quali ottennero solo esclamazioni di allarme e sbigottimento. Ma anche un dato importante: l'agenzia di gestione immobiliare a cui pagavano l'affitto. Il documento presentato da Bartual al momento dell'iscrizione al poligono di tiro era falso?

Riguardando la fotocopia, si accorsero che si trattava di una carta d'identità scaduta. Magnifica, l'organizzazione del circolo! Negli uffici di «Domiciliasa» venne loro confermato che Sergio Bartual Ramírez aveva occupato l'appartamento per tre anni e poi aveva revocato il contratto.

Il fatto che non avesse usato una carta d'identità contraffatta facilitava le cose e confermava che Sergio non apparteneva al mondo della malavita. Nessuno che avesse un po' di esperienza sarebbe ricorso a un trucco così puerile come presentare un documento scaduto sperando di farla franca. E l'aveva fatta franca! In fin dei conti quello che interessava al circolo, oltre ai dati del nuovo socio, era il suo conto corrente, di cui le Miralles ora disponevano.

Il passo successivo era scontato: una visita alla banca dove Bartual teneva i suoi soldi. Onde evitare problemi, sapendo ormai per esperienza che le banche oppongono sempre un mucchio di difficoltà, si erano procurate il mandato del giudice. Il forziere del sacro segreto bancario doveva necessariamente aprirsi. E si aprì, ma erano pochi i tesori che conteneva. Il conto di Bartual era esiguo. Duemila euro costituivano tutto il suo capitale. Faceva la maggior parte delle operazioni online e i suoi movimenti erano molto ridotti. Ma da quella visita le Miralles ottennero due informazioni utili: l'indirizzo che figurava sulla fotocopia della sua nuova carta d'identità, lì depositata, e ancora più importante, il nome della ditta che gli versava lo stipendio. Quel tipo prendeva mille euro al mese come dipendente di un garden center chiamato La Rosaleda. A quel punto si poteva dire con assoluta certezza che il sospettato era nelle loro mani. Presero una duplice decisione: chiedere un nuovo mandato al giudice per ispezionare il suo domicilio e, nell'attesa, visto che la cosa avrebbe richiesto del tempo, recarsi sul posto di lavoro di Bartual.

La Rosaleda si trovava fuori città, e quando le due sorelle chiesero del responsabile, questi si presentò immediatamente. La prima cosa che chiesero fu di controllare i dati del lavoratore, che risultarono coincidere al cento per cento con quelli in possesso della banca. Al che, il titolare, che fino a quel momento era rimasto in disparte, intervenne con una sorprendente esclamazione:

«Bartual, me lo immaginavo! Cos'è successo a quel disgraziato?».

«È appunto quello che volevamo sapere».

«E allora siamo in tre. Sono due mesi che è sparito senza avvisare. Non ha nemmeno preso la liquidazione. Non c'è stato modo di rintracciarlo. Ha il cellulare staccato e in casa sua non c'è mai nessuno. Il suo furgone, un Citroën vecchio come mia nonna, è parcheggiato in strada».

«Come mai non ha denunciato la scomparsa?».

«Ispettrice, io ho altre cose a cui pensare! Se ogni volta che un mio dipendente sparisce senza dare spiegazioni dovessi chiamare voi, non credo che sareste molto contenti. Io e chissà quanti altri imprenditori abbiamo tutti lo stesso problema. Non è più come una volta. Adesso assumi uno, gli insegni il mestiere, gli paghi lo stipendio e i contributi, e quello ti pianta in asso quando gli gira. Questa è la situazione. Prima...».

Berta lo fermò bruscamente.

«Prima non si prendeva sempre il salario minimo, i contratti non erano di pochi mesi, e non era così facile licenziare. Meglio che lasciamo perdere. Poco fa lei ha detto: "Bartual, me lo immaginavo!". Posso sapere cosa si immaginava?».

«Non mi stupisce che siate venute a cercare lui. Non lo so, era un tipo strano. Devo dire che lavorava bene, si fermava anche dopo l'orario, se c'era bisogno, si impegnava, ma non parlava mai con nessuno. Cioè, parlava solo con le piante, va' a sapere cosa diavolo gli raccontava».

«Parlava con le piante?».

«Sì, me l'ha detto una ragazza che lavora da me. Anni fa si era diffusa l'idea che rivolgere la parola alle piante servisse per mantenerle più sane, per farle crescere meglio. Lo facevano in molti, anche se a me è sempre sembrata una solenne idiozia. Volete chiedere alla ragazza che lo conosceva?».

Si mise in marcia attraverso i gerani e le gardenie guidando la piccola spedizione. Arrivarono dove una giovane donna dall'aspetto sudamericano stava annaffiando varie file di arbusti in vaso.

«Ma certo che mi ricordo di lui!» rispose l'ex collega di Bartual alla prima domanda.

«Ci dica tutto quello che sa».

«So molto poco. Era uno che sorrideva sempre, ma non parlava quasi mai e non raccontava mai niente della sua vita. Con me era sempre molto gentile, quasi ogni giorno mi portava un caffè dalla macchinetta e non voleva che glielo pagassi. Gli è successo qualcosa?».

«Lei sa se era sposato, se aveva famiglia?».

«No, non lo so. Una volta gli ho mostrato una fotografia delle mie bambine e gli ho chiesto se anche lui avesse dei figli. Lui mi ha solo risposto di no, e non ho più osato chiedergli altro. Ma sono sicura che era una brava persona. Sussurrava delle cose alle piante e portava sempre da mangiare a un gattino che gira qui intorno. Una persona cattiva non lo farebbe».

Le due ispettrici uscirono dal garden center con la sensazione di essere sulla buona strada, anche se forse, se qualcuno glielo avesse chiesto, non avrebbero saputo spiegare perché.

Fin dal primo momento, il giudice che istruiva il caso «dei tori» (come ormai veniva chiamato) si era preoccupato di evitare ogni protagonismo o presenza sulla scena pubblica. Il fatto conteneva abbastanza elementi di richiamo perché qualunque decisione attirasse le critiche degli uni o degli altri. Per ora non c'erano state fughe di notizie e il segreto d'indagine era stato rispettato. Sui giornali non era uscito nulla. Eppure il magistrato manteneva un atteggiamento di massima prudenza. Era un uomo riservato e poco desideroso di notorietà. Firmava senza indugio, e in genere senza fare domande, tutti i mandati che le due ispettrici gli chiedevano. Si accontentava delle relazioni che gli venivano inviate con puntualità. Il mandato riguardante il domicilio di Sergio Bartual non fece eccezione.

Bartual abitava nel quartiere operaio chiamato Nazaret. Il suo appartamento era al piano rialzato in un vecchio edificio e, come poterono constatare le Miralles dopo aver forzato la porta, era minuscolo e molto umile. Eppure appariva pulito e in ordine. La prima sorpresa fu nel soggiorno. Le quattro pareti erano completamente ricoperte di illustrazioni che raffiguravano animali: cani, gatti, cavalli, mucche, nutrie, furetti, galline e perfino qualche bel salmone dorato che saltava in aria nuotando controcorrente. Erano belle immagini probabilmente ritagliate da riviste e messe in cornici da pochi soldi. Le sorelle rimasero a guardare a bocca aperta quel panorama prima di trovare il coraggio di parlare.

«Madonna mia!» esclamò Marta, dando il via allo scambio di impressioni.

«Credo che abbiamo colpito nel segno. Questo tizio ama gli animali fino al delirio».

«Eppure, ammazza sette tori con un colpo in testa. E se non li amava, cosa faceva, sganciava una bomba atomica?».

Lo strano amante degli animali non aveva un computer, un vero peccato. Frugarono tra le carte ammucchiate in un cassetto della piccolissima cucina, ma non trovarono altro che bollette della luce e del gas... non un'annotazione personale, non una lettera, non una rubrica di indirizzi. Forse aveva distrutto ogni prova incriminante prima di sparire. In camera da letto constatarono che la sua non era stata una fuga precipitosa: il letto era rifatto e non c'erano oggetti sparsi o gettati a terra. L'armadio, però, era vuoto, non conteneva un solo indumento. Dal bagno mancavano gli oggetti da toeletta, aveva dimenticato solo un pettine dietro la tazza del water, ma forse gli era caduto tempo prima. Lo infilarono con le pinze dentro una busta trasparente. Un confronto del DNA poteva essere importante in un processo. Quando gli agenti che le avevano accompagnate ebbero messo i sigilli alla porta, uscirono convinte di aver fatto una prima ispezione come si deve. I colleghi della Scientifica avrebbero provveduto a cercare con maggiore scrupolo. Anche il furgone Citroën parcheggiato in strada, ormai coperto di polvere, sarebbe stato esaminato minuziosamente.

Quella sera, una volta sedute a tavola per la cena, le Miralles si diedero alle consuete elucubrazioni investigative.

«E allora, che impressioni hai ricavato dal sopralluogo?» chiese Berta.

«Da quando siamo uscite da quella casa non riesco a smettere di pensarci».

«Caspita, pensare così tanto non è da te!».

«Ti pare il caso di scherzare?».

«No, scusa, hai ragione. Ti sei fatta qualche idea?».

«Una sola: quel tizio è talmente convinto che dev'essere un animalista militante. Sono entrata sul sito del PACMA, il partito ambientalista contro il maltrattamento degli animali. Il suo slogan è: "Unisciti alla resistenza". E dove parla del programma dice: "Portiamo avanti azioni contro gli spettacoli che prevedono il maltrattamento dei tori"».

«Il PACMA è un partito politico legale, che si presenta alle elezioni. Non lo vedo come un'organizzazione terroristica».

«Anche Greenpeace è legale, ma i suoi attivisti, non compiono forse azioni illegali? Salire sulle navi senza permesso, bloccare mezzi di trasporto, boicottare eventi ufficiali, facilitare gli sbarchi dei migranti...».

«Sì, ma non sparano raffiche di mitra su quei poveracci per attirare l'attenzione sul problema».

«I tori e gli uomini non sono la stessa cosa».

«Eppure a tutti sembra importare molto più dei tori che dell'uomo che è stato ucciso».

«E le frange dissidenti? Non possono esserci delle frange radicalizzate in quel partito?».

«Marta, se avessero voluto compiere un'azione a effetto contro le corride delle Fallas, avrebbero dipinto i tori di verde, qualcosa del genere, ma non li avrebbero ammazzati».

«Sì, fantastico! E chi è il coraggioso che si mette a dare una mano di vernice a sette bestie da combattimento di quelle dimensioni?».

La logica di Marta lasciò per un attimo interdetta sua sorella, che poi esplose:

«Mi rifiuto di continuare a discutere su qualcosa che non esiste!».

«E va bene, non discutiamo. Ma io non mollo. A parte quel partito politico del cavolo, indagherò su tutti i gruppi e le associazioni per la difesa degli animali che esistono da queste parti. E tu, cosa diavolo farai?».

«È evidente che se Bartual si è portato via tutta la sua roba, è perché qualcuno lo sta ospitando, o perché si è affittato un altro posto. Per il momento, prenderò la foto della sua carta d'identità e andrò a far visita a due case per vedere la faccia che faranno i loro abitanti quando gliela mostrerò. Vediamo cosa salta fuori».

«E quali sarebbero queste case, si può sapere?».

«Una è quella di Agapito, e un'altra, molto diversa, quella della vedova di Jonás».

«Anche se lo riconoscessero perfettamente, nessuno dei due ti direbbe un bel niente. Agapito perché non vuole complicazioni».

«E la vedova?».

«Perché è scema».

«Pazienza».

Purtroppo, né l'ordine di cattura diramato immediatamente, né le strategie ideate dalle due ispettrici, servirono a far avanzare le indagini. Marta si rese conto da sola che, all'infuori del PACMA, le uniche associazioni animaliste esistenti erano piccoli gruppi dediti alla protezione di cani e gatti randagi. Si recò alla sede del partito, dove fu informata che non vi era nessun Sergio Bartual tra i loro tesserati. «Forse partecipava a qualche attività quando non eravamo ancora costituiti ufficialmente, ma non conserviamo alcun dato di quei simpatizzanti». Berta, con un ingrandimento della foto di Bartual, andò a fare una nuova visita all'illustre allevatore. Questi si sforzò di non montare in collera, ma con fare decisamente brusco negò di aver mai visto il soggetto in questione. Nemmeno la visita successiva, alla casa della vedova di Jonás, fu un successo. La povera donna si mise a piangere appena la vide. Berta cercò di tranquillizzarla e, quando in parte ci riuscì, le mostrò il volto del sospettato. Lei lo osservò per quasi due minuti con aria da pesce lesso, e alla fine disse: «Non so chi sia. Dovrei saperlo? Ci sono molte cose che mi dimentico». Fatta questa dichiarazione, si rimise a piangere. Berta pensò che forse sua sorella aveva ragione quanto al livello intellettivo della signora.

I festeggiamenti delle Fallas giunsero al termine. La squadra impegnata nella ricerca del sospettato era ancora in alto mare, pur avendo visitato una quantità di alberghi a due stelle e pensioni modeste. Sembrava che Sergio fosse scomparso nel nulla. Le azioni legali dei soggetti danneggiati facevano lentamente il loro corso: l'allevatore aveva denunciato l'agenzia di sorveglianza; la società che gestiva la *plaza de toros* aveva denunciato l'allevatore. Quanto alle Miralles, va detto che cominciavano a dubitare che il colpevole potesse essere catturato e che il caso arrivasse a una completa soluzione. Che ne dubitassero loro non era rilevante in sé, il problema era che anche il commissario si trovava nel loro stato e i suoi dubbi si tradussero in mancanza di fiducia e la mancanza di fiducia in tensione, e questa esplose in una bella lavata di capo.

«Si può sapere che cosa contate di fare adesso? Vi affido un caso di grande risonanza, dimostrando che in questo commissariato i giovani elementi di genere femminile godono della massima considerazione, e scopro che vi siete infilate in un vicolo cieco dal quale non sapete neanche tirarvi fuori».

Berta, per la prima volta in vita sua, rimase senza parole, di replica o di spiegazione. Proprio Berta, che delle due era quella che dominava la retorica! Ma sia lei che il commissario rimasero di sasso quando udirono la voce di Marta, potente e impetuosa, alzarsi nella stanza:

«Protesto, commissario! Le indagini sono state ben condotte, il giudice ha approvato le nostre relazioni informative. Tutto sembra indicare che abbiamo individuato il colpevole. L'unico problema è trovarlo, cosa che non dipende interamente da noi».

«E il movente, ispettrici? Non ritengo necessario ricordarvi che il movente di un delitto è indispensabile per capire se stiamo dando la caccia all'uomo giusto. Come era mio dovere, ho letto anch'io le vostre relazioni informative, e sono costretto a farvi notare che sono piene di contraddizioni».

«Può dircene qualcuna?» osò chiedere Marta. Sua sorella trattenne il respiro, pensando che si sarebbe scatenata una nuova guerra di Troia. Eppure, come se quella fosse una chiacchierata amichevole, il commissario rispose con calma:

«Vi faccio un esempio. Stabilite che il sospettato non fa parte del mondo della delinquenza. È così inesperto che non è stato capace di procurarsi una carta d'identità falsa. Eppure, chissà come, è riuscito a procurarsi un kalashnikov e, secondo voi, a commettere il delitto».

«Commissario, con tutto il rispetto, le dirò che, come lei ben sa, oggigiorno si può comprare un kalashnikov anche al Corte Inglés».

Berta temette di nuovo che la disinvoltura di sua sorella sfociasse in una battaglia campale, ma, contro ogni pronostico bellico, il commissario scoppiò in una gran risata, e aggiunse perfino:

«E al reparto offerte speciali, per di più!».

Marta approfittò di quel momento di inaspettata distensione per continuare. Era lanciatissima.

«Commissario, sono convinta che il sospettato appartenga a un'organizzazione animalista completamente illegale, e che abbia commesso il fatto per scuotere l'opinione pubblica. L'uccisione del vigilante non era premeditata».

«Nessuno ha rivendicato niente».

«Può trattarsi di un solo individuo radicalizzato che si muove ai margini dell'organizzazione. Qualcosa di simile a quello che succede nei gruppi fondamentalisti islamici».

«O può trattarsi di un lupo solitario, uno squilibrato e basta» disse il commissario.

«Se è così, sarà più difficile beccarlo» intervenne Berta.

«O forse no» replicò il capo. «Mancherà di aiuti logistici, e ovunque si trovi, prima o poi dovrà uscire dal suo nascondiglio. Commetterà degli errori. Credo sia il caso di lanciare un appello alla popolazione».

«Non abbiamo altro che una sua foto».

«Sì, lo so, e so anche che una volta fatti questi appelli, il lavoro che ne consegue è massacrante. Ma, visto come stanno le cose, potrebbe essere la soluzione».

Quando uscirono dall'ufficio del capo, Marta si profuse in lodi del commissario per parecchi minuti. Secondo lei, era un uomo saggio ed equilibrato che sapeva ascoltare e apprezzare le osservazioni dei suoi sottoposti. Berta, invece, non condivideva quelle lodi al cento per cento.

«Tu gli sei simpatica, ma considera che è stato conciliante perché nemmeno lui ha la minima idea di come affrontare la faccenda. E ti garantisco che, se rimaniamo ferme ancora per molto, il tuo caro commissario subirà una trasformazione e ci rimuoverà dall'incarico».

«Ma non rimarremo ferme ancora per molto! Siamo a un passo dalla soluzione. Questa volta prenderemo il toro per le corna, è proprio il caso di dirlo».

Di solito Berta apprezzava l'umorismo della sorella, ma il suo ottimismo a tutta prova la infastidiva moltissimo. Messe sulla bilancia le due cose, quella volta decise di non ridere.

Le Miralles non avevano idea di cosa succedesse una volta che veniva lanciato un appello alla popolazione, quindi si lasciarono guidare dalla squadra che venne organizzata in commissariato. In meno di sei ore i mezzi di comunicazione dell'intero paese avevano diffuso la foto di Bartual insieme a un numero verde che poteva essere chiamato da chiunque avesse informazioni su di lui o semplicemente lo avesse visto. Cinque agenti furono destinati a ricevere le telefonate. Nel corso di quell'operazione entrambe appresero molte cose che evidentemente tutti sapevano, ma di cui all'Accademia di Polizia nessuno aveva mai parlato. Per esempio: capitava spesso che qualcuno chiamasse dicendo che un suo parente o un vicino era una cattiva persona e di sicuro si trattava dell'uomo della foto. Secondo i colleghi, non c'era da dare peso a simili chiamate, dettate da gelosie, inimicizie o mala fede. In realtà pochissimi di quei teorici aiuti erano degni della minima attenzione. Molti assicuravano di aver visto l'indagato in luoghi inverosimili, mentre si esibiva in un locale, per esempio, o in circostanze assurde, travestito da prete o da donna o da pompiere o da ballerino di flamenco. Era evidente che la popolazione non stava affatto bene, anche se la diagnosi più plausibile, o più caritatevole, era che quei cittadini fossero talmente desiderosi di collaborare con la giustizia e di sradicare il male dalla società che si precipitavano a dare il proprio contributo dicendo sciocchezze pur di farlo.

Il terzo giorno di quella sarabanda, proprio quando le speranze cominciavano ad affievolirsi, uno degli agenti che rispondevano al numero verde si presentò nell'ufficio delle Miralles con l'auricolare ancora inserito.

«Ispettrici, c'è una chiamata un po' particolare. Una donna dice che intende parlare solo con il responsabile delle indagini. Ho l'impressione che non mi stia prendendo in giro».

«Ha trattenuto la chiamata?».
«È in linea. A chi delle due la passo?».
Berta alzò la mano con autorità.
«A me».
Un attimo dopo udì la voce piuttosto acuta di una donna che le parve giovane. Nervosa, precipitosa, la donna le chiese se era lei a dirigere le indagini.
«Sì, sono io, ispettrice Berta Miralles. Mi dice il suo nome?».
«Sono Lucy».
«Lucy, e poi?».
«Questo adesso non importa. Voglio che ci vediamo per parlare».
«Sa qualcosa dell'uomo della foto?».
«Sì, sono la sua fidanzata. Le interessa che parliamo, sì o no?».
«Le do l'indirizzo del commissariato».
«Non se lo sogni nemmeno. Io lì non ci vengo. Dovrà venire lei al bar che adesso le dico. Entro un'ora. Mi riconosce perché porto un maglione rosa con un cuore rosso sul petto. E venga da sola».
«D'accordo, va bene».
Per precauzione, Marta e un agente si sarebbero appostati nelle immediate vicinanze del bar El Sol del Levante, nel quartiere Jesús, senza far notare la loro presenza.
Berta riconobbe subito la donna. La vide seduta a un tavolino lontano dal banco, beveva una Coca-Cola. Quello che la sorprese fu la sua età: non dimostrava più di una ventina d'anni. Bartual ne aveva quaranta. Quella ragazza era davvero la sua fidanzata?

«Lucy?».

«Si sieda, per favore».

Berta ordinò un caffè, e finché il cameriere non venne a portarglielo non si scambiarono una parola. La ragazza rimase immobile, con gli occhi fissi sul tavolo. Il suo volto piccolo e grazioso aveva un'espressione triste, quasi tragica. Finalmente Lucy cominciò a parlare, come se si fosse preparata il discorso.

«Lui non è una cattiva persona, mi creda, ma la vita l'ha trattato come non meritava. Quando aveva tre anni sua madre lo abbandonò. E visto che del padre non si sapeva nulla, fu allevato da una zia, che in realtà se ne fregava. Lo lasciava solo in casa e non gli preparava nemmeno da mangiare. E allora lui usciva quando voleva e girava per le strade, anche se era troppo piccolo. È stato lì che ha cominciato a innamorarsi degli animali. Metteva via una parte del poco cibo che aveva per darlo ai gatti randagi. Chiedeva ai mendicanti che avevano un cane il permesso di portarlo a passeggio ogni tanto. Dava briciole di pane secco ai piccioni. Quando l'ho conosciuto, parlava degli animali chiamandoli "i nostri cari fratelli". Loro l'avevano sempre trattato meglio delle persone, fin da quando era bambino».

«Dove e quando vi siete conosciuti?».

«Due anni fa, alla Perrita Valiente, un rifugio per cani e gatti abbandonati. Io facevo già la volontaria quando è arrivato. Mi sono accorta subito di quanto fosse buono e che non aveva nessuno che gli volesse bene, proprio come le povere bestie che tenevamo lì».

«E allora l'ha adottato».

«All'inizio è stato così, ma poi mi sono innamorata. Era dolce e affettuoso, mi rispettava. Molto diverso dai ragazzi della mia età, che fanno tanto i gradassi e ti trattano come una merda».

«Avete mai vissuto insieme?».

«No... beh, ci vedevamo tutti i giorni, ma vivere insieme era più complicato. Sergio era un po' particolare con le persone, non era abituato ai rapporti normali. Gli piaceva stare molte ore da solo. Ha smesso di fare il volontario al rifugio proprio per questo, non sopportava i colleghi che gli parlavano troppo, che lo prendevano in giro perché abbracciava i cani e li baciava. Nessuno lo capiva, oggi la gente non ha sensibilità».

«E che sensibilità ha uno che ammazza sette tori con premeditazione, eh, Lucy? Bisogna essere davvero molto particolari per fare una cosa simile: sette "cari fratelli" morti con uno sparo in mezzo agli occhi. E non le sto parlando del guardiano, un uomo morto forse per Sergio non contava».

«No, si sbaglia! Il guardiano non era previsto! Quel tipo si era liberato, si era spaventato e...».

«Quindi lei era al corrente dei piani insensati di Sergio».

«No, no, si sbaglia di nuovo! Io non ne sapevo niente! Come avrei potuto lasciarlo fare una cosa così orribile, come?».

Si mise a piangere convulsamente. Berta la lasciò tranquilla un momento, poi chiese, in tono molto basso:

«Lei non sapeva niente della folle decisione che aveva preso, non sapeva che si era procurato un kalashnikov al mercato nero, non sapeva che andava a lezione di tiro a segno?».

«No, no, no! Ho saputo tutto soltanto dopo, quando il disastro era già fatto, quando lui me lo ha raccontato, disperato e pentito».

«Ed è stata zitta».

La ragazza abbassò gli occhi. Adesso il suo pianto consisteva in grossi lacrimoni che le scorrevano sul viso.

«Sì» mormorò. Poi trovò la forza per continuare: «Sergio non sta bene, ispettrice. Non gli funziona bene la testa, lui non è come le altre persone, ha bisogno dell'aiuto di un medico. Se lo prendono e lo mettono in prigione si toglierà la vita. Per questo non ho avuto il coraggio di venire subito da voi e raccontare la verità. Dopo, tutto è andato sempre peggio. Ha dovuto lasciare casa sua, scappare, nascondersi. Appena ho visto l'annuncio con la foto mi sono resa conto che non potevo continuare a non dire niente. Ormai era tutto finito, per questo sono qui».

«Lei accetta di essere accusata di favoreggiamento?».

«Sì».

«Molto bene. Mi dica dov'è Sergio».

«Glielo dirò, ma a una condizione».

«Non credo che lei possa permettersi di imporre delle condizioni, però la ascolto».

«Ispettrice, glielo chiedo in ginocchio, non arrestatelo con la violenza, non trattatelo come una bestia feroce, non spaventatelo. Non mettetegli le manette e non chiamate dei giornalisti che possano fotografarlo. E quando l'avrete arrestato, portatelo in ospedale, fatelo parlare con uno psicologo. Lui non è un criminale, ha solo pensato che se avesse ucciso quegli animali tutti avrebbero aperto gli occhi sulla crudeltà delle corride. Mi ha detto che tanto quei poveri tori erano destinati a morire lo stesso, ma soffrendo infinitamente di più. Mi ha detto che ucciderli era stato un atto di compassione, e che sarebbe servito a denunciare l'orrore di una *fiesta* in cui la gente gode alla vista della tortura e del sangue di un animale che non ha nessuno che lo aiuti».

Piangeva sconsolata, ormai, senza ritegno, con tutta se stessa, con tutto il corpo, dalla punta dei capelli alla punta dei piedi. Berta si impietosì.

«Nessuno lo tratterà come una bestia feroce, le do la mia parola. Adesso Sergio è ospite a casa sua, vero?».

Lei fece di sì con la testa.

«Mi dia l'indirizzo, Lucy».

«Posso venire con voi?».

«No. Lei è in arresto per favoreggiamento in omicidio. Venga con me, per favore».

Berta diede istruzioni ai colleghi affinché fossero rispettate le condizioni che aveva pattuito con Lucy. Tutto venne fatto con calma e delicatezza. Sergio Bartual non oppose la minima resistenza e non chiese neppure chi lo avesse consegnato. In realtà, non pronunciò una sola parola. Berta Miralles, attenta al suo volto, osservò nei suoi occhi il panico, non di una bestia feroce, ma di un animale terrorizzato. Considerato in quanto essere umano, aveva lo sguardo di un pazzo. Uno dei nostri cari fratelli? L'ispettrice non volle neppure pensarlo. Che fosse pazzo o no, era colpevole di un terribile assassinio, oltre che della morte di sette tori da combattimento che, questo era vero, sarebbero andati incontro a un identico destino, forse ancora più crudele.

Le Miralles, felici e contente, decisero di non rimanere a casa quella sera. Per festeggiare il loro indubbio successo, si concessero una cena in un ristorante molto rinomato. Mentre degustavano degli antipasti misti e bevevano un magnifico vino siciliano consigliato dallo chef, non si trattennero dal commentare il caso appena risolto.

«Che caso, sorella, che caso!» esclamò Marta tra un boccone e l'altro. «Il commissario non ha potuto fare a meno di complimentarsi con noi».

«Ha fatto i complimenti a tutte e due, ma volendo essere giusti bisogna dire che se abbiamo trovato il colpevole è stato grazie a te e alle tue intuizioni».

«Figuriamoci! Se io ci ho messo qualcosa, è stata la mia testardaggine... e l'ottimismo, certo».

«Dell'ottimismo è meglio non parlare. Mi ha sempre dato sui nervi la tua assoluta convinzione che, qualunque cosa succeda, tutto andrà bene».

«Ma è questo che ti dà la forza di andare avanti! Se cominci a pensare che stai perdendo il tuo tempo perché tanto le cose non si risolvono, non riesci più a combinare niente, e rimani lì come una cretina».

«Ecco, mi sembrava strano che tu non tirassi fuori qualche conclusione offensiva».

«Stasera non litighiamo, per favore. Siamo state brave, e basta. E poi, con tutto il cancan che hanno fatto i giornalisti, abbiamo dato una lezione all'intera società. Corride a parte, il popolo spagnolo è sempre stato molto amante degli animali».

«Questo è vero!» esclamò Berta con ironia, «come ben indicano i detti del nostro folclore: "Uccello che non vola, in pentola finisce"!».

Marta si lasciò sfuggire un risolino e continuò:

«"Per un cane che ha ammazzato, ammazzacani è diventato"».

«"Se la scimmia si veste di seta, scimmia rimane"».

«"Alleva corvi, e ti caveranno gli occhi"».

«"Prendere due piccioni con una fava"».

Scoppiarono a ridere entrambe senza potersi trattenere. Avevano trovato il modo di alleggerire un argomento che in sé aveva ben poco di divertente. È il bello di essere giovani, la capacità di smitizzare quasi tutto.

Gaetano Savatteri

Leoni a Màkari

L'autunno rosicchia veloce la luce della sera.

Il telefono. È Suleima.

«Ciao, che succede?».

«Niente, Saverio».

«Capisco. Le giornate si accorciano, l'autunno è malinconico per definizione, il mare si increspa. Tranquilla, sono qui a casa che ti aspetto».

«Non mi aspettare, Saverio. Vado a cena da Mirella e Luca, devono farmi vedere i lavori che stanno facendo in mansarda. Vogliono un consiglio».

«Perché vogliono un consiglio?».

«Perché sono un architetto (ricordi?) e si presume ne capisca qualcosa. Socrate?».

Socrate sta con un occhio socchiuso davanti alla tv senza audio sintonizzata su un gioco preserale nel quale una Pamela, un Gottardo, un Vincenzo e una Serenella si sfidano a sbagliare parole che perfino Socrate conoscerebbe, se solo avesse imparato a leggere. Ma Socrate, a dispetto del nome, non è sapiente, non ha studiato e non si applica, malgrado sia intelligente, perché vuole rimanere solo un cane, incrocio tra un labrador e qualcos'altro che non ricordo. Da quando mi ha rimorchiato lungo il percorso della Magna Via Francigena, ha deciso di vivere con me. Non me la sento di divorziare così presto, prima della crisi del settimo anno. Provo ad agevolargli la fuga: lascio la porta di casa aperta, a volte lo dimentico fuori la sera, ma Socrate resta sempre nei paraggi. Non ha studiato, è vero, ma è un cane saggio: per questo l'ho chiamato Socrate.

«Socrate sta bene, credo che presto gli farò un abbonamento a Netflix, gli piacciono le serie drammatiche a sfondo psicologico».

«Lamanna, non dire fesserie. Lo hai fatto mangiare?».

«Rifiuta, ha iniziato il digiuno intermittente».

«In frigo c'è un osso e un po' di carne macinata che ho preso per lui. Daglieli».

«E per me?».

«Fai il digiuno intermittente. Ciao Saverio, a più tardi».

Chiudo la telefonata, guardo Socrate.

«Ma tu che gli fai alle donne? Mah».

Mi risponde con uno sbadiglio.

Si annoia anche lui, come me. Sarà l'autunno.

Sfoglio le homepage di «Corriere.it» e «Repubblica.it.». Scorro i titoli, non so mai se geniali o demenziali, di Dagospia.

Apro il frigorifero, trovo l'osso e la carne macinata per Socrate. Per me una confezione di sottilette Kraft, un vasetto di senape di Digione, un avanzo di parmigiana di melanzane invitante quanto tre cannoli sopravvissuti a tarda sera nella vetrina del bar dell'aeroporto di Palermo. Non c'è nemmeno una birra. Metto una bottiglia di Grillo nel freezer, annotando mentalmente di tirarla fuori in tempo prima che ghiacci.

L'apertura del frigo risveglia l'appetito di Socrate che viene a piazzarsi in cucina con l'aria del coyote denutrito. Ho l'impressione che riesca perfino a modificare il suo aspetto fisico come i grandi attori dell'Actors Studio che ingrassano o dimagriscono secondo esigenze di copione: in questo momento sembra Zanna Bianca sperduto tra le nevi del Klondike.

«Non fare così, ecco il tuo pasto, cowboy» dico, versando nella ciotola la carne trita.

Grande interprete, ricambia con lo sguardo grato dei discepoli quando videro che Gesù moltiplicava pani e pesci.

«Non ringraziare me, ma Suleima».

D'improvviso si ritrae dalla scodella. Il De Niro che è in lui gli disegna una smorfia sul muso, come un solco di tristezza: guaisce lamentoso, quasi un pianto, se solo riuscissi a pensare che un cane possa provare sentimenti non strettamente canini.

«Che c'è? Non ti piace? Sei diventato vegetariano?».

Ulula verso l'esterno. Un suono lungo, tenebroso.

Mi preoccupo. Perlustro la ciotola, non ha nemmeno tastato la carne. Non è da lui.

Si rannicchia dietro la porta, il muso tra le zampe, gli occhi chiusi, percorso da una specie di tremito.

«Stai male?».

Mi osserva con occhi pietosi.

Appena apro la porta, va a collocarsi in un angolo del terrazzo, tra il muretto di conci di tufo e il tronco della pomelia, nel punto più buio. Guaisce di gola, a singulti.

«Anche a te l'autunno fa questo effetto?».

Gli accarezzo la testa, ma si scuote infastidito. Mi mostra i denti.

«Ho capito, serata storta. Succede. Quando decidi, torni dentro. Se vuoi, ne parliamo».

Non vuole, volta la testa verso il muro.

Mi aggiro per casa. Studio i dorsi dei libri allineati negli scaffali. Se fossi Pepe Carvalho dovrei prenderne alcuni e bruciarli nel camino. Ma a Màkari non fa mai abbastanza freddo per accendere il camino e il riscaldamento globale scoraggia di quella pira, l'orrendo foco.

Mi piace rileggere i finali dei libri che ho già letto. Dovrei farne una raccolta, gli explicit invece degli incipit, magari intitolarla *La fine non è mai la fine. Poi c'è il sequel.* Magari lo autopubblico e provo a venderlo su Amazon.

Prendo *Il Gattopardo*, è il volume che mi aveva regalato mamma, nell'edizione del 1978.

Mentre la carcassa veniva trascinata via, gli occhi di vetro la fissarono con l'umile rimprovero delle cose che si scartano, che si vogliono annullare.

Avevo dimenticato che il libro finisce con la pelliccia tarlata di Bendicò, l'alano del principe di Salina, lanciata fuori dalla finestra.

Pochi minuti dopo quel che rimaneva di Bendicò venne buttato in un angolo del cortile che l'immondezzaio visitava ogni giorno: durante il volo giù dalla finestra la sua forma si ricompose un istante: si sarebbe potuto vedere danzare nell'aria un quadrupede dai lunghi baffi e l'anteriore destro alzato sembrava imprecare. Poi tutto trovò pace in un mucchietto di polvere livida.

Un lamento lugubre mi riscuote.

«Socrate, non fare così. È solo un libro. Non ti immedesimare».

«Ma che ha questo cane, mischino?».

È Peppe Piccionello. Tra le mani regge un involto, forse qualcosa da mangiare per cena.

«Ha chiamato Suleima, mi ha detto che eri solo, col frigorifero vuoto».

«Il frigo non è vuoto, c'è carne macinata e un osso da spolpare».

«Vabbè, mia cugina aveva appena fatto gli anelletti al forno. Ho pensato che potevamo cenare assieme».

«Peppe, sempre questa fissazione siciliana che non si può saltare un pranzo o una cena e che mangiare da soli è peggio di una maledizione. E se volessi restare solo? E se volessi praticare il digiuno intermittente?».

«Allora riporto tutto indietro. Vado a cena da mia cugina. Ha cucinato anche il falso magro».

«Ma sei pazzo, Peppe? Così la offendi. Penserà che rifiuti gli anelletti».

Mentre lo dico vado a tirare fuori dal freezer la bottiglia di Grillo, non è ancora freddissima, ma si può bere.

«Allora resto?».

«Lascia gli anelletti, Peppe. Se vuoi restare, aggiungo un posto a tavola».

«Ci sono altre persone?».

«No, siamo noi due. E Socrate: però non ha fame».

«A proposito di Socrate. Che ha?».

«Non lo so, forse depressione autunnale. Chiediglielo, con me non vuole parlarne».

«Lo sentivo da casa, piangeva, latrava, pareva lo stessero ammazzando».

«Ma che dici? Si è lamentato un po', adesso è in giardino per i fatti suoi. Gli è presa così».

«Tu non sei sensibile manco con le persone, pensa con i cani».

«Sono cinico, vuoi dire? Allora dovrei essere in sintonia con i cani, cinici per natura».

«Che c'entra?».

«C'entra, i cinici erano filosofi dell'antica Grecia che vagavano randagi e senza beni, proprio come i cani. Per questo si chiamavano cinici. Non dimenticare che ho fatto il liceo classico».

«Vabbè, vado a vedere come sta Socrate. Non toccare gli anelletti».

Apro la bottiglia di Grillo, gli anelletti sono cotti al punto giusto, con la crosticina bruciacchiata ai bordi, proprio *comme il faut*.

Osservo Peppe attraverso la porta aperta: è in ginocchio accanto a Socrate.

Gli sussurra qualcosa all'orecchio. Che avranno da dirsi? Socrate non è allegro come al solito quando incontra Peppe. Gli lecca una mano, mesto.

«È triste» dice Peppe, rientrando in casa.

«Ti ha detto perché?».

Peppe nemmeno risponde, mi guarda con commiserazione.

«Forse ha il male di vivere» dico. «Può capitare. Spesso il male di vivere ho incontrato: era il rivo strozzato, la foglia riarsa, il cavallo stramazzato».

«Che c'entra il cavallo? Socrate è un cane».

«Montale invece è un poeta. Dai, gli anelletti si freddano».

«Cosa c'è lì?». Peppe indica la ciotola.

«Carne macinata».

«Cruda? Per questo il mischinazzo si lamenta».

«Peppe, i cani mangiano carne cruda da milioni di anni. Secondo te, preferisce il *vitel tonné*?».

«I cani di una volta, Saverio. Socrate ha gusti raffinati, è ben educato. La carne deve essere ben cotta, anche per evitare problemi, infezioni intestinali, malattie».

«Hai ragione, Peppe, adesso lo iscrivo su Glovo, così può ordinarla come piace a lui».

«Sei il solito cretino».

Socrate emette un ululato profondo, rauco.

«Peppe, mi state facendo passare l'appetito».

«Hai sentito? Sta male».

«Pensaci tu, Peppe. Nel frattempo, penso agli anelletti».

E senza alcuno scrupolo di coscienza, comincio a mangiare.

Suleima mi trova all'una di notte davanti alla tv. Peppe è già tornato a casa sua. Non so in quale piattaforma, sono incappato nella versione restaurata e rimasterizzata di *Vertigo*, nel technicolor di Alfred Hitchcock con James Stuart e la conturbante Kim Novak, conosciuto e distribuito in Italia col titolo *La donna che visse due volte*. Visto per la prima volta da ragazzino, accanto a mia madre, mi aveva lasciato dentro una sorta di inquietudine che non comprendevo appieno. Ancora adesso, quella sensazione mi riassale.

«Perché hai lasciato Socrate fuori?» chiede Suleima.

«Ha scelto così» replico, tenendo gli occhi addosso a Kim Novak.

«Ha mangiato?».

«Non ha voluto la carne, forse preferiva il sushi, ma non l'ho trovato. Siamo a Màkari, non a Manhattan».

«Sta male?».

«Cambio di stagione, credo».

«Domani andiamo dal veterinario».

«Perché? Io sto bene».

«Saverio, non devi andarci tu, anche se il veterinario sarebbe il medico giusto per te. Per Socrate, mi sembra troppo silenzioso. Non mi ha nemmeno fatto festa».

Kim Novak si lancia giù dal campanile. The end.

«Va bene, domani lo portiamo dal veterinario» dico, spegnendo la tv.

«E stasera?».

«Se vuole restare fuori, chi siamo noi per impedirglielo? Libero arbitrio».

«Saverio, mi convinco sempre più che ti mostri liberale, ma in realtà sei un libertario, cioè uno a cui non frega molto degli altri, ancor meno degli animali».

La stringo a me per la vita, le lascio un bacio sul collo.

«Con te sono semplicemente libertino, *ça va sans dire*».

Non so se grazie al mio francese o al mio spirito libertino, ma un bacio tira l'altro e così trascuriamo per il momento i dolori di Socrate.

«Terribile, terribile» grida Piccionello da dietro la porta.

Apro ancora assonnato, gli occhi stretti alla luce del mattino.

«Perché strilli a quest'ora?» faccio.

«Terribile. Ecco perché Socrate stava così».

«Peppe, non capisco niente».

«Ricordi ieri sera, quando mangiavi gli anelletti di mia cugina?».

«Mangiavamo insieme gli anelletti, se ricordo bene».

«Socrate si lamentava. E proprio in quel momento, stavano ammazzando un cane».

«Ma Socrate ha un alibi. Era qui, possiamo testimoniare».

«Saverio, non è lui il colpevole, smetti di fare l'investigatore. Socrate ha avvertito la sofferenza di un altro cane, era lo stesso cane che sentivo piangere da casa mia e pensavo fosse Socrate. Aveva sentito qualcosa. Poverino, lo hanno martoriato. Per questo Socrate era così addolorato».

Dalla camera da letto esce Suleima, già vestita.

«Peppe, dov'è successo?».

«Qua vicino, si può andare a piedi».

«Saverio, vestiti e andiamo».

«Non me la sento».

Suleima mi scruta stupita.

«Hai fatto il giornalista, fai lo scrittore investigatore, hai visto più cadaveri tu che un anatomopatologo, e ora dici che non te la senti? Piuttosto, perché non dici che non ti interessa niente e vuoi tornare a dormire?».

Messa così, non posso tergiversare. Come spiego che gli animali uccisi mi turbano più degli omicidi?

«Ho capito» replico, «mi vesto e andiamo».

Percorriamo un tratto di via Timpone, la main street di Màkari. Piccionello indossa una delle sue magliette: «Rispetta il cane per il suo padrone, rispetta il padrone per il suo cane».

«Questa è nuova, Peppe?» chiedo.

«La figlia di mia cugina, che fa queste magliette, sempre animalista è stata».

«Con un parente come te, non poteva che diventare animalista».

«Sei cretino spontaneo o reciti la parte?».

Socrate viene dietro guardingo. Prima della chiesa, troviamo un gruppetto di persone in mezzo alla strada. Parlano tra loro, indicando qualcosa tra la paglia e gli alberi oltre il muretto a secco.

Piccionello scivola camaleonticamente dentro il gruppo.

«Finiamo in televisione?» mi chiede uno.

Credo mi abbiano scambiato per un telecronista.

«Lei non è Lamanna» insiste «quello che affaccia nella televisione?».

Mi affascina l'uso del termine «affacciare». Ci si affaccia dal balcone, dalla finestra e quindi dalla televisione, che è solo una finestra col vetro di cristalli liquidi.

«Sono io» rispondo, «ma questa volta non mi affaccio nella televisione. Sono venuto ad affacciare di persona».

«Di pirsona pirsonalmente» commenta, «come il suo collega Montalbano».

«Lui è molto più famoso» taglio corto.

«Dov'è?» chiede Suleima.

L'uomo indica il muretto a secco, oltre il quale spunta un ciuffo di palme nane accanto a due mandorli. Socrate abbaia.

«Là in mezzo, povero canuzzo» dice, «che gente cattiva, cose così qui non erano mai successe. Sarà stato qualcuno di fuori».

Sempre forestiero è il responsabile delle atrocità. Forestiero anche se viene da due chilometri più in là, da San Vito o da Castelluzzo. La xenofobia comincia in fondo alla strada.

«Lamanna, se vuole l'accompagno».

La disponibilità dell'uomo neutralizza le mie resistenze.

Superato il muretto a secco, dietro l'uomo, mi inoltro nel terreno assieme a Suleima e Piccionello. Scavalchiamo i cespugli di erba secca. Dai ciuffi di palme nane sale il ronzio delle mosche, il rumore di fondo di ogni morte all'aperto.

Mi avvicino cauto.

Socrate si accosta, se fosse un essere umano direi che ha gli occhi gonfi di pianto.

Pelo bianco e nero, il canuzzo ha un fil di ferro stretto al collo.

Socrate annusa attorno con rispettosa pietà.

Suleima distoglie lo sguardo.

«Bastardi, lo hanno strozzato» fa Peppe.

Non dico niente. Non trovo niente da dire. Dietro l'uccisione di un uomo o di una donna spesso c'è un motivo, a volte meschino, addirittura infimo: è quello che cerco. Ma dietro l'uccisione di un meticcio di mezza taglia, c'è solo crudeltà gratuita. Mai un movente, anche se insufficiente o erroneo. Forse per questo ne resto turbato: non c'è niente da capire nella ferocia, è abietta e stupida.

«Ha parlato con la signora Tuttolomondo?» chiede l'uomo. «Abita qui di fronte».

«Che devo dirle?» faccio.

«Montalbano parla sempre con i possibili testimoni. Lo so, ho visto tutti gli episodi in tivvù, anche due volte».

«Lui è Montalbano, io sono Lamanna».

«Non si butti giù. Vedrà che prima o poi ci riesce anche lei».

Guardo l'uomo, ho la sensazione che mi stia prendendo in giro.

«Socrate, andiamo. Per lui non puoi fare più niente» dico, cercando di richiamarlo.

Mi osserva sconsolato. Dicono che i cani non hanno il senso della morte, ma la sentono e la vedono. Non vuole spostarsi, come se non volesse abbandonare quel canuzzo.

«Peppe, diglielo tu che in queste cose sei più bravo di me».

«Lascia in pace Socrate» fa Suleima, «verrà da solo».

La signora Tuttolomondo, sulla porta di casa, intrattiene i curiosi. Credo stia ripetendo per l'ennesima volta la sua testimonianza. Altro che Montalbano, così perfino io sono bravo.

«... era una mezz'ora che Sally piangeva, pensavo stesse male, gioia mia, è vicchiaredda, ha quasi sedici anni, ma non c'era verso di farla smettere, l'ho portata fuori nel terrazzino. Magari un po' d'aria fresca le fa bene, pensavo. Allora ho sentito come un'eco. Da dietro gli alberi veniva un guaito di cane, cosa da fare accapponare la pelle: uno strazio, una pena. Non vedevo bene, era già buio. Non me la sentivo di andare a vedere, non me la sentivo di lasciare Sally. Non potevo chiedere aiuto, i miei fratelli non erano in casa...».

Nel riquadro della porta spuntano le facce di due uomini, sembrano copie identiche, uno con i capelli, l'altro senza. Annuiscono, confermando il racconto della sorella.

«Vada dentro» mi sussurra l'uomo.

«Cosa dice?» chiedo.

«Vada dentro dalla signora, vada a parlarle da solo. Così può fare le domande che le interessano. Qui c'è troppa gente, non vede? Faccia come Montalbano».

«Le ho già spiegato che non sono Montalbano, signor?».

«Cammilleri mi chiamo, quasi come lo scrittore. Ma non siamo parenti. Mi dia retta: si presenti, entri in casa, prenda in mano la situazione».

«Il signore ha ragione» fa Suleima.

«Ha ragione» dice Peppe, «prendi in mano la situazione, Saverio».

Prendo in mano la situazione, dunque. Mi avvicino.

«Buongiorno signora Tuttolomondo».

«Buongiorno, lei è Lamanna, vero? Lei abita in fondo alla strada, qualche volta l'ho incontrata, volevo fermarla ma mi sembrava indelicato. Ho letto i suoi libri. Mi piacciono».

«Lamanna sta indagando su questo fattaccio» postilla Cammilleri.

«C'è poco da indagare, purtroppo. Ma perché non entrate? C'è pure Peppe Piccionello, lo conosco da ragazzino. E pure Sulelma, di presenza è ancora più bella. Entrate, non fate complimenti».

Cammilleri mi strizza l'occhio, complice. Non gli somiglia, ma non so perché mi ricorda Andrea Camilleri.

Sfiliamo tra le persone raccolte davanti alla casa. Capto qualche commento: allora la cosa è grave, pure Lamanna si è smosso da casa, questa cosa finisce sicuro in televisione.

Entriamo in un salottino carico di libri: sugli scaffali, per terra, sopra il divano, sulle poltrone.

La signora Tuttolomondo si affretta a liberare il divano.

«Scusate, sto riordinando le librerie» dice, «è un lavoro interminabile. I suoi li ho già sistemati».

Mi indica uno scaffale con i miei volumi affiancati. Intravedo i titoli: *La fabbrica delle stelle, Il delitto di Kolymbetra, Il lusso della giovinezza.*

«Finalmente posso chiederle un autografo, se non le dispiace».

«Certo, signora».

«E Sally?» chiede Suleima.

«Venite: sta sempre qui, mischina».

Il salotto si apre su una verandina. In un angolo, nell'occhio del sole autunnale, disteso in un lettino per cani, c'è un esserino raggomitolato, accanto a un osso di gomma, gli occhi socchiusi, indifferente alla nostra presenza.

«È una pincherina nana. Ha sedici anni, ormai quasi non cammina».

Suleima si avvicina, la accarezza piano. Sally reagisce sollevando le orecchie, nulla di più.

«È con me dopo che sono rimasta vedova. E ora... non ci voglio pensare». Gli occhi della signora si riempiono di lacrime. «Sono imperdonabile, non vi ho offerto nulla. Volete un caffè? Due biscottini, fatti da me».

«Se proprio insiste» fa Peppe.

Lo rimprovero con lo sguardo, ma Peppe non si scompone.

La signora Tuttolomondo si sposta verso la cucina. Scorgo Socrate fermo sulla soglia della porta rimasta socchiusa.

«Che bel cagnone» fa la signora.

«È Socrate» spiega Suleima.

«È vostro? Fatelo entrare, gli diamo un po' d'acqua. Devono bere, più sono grandi più devono bere».

Una ciotola piena d'acqua per Socrate, i biscotti per Peppe, la moka sul fuoco.

Nella grande cucina, i fratelli della signora Tuttolomondo – Arcangelo e Michele, si presentano – continuano imperterriti a giocare a scopa tra loro, silenziosamente. Salutano con un cenno leggero della testa.

La signora Tuttolomondo è un'insegnante di italiano in pensione. Versa il caffè, raccontando pezzi di vita: i suoi anni a Vicenza, il marito impiegato nel settore commerciale di un'azienda di serrature, il ritorno a Màkari dopo essere rimasta vedova senza figli, il rientro a casa con i fratelli, da quel che capisco due nullafacenti, uno Coi Capelli baby pensionato, l'altro Senza Capelli percettore di una pensione di invalidità, grandi giocatori di scopa e assidui consumatori della «Settimana Enigmistica» (lo confermano le molte copie sparse per casa, debitamente compilate a matita).

Riesco a dirottare l'autobiografia ai fatti della sera prima.

«Cosa ha sentito?».

«Sally piangeva, pensavo stesse male, gioia mia, ma non c'era verso di farla smettere, l'ho portata fuori nel terrazzino. Magari un po' d'aria fresca le fa bene, pensavo».

«Questo lo sappiamo, signora» dico, «faccia uno sforzo, ricorda qualcos'altro?».

«Beh, una cosa c'è. Non l'ho detta prima, davanti a tutti...».

«Signora» fa Peppe, «lo dica a noi».

La signora Tuttolomondo cerca lo sguardo dei fratelli.

«Più avanti c'erano due moto ferme, quando sono rientrata a casa dal terrazzo, con Sally in braccio, mi sono messa dietro alla finestra, al buio. Il canuzzo non si lamentava più. Ho visto tre ragazzi uscire dal terreno, salire in moto. Ridevano. Qualcuno ha detto: amuninni, nasca di cane. Hanno acceso i motori, con i fari hanno illuminato la finestra, sono andati via. Non li ho visti in faccia».

«Nasca di Cane» dico, «naso di cane».

«Una famiglia di Custonaci ha questa 'ngiuria» fa Peppe.

«La 'ngiuria è il soprannome» spiego a Suleima.

«Non so altro» dice la signora Tuttolomondo.

«È stata preziosa» faccio.

«Lamanna, ora lo merito l'autografo?».

«Signora, lei si merita un racconto intero. E anche i suoi fratelli».

«Avevo ragione, Lamanna?» mi chiede Cammilleri quando usciamo di nuovo in strada.

«Si vede che lei se ne intende».

«Modestamente».

Torniamo a casa, Socrate trotterella annusando qua e là.

«Saverio» fa Peppe «ti sei fatto guidare da quel Cammilleri. Come se non avessi mai fatto un'indagine».

«Lo sai come chiamavano Andrea Camilleri, lo scrittore? Il Sommo. Mi sono lasciato influenzare. Non l'ho mai conosciuto, ma incontrare un Camilleri anche con una emme in più, non lascia mai indifferenti».

«Vuoi diventare Montalbano, Saverio?» mi stuzzica Suleima. «Ma non sarò mai la tua Livia, ricordalo».

«Lo so, non sei una che facilmente esce di scena. Peppe, dove troviamo questo Nasca di Cane?».

«Proviamo al Bar dei Vili di Custonaci» risponde.

«Certo, chi ammazza un cane è un vile» fa Suleima. «Però è un po' esagerato riunirsi proprio al bar dei vigliacchi, significa volersi fare riconoscere subito».

«In alcune parti della Sicilia, ad esempio a Caltanissetta» preciso, «vile significa fannullone, pigro, scansafatiche, lagnuso».

«Il proprietario del bar» dice Peppe «infatti è di Caltanissetta».

Lascio Socrate a casa. Non voglio che abbia reazioni inconsulte incontrando i vili che hanno ammazzato un suo collega in quel modo.

La strada costeggia il golfo di Màkari. Il vento increspa le onde, con creste di schiuma bianca.

Il telefono. È papà.

«Saverio, ho parlato con Mimì. Lui consiglia il microchip per Socrate».

«Ciao, papà. Sto bene, stiamo tutti bene. Anche Peppe e Suleima ti salutano».

«Grazie. Ascoltami: con il microchip iscrivi Socrate all'anagrafe canina, un obbligo di legge, e eviti pure che si smarrisca. Costa una trentina di euro, pago io. Mi sembra la cosa giusta da fare».

Da quando Socrate è entrato casualmente nelle nostre vite, mio padre, che al massimo ha avuto un canarino, è diventato un cinofilo esperto. E si preoccupa solo per Socrate.

«Il microchip, papà? Ma non è meglio il passaporto e la carta di credito? Almeno può girare il mondo».

«C'è poco da scherzare, Saverio. Adesso hai delle responsabilità, non dimenticarlo».

«Sì papà, lo so. Intanto ho fatto la comunione dei beni con Socrate, ha la firma sul mio conto corrente. Domani gli accendo un mutuo prima casa. Bisogna pensare al suo futuro».

«Saverio, dovresti pensare al tuo futuro, altro che a quello di Socrate. Metti la testa a posto, una volta tanto».

«La prossima settimana me ne occupo, giuro. Adesso sto andando a far mettere il microchip a Peppe, così se si perde lo ritrovo»

«Ma io meritavo un figlio così? Ciao Saverio».

Davanti al Bar dei Vili, alcuni sfaccendati seduti ai tavoli si godono il sole autunnale. Sembra il remake del film di Fellini *I vitelloni*, settant'anni dopo. Gli occhi si muovono all'unisono al nostro passaggio, incollati addosso a Suleima.

All'interno, uno insegue il tris alla slot machine.

«Il proprietario?» chiedo.

«Sono io» risponde senza alzare gli occhi dalla macchinetta, «desiderate?»

«Nasca di Cane. Lo conosce?».

«Quello con la maglia rossa» dice, indicando con la mano un tavolo fuori. «Totuccio Crimaldi».

Totuccio è stravaccato sulla sedia, in compagnia di altri due ragazzi, quindici, sedici anni. Sul tavolo cinque bottiglie di Peroni da 66 cl.

«Totuccio Crimaldi?» faccio.

Mi osserva tirando dalla sua sigaretta elettronica.

«Sì. Perché? C'è cosa?». La risposta contiene una lieve intimidazione.

Inquadro il tipo: si allena a fare il malacarne. Lo immagino uno spettatore abituale di serie come *Narcos* o *El Chapo*. Ma in Sicilia basta guardarsi attorno per avere dei cattivi maestri, non serve nemmeno l'abbonamento a Netflix.

L'atmosfera si raggela. Dagli altri tavoli, l'attenzione si sposta su di noi. Vogliono vedere cosa succederà.

«Ho un cane a Màkari» rispondo «e mi dispiace se qualcuno fa male a un cane».

«Che me ne fotte dei cani? Che vuoi? Chi minchia sei?».

Si alza in piedi, ma rimane sempre un ragazzetto mingherlino.

«Sono uno» dico, usando il mio italiano più accademico «che ti spiega l'articolo 544-ter del codice penale: è punito con la reclusione da tre mesi a diciotto mesi e con multe fino a trentamila euro chi per crudeltà e senza necessità provoca lesioni a un animale o lo sottopone a sevizie. Cercati un avvocato, perché ieri sera vi hanno visto».

In auto ho ripassato su Internet l'articolo di legge, per questo lo ripeto a memoria.

Nasca di Cane traballa leggermente, cerca lo sguardo dei suoi amici. In fondo ha solo sedici anni, anche se frequenta il reality *Saranno Mafiosi*.

«Chi mi ha visto? Che dici? Non so di cosa parli».

«Se non lo sai, meglio così. Ma se lo sai, rifletti».

Faccio cenno a Suleima e Peppe di andare via.

Mentre ci allontaniamo sento un insulto sussurrato, faccio finta di non coglierlo.

Ma colgo la frase che Totuccio rivolge ai suoi amici: «La vecchia fu. Lo sapevo».

A casa, Socrate scodinzola per la fame.

«È come te, Peppe» dico. «Di fronte al cibo, dimenticate ogni dispiacere. Aveva ragione Dante: più che il dolor poté il digiuno».

Preparo una frittata con ricotta e foglie di menta. Mi ricorda sempre sapori antichi.

Trovo una bottiglia di Frappato. Recupero il pane del giorno prima, lo rianimo in forno.

«Cosa vuoi fare? Denunciare quel ragazzo?» mi chiede Suleima.

«Magari gli fa bene» dice Peppe.

«Oppure gli fa male» rispondo, «se finisce sul banco degli imputati già a sedici anni, a trent'anni sarà un criminale o un assessore regionale. Non so cos'è peggio».

Spero almeno di averlo impaurito, ma non ho tanta fiducia nel genere umano. Di solito, persevera nei suoi errori.

Socrate, finito il suo pasto, si avvicina al tavolo, cercando di racimolare qualcos'altro.

«Tu che faresti?» gli chiedo.

Abbaia. Non capisco se è un invito a denunciare o a soprassedere.

«Non ti capisco, devi studiare le lingue. Anzi, adesso dico a papà di iscriverti all'università».

Sparecchio, Peppe si offre di lavare i piatti. Insisto per convincerlo a usare la lavastoviglie, ma lui sostiene che il lavaggio a mano rilassa e incoraggia la meditazione.

«Per questo hai sempre idee brillanti» dico.

Suleima va di là, deve collegarsi in zoom con Mirella, Luca e un installatore di infissi in PVC.

Alegre, alegre, alegre
como los perros saben ser felices,
sin nada más, con el absolutismo
de la naturaleza descarada.

Prima pensavo che i telefoni ascoltassero tutto, adesso sono sicuro che leggono nel pensiero. Sarà merito o colpa dell'intelligenza artificiale, l'AI che Teresita mostrava di possedere ancor prima che venisse inventata.

«Felice, come i cani sanno essere felici, senza nient'altro, con l'assolutismo di una natura… non so l'ultima parola».

Descarada.

«Traduci, Teresita».

Descarada, spudorrata.

«Spudorata: con una sola erre. Non imparerai mai l'italiano».

Y nunca aprenderás español.

«Ho capito: cani felici, con l'assolutismo di una natura spudorata».

¡Ya era hora!

Ignoro il sarcasmo di Teresita, la mia app gratuita di spagnolo ormai desueta: è passato troppo tempo e sono tramontati troppi algoritmi da quando sognavo di trasferirmi a Formentera per aprire un chiringuito di granite siciliane. Come nell'amor perduto, tra me e Teresita non resta che qualche svogliata carezza e un po' di tenerezza.

«Perdi ancora tempo con quella sconsiderata?» dice Peppe che ormai ha concluso il suo ciclo di lavaggio e asciugatura. Non ha mai amato la mia app ispanica.

Ripenso alla poesia: perros felices.

Mi torna alla mente un episodio che devo aver letto da qualche parte o mi è stato raccontato. C'è un posto, in Sicilia, dove un cane di piccola taglia viene chiamato cane-piriddu. Un termine apparentemente incomprensibile: cane-pera. Perché? C'è chi lo spiega così: ai tempi della dominazione spagnola in Sicilia, qualche gentildonna forse chiamava il suo cane di compagnia col vezzeggiativo *perrito*, piccolo cane, cagnolino. Da perrito a piriddu, nella corruzione dialettale, il passo è breve. Il cagnolino perrito, in siciliano diventa piriddu, piccola pera. Cane-piriddu come quello che è stato ammazzato, come la Sally della signora Tuttolomondo.

Perritos felices. O infelices.

Con la scusa di accompagnare Peppe a casa, approfitto per fare due passi nel borgo. C'è un sole ancora tiepido. Mi spingo verso il bar per un espresso ristretto.

Nel terreno di fronte alla casa della signora Tuttolomondo noto Cammilleri armato di zappa e di pala.

«Diamo una sepoltura a questa povera creatura» dice, appena mi vede, «non me la sento di lasciarla così. Non siamo bestie».

«Ha ragione» faccio, «la civiltà ha avuto inizio quando abbiamo cominciato a seppellire i morti, nella terra, nelle grotte, nelle piramidi o nei cimiteri».

«Qui almeno c'è terra che accoglie tutti, ma come fanno nelle città quando muore un animale di casa? Dove lo mettono? Lo buttano nell'immondizia?».

«Non sono un grande esperto di sepolture animali».

«Ci sono città civili che hanno servizi pubblici o privati».

È la voce della signora Tuttolomondo, affacciata dal suo terrazzino.

«Qui in Sicilia» rispondo «non riusciamo a seppellire manco gli esseri umani, altro che cani e gatti».

Ripenso alla storia del cimitero di Palermo dove per quattro anni sono state accatastate più di mille bare perché non c'era spazio: un film dell'orrore, macabro e crudele.

«Ha ragione, Lamanna» fa la signora, «dai cimiteri si intuisce la civiltà di un popolo».

«All'ombra de' cipressi e dentro l'urne confortate di pianto è forse il sonno della morte men duro?».

«Foscolo. La ricorda ancora?» chiede la professoressa, in pensione ma comunque professoressa. «Vero è ben, Pindemonte! Anche la Speme, ultima Dea, fugge i sepolcri».

Saluto, mi dirigo verso il bar, pensando alle tombe egizie e romane, ai cani e ai gatti sepolti negli stessi sepolcri dei loro padroni, con lapidi e iscrizioni funebri.

Vabbè, come direbbe mio padre con humor nero, cambiamo argomento, pensiamo a cose allegre: quanto costa un tabuto?

Temo che la filosofia *noir* di papà non sia molto efficace. La notte è agitata da sogni inquieti, immagini cupe nello spazio indeterminato del dormiveglia.

Suleima nel sonno mormora qualcosa che non capisco bene, come infissi o suffissi.

Apre un occhio.

«Che hai, Saverio?».

«Non riesco a dormire».

«Nemmeno io, non riesco a togliermi dalla mente quel canuzzo».

«Veramente dormivi e parlavi nel sonno».

«Appunto».

«Ma tu parli sempre mentre dormi».

«Non è vero, solo stanotte».

Fuori dalla porta della camera, Socrate russa sonoramente.

«Cosa facciamo con lui» chiedo, «gli compriamo i cerotti per il naso?».

«Non credo che funzioni per il naso dei cani».

«Dovremmo chiedere a Nasca di Cane, lui sicuramente lo sa. Quel malacarne ha capito che è stato visto dalla professoressa Tuttolomondo. Non vorrei facesse qualche altra minchiata».

«È solo un ragazzino».

«Così giovane e così cretino. Ha un grande futuro davanti a sé».

«Non fare il cinico, Saverio».

«Non lo faccio, lo sono».

«Vieni qui, abbracciami».

Il resto è affidato all'immaginazione dei lettori.

Bussano.
«Sarà Peppe. Perché bussa? Ha le chiavi».
«Sai che non vuole essere invadente. Vai ad aprire».
Mi rivesto veloce.
Apro.
Coi Capelli e Senza Capelli.
«È scomparsa Giovanna».
«Chi è Giovanna?».
«Nostra sorella. È scomparsa pure Sally».
Mi balena il volto di Totuccio Crimaldi, inteso Nasca di Cane. Avrà fatto la sua minchiata?
«Entrate, raccontate tutto, dall'inizio».
Parla solo Coi Capelli, cioè Arcangelo. Il fratello Michele, Senza Capelli, annuisce a conferma.
«Ogni mattina usciamo presto per andare a fare la spesa. Sa, io e mio fratello siamo piuttosto esigenti col cibo, abbiamo solo questo vizio. Andiamo presto al mercato per trovare il pesce migliore, la frutta e la verdura più fresche. Ci teniamo alla qualità di ciò che mangiamo».
Michele approva con la testa pelata.
«Giovanna resta a casa» prosegue Coi Capelli, «lei ha abitudini diverse da noi: va a letto tardi, legge, scrive. La casa è grande, ciascuno ha i suoi spazi, la sua libertà. Poi, in questo periodo, lei è sempre accanto a Sally che ormai quasi non si muove più. Stamattina, quando siamo tornati, saranno state le nove, nove e mezzo, Giovanna non c'era. Può capitare, a volte fa un giretto vicino casa, ma resta sempre nei dintorni. Non aveva nemmeno la macchina, perché l'abbiamo presa noi per andare in pescheria, dal verduraio...».

«Dal macellaio» aggiunge Michele.
«Anche dal macellaio» continua Arcangelo, «abbiamo preso un chilo e mezzo di salsiccia».
«E sei hamburger di manzo».
«Esatto, sei hamburger».
«E siamo passati in edicola, per comprare "La Settimana Enigmistica"».
«Ho capito: state facendo la lista della spesa. Ma Giovanna non ha telefonato per avvisare che si allontanava?».
«Abbiamo lasciato i nostri cellulari a casa, succede spesso».
«Avete trovato un messaggio, un biglietto, qualcosa?».
Scuotono la testa in segno di diniego.
«Manca qualcosa da casa, dalla sua camera?».
Ripetono il gesto, in sincronia.
«Non è mai capitato in passato» chiedo «che Giovanna si sia allontanata da casa, così, senza dare spiegazioni?».
Si scambiano uno sguardo.
«In passato. Molto tempo fa».
«Quanto tempo fa?».
«Giovanna» racconta Arcangelo «è stata una ragazza del suo tempo, quando i giovani viaggiavano in autostop, zaino in spalla, pochi soldi e tanti sogni. Diciamo che era un po' hippy. Giusto, Michele?».
Senza Capelli convalida con un cenno della testa.
«Partiva, stava fuori mesi. Nostra madre, buonanima, si disperava, divorata dall'ansia. Poi arrivava una sua telefonata internazionale: mamma sono a Bangkok, sono a Nuova Delhi, sono a Berlino, sto bene, voi come

state? Salutami papà e i leoni. I leoni eravamo noi, ci prendeva in giro, ci chiamava "leoni di cancellata" come quegli animali di pietra o di bronzo messi a guardia degli ingressi di ville e palazzi. Diceva che non ci muovevamo mai da casa, mentre lei girava il mondo, andava soprattutto in Oriente, seguiva la rotta hippy. Quando tornava si portava dietro oggetti esotici, incensi, statuette buddiste. Ecco, a volte spariva così, in quattro e quattr'otto. Ma succedeva cinquant'anni fa».

«Però l'ha fatto, sa farlo» dico, «quindi potrebbe averlo rifatto».

«Lamanna, siamo preoccupati. Abbiamo paura che le abbiano fatto male, dopo il fattaccio di ieri».

«Prima di affrettare conclusioni, andiamo a casa vostra. Ricontrolliamo. Magari c'è qualcosa che può aiutare a capire dov'è Giovanna».

Peppe Piccionello oggi indossa una maglietta nuova, credo faccia parte dell'ultima collezione autunno-inverno: «A ogni uccello il suo nido è bello. Ma gli uccelli hanno ali per volare».

«Cosa stiamo cercando?» chiede Suleima, arrivati a casa dei fratelli Tuttolomondo.

«Non so, qualche indizio utile» rispondo guardandomi attorno.

Il salotto è ancora occupato dai libri. Non sarà facile capire cosa trovare e dove cercare.

Coi Capelli e Senza Capelli mostrano la camera di Giovanna. È piena di oggetti indiani, souvenir asiatici, kilim, simboli votivi, bandierine di preghiera tibetane.

A differenza del salotto, qui è tutto molto ordinato, perfino il letto rifatto.

Provo ad accendere il computer portatile di Giovanna, chiuso sulla scrivania. Non è accessibile, serve la password che i fratelli non conoscono.

Suleima sfoglia tre libri in pila sul comodino. Studio i titoli: *Il Budda degli animali*, *Tenersi per zampa fino alla fine*, *Bonjour Casimiro. Il barone e la villa fatata*. Capisco la ragione dei primi due volumi, Giovanna si stava preparando spiritualmente per dare l'addio a Sally, cercava risposte nel buddismo. Sfoglio il terzo, leggo la quarta di copertina: «Il libro tratteggia la vicenda di un uomo contemporaneo che si reca nei luoghi in cui visse il barone Casimiro Piccolo, acquerellista e fotografo, il quale, a partire dal 1932, scelse di abbandonare Palermo e i salotti ovattati della nobiltà cittadina, per trasferirsi nella villa di famiglia sulle appartate colline di Capo d'Orlando. Un "ritiro" dalla città voluto dalla madre, che Casimiro condivise con il fratello, il celebre poeta Lucio Piccolo, e con la sorella Agata Giovanna, esperta di botanica».

Libro da professoressa di italiano.

«Saverio, il giornale di ieri» fa Piccionello, mostrando una copia del «Giornale di Sicilia».

«Sarebbe più clamoroso se fosse quello di domani».

«Per una volta riesci a non dire fesserie?».

«Sai che non sopporto le ovvietà. Monsieur Lapalisse, hai scoperto il quotidiano del giorno prima»

«Saverio» dice Suleima, «Peppe ha ragione. Non dire fesserie, piuttosto guarda qui. Sul bordo del giornale c'è scritto qualcosa. Forse può essere utile».

Scettico mi avvicino, seguito dal passo felpato dei due leoni di cancellata.

In effetti, c'è un appunto a penna. PACEC'O 11.52. 12.58.14.30.16.32.

«È la scrittura di Giovanna» dice Arcangelo, «la riconosco».

«Paceco. Sapete se lì Giovanna conosce qualcuno?» chiedo.

Coi Capelli e Senza Capelli allargano le braccia sconsolati.

Squilla il telefono di casa.

«Forse è Giovanna» dice Arcangelo, andando a rispondere.

Alza la cornetta.

«Pronto? Giovanna, sei tu? Chi parla?».

Sgrana gli occhi.

«Chi parla?» insiste.

«Chi è?» gli chiedo.

«Non so» risponde con la cornetta ancora in mano. «Una voce ha detto: Giovanna è una donna morta».

«Come l'ha detto?».

«In siciliano: dicci ca è 'na fimmina morta».

«Non sanno nemmeno che è andata via» dico, «vogliono mettervi paura».

Penso anche di sapere chi ha chiamato. Riconosco lo stile.

Andiamo a pranzo da Marilù. A quest'ora si fa rivedere un sole ingannevolmente estivo, ma è soltanto fiction. Il cameriere propone busiate con pesto alla trapanese: il menù in autunno è ridotto al minimo, già si profila la chiusura stagionale. Marilù è fuori per una commissione.

Rileggo l'appunto di Giovanna sul giornale, che ho fotografato col telefonino.

«Magari i due fratelli nascondono qualcosa» rifletto, «magari sanno perfettamente cosa c'è a Paceco e se Giovanna è andata veramente là».

«Dov'è Paceco?» chiede Suleima.

«Un paese a quaranta chilometri da qui, nei dintorni di Trapani» fa Peppe, «dove ci sono le saline e i mulini a vento».

«Ho capito» dice Suleima, «una volta forse ci sono pure andata».

«Senza di me? Non è possibile: ecco perché non ricordi niente».

«Stupido».

«E questi numeri? Cosa saranno?» insisto.

11.52.12.58.14.30.16.32.

«A me sembrano orari» dice Peppe.

«Orari di cosa? Da Màkari a Paceco» spiego «non ci sono treni né autobus diretti. Bisogna cambiare a Trapani. Come andare da Roma a Sydney, con scalo a Dubai o ad Abu Dhabi. Sono viaggi intercontinentali: Màkari, Trapani, Paceco, Sydney».

«A Paceco abita mio compare Sarino» dice Peppe.

«Ma allora questo cambia tutto» rispondo, «fermiamo le rotative».

«Saverio, a volte sei insopportabile» fa Suleima, «lo sai, no?».

L'arrivo del cameriere con panelle e arancine mignon smorza la mia reazione.

Forse è vero che a volte sono insopportabile: è colpa del cambio di stagione, mi provoca cataclismi umorali.

Rilego l'appunto: PACEC'O 11.52.12.58.14.30.16.32. Un apostrofo nel posto sbagliato, una serie di numeri.

«È un rebus» dico tra me e me.

«Allora i due fratelli sapranno sicuramente decifrarlo» dice Suleima, «sono lettori della "Settimana Enigmistica", non fanno altro».

Suleima ha ragione.

«Facciamo un tentativo».

Telefono a casa Tuttolomondo. Risponde Arcangelo, l'Aronne di suo fratello Mosè.

«Quell'appunto di Giovanna sul giornale» gli spiego «forse nasconde qualcosa che va decifrata. Voi siete abili con i rebus, provate a capire cosa può significare».

Li lascio con quest'incarico. Già li immagino chini sul tavolo della cucina, le loro teste Coi Capelli e Senza Capelli che si sfiorano cercando di trovare un senso allo scarabocchio. Per tutto il pomeriggio avranno da fare.

Invece io non ho proprio niente da fare. Sfoglio i siti dei giornali che offrono la loro razione quotidiana di carneficine. Mi appassiono a un articolo del «National Geographic»: i cani possono percepire le emozioni dei propri padroni. Guardo Socrate, sbadiglia sdraiato sul pavimento. Percepisce chiaramente la mia noia.

Piccionello è tornato a casa sua, Suleima è stata riconvocata da Mirella e Luca per una urgentissima questione di battiscopa o profili angolari, non so bene. Quei due appartengono alla categoria degli edificatori nevrotici: sistemano la loro mansarda di trentadue metri quadri con la stessa frenesia dell'architetto di Cheope che doveva concludere i lavori della piramide prima che morisse il faraone.

Il pomeriggio è troppo lungo e azzurro. La luce del sole d'autunno cade morbida sul golfo di Màkari.

Bussano alla porta.

Apro.

Coi Capelli e Senza Capelli.

«Avete trovato la soluzione?».

«Quasi» dice Arcangelo Coi Capelli, «poco fa ha telefonato Giovanna. È distrutta: Sally è morta. Ha detto che è andata a portarla nel posto giusto».

«Ha detto dove?».

«No. Ha detto: un posto tra magia e sogno».

«Tra magia e sogno» ripete Michele Senza Capelli, rompendo il suo silenzio.

Faccio entrare i due fratelli, Socrate li osserva con un occhio aperto e uno chiuso.

«Un altro rebus. Forse Giovanna è la vera enigmista di famiglia» commento.

«Michele ha fatto alcune ipotesi» dice Coi Capelli, «ecco».

Mi mostra un foglio con l'appunto ricopiato in diverse combinazioni. Ci vorrebbe Stefano Bartezzaghi per riuscire a decifrare.

Mi colpisce la parola PA.CE.C'O, scritta così. Con i punti.

«Cosa significa?».

Coi Capelli e Senza Capelli alzano le spalle.

«Proviamo con quell'impiccione di Google. Quello sa tutto».

Vado al computer, digito nella stringa «tra magia e sogno». Spuntano pagine su mostre d'arte, centri benessere, circoli occultistici. Tanta roba, ma inutile.

«Ha detto solo questo? Sicuri?» chiedo ai fratelli.

«Per l'esattezza ha detto: un posto piccolo tra magia e sogno» risponde Senza Capelli.

Riprovo: «piccolo magia sogno». Google sputa altre migliaia di risultanze. Quasi in testa, spunta il sito «Fondazione Famiglia Piccolo di Calanovella».

Clicco, appaiono le foto dei fratelli Lucio, Agata e Casimiro Piccolo, cugini di Giuseppe Tomasi di Lampedusa. Nel sito web della fondazione, altre foto della villa nella campagna di Capo d'Orlando: alcune dedicate al cimiterino dei cani e dei gatti della famiglia, con tanto di lapidi con i nomi degli animali sepolti. Un posto piccolo. Un posto Piccolo.

Adesso ricordo il libro sul comodino di Giovanna, quello su Casimiro Piccolo, un uomo che passava il suo tempo dipingendo acquarelli o cercando di fotografare ectoplasmi notturni o distribuendo ciotole d'acqua nel parco per i fantasmi di cani e gatti che tornavano assetati dai loro viaggi tra l'aldilà e l'aldiqua.

«Giovanna è andata lì» dico, «sono quasi sicuro».

«Può essere, guardate» dice Senza Capelli, ormai fin troppo loquace.

Indica la scritta PA.CE.C'O.

«PA-lermo CE-ntrale-C-apo d-'O-rlando» spiega.

«Controlliamo gli orari» dico, «Trenitalia li sa tutti a memoria».

Scrivo nella home page di Trenitalia. Da Palermo Centrale a Capo d'Orlando. Eccoli: 11.52, 12.58, 14.30, 16.32. Corrispondono all'appunto.

«Giovanna li avrà appuntati per organizzare il suo viaggio. Che ora era quando siete tornati a casa e non avete trovato né lei né Sally?» chiedo.

«Nove e mezzo circa» risponde Coi Capelli.

«Sally deve essere morta appena siete usciti da casa. Giovanna forse aveva già programmato tutto da giorni. È partita in fretta, senza avvisare nessuno, come faceva da giovane. È tornata ad essere la ragazza hippy, con lo zaino in spalla. Sarà andata a Palermo, magari con l'autobus che passa proprio qui sotto. E da lì ha proseguito in treno per Capo d'Orlando. Chiamiamola».

«Inutile, tiene sempre il telefonino spento» dice Coi Capelli, «ci proviamo da stamattina».

Riprovo per scrupolo. Niente, la solita risposta automatica: telefono spento o irraggiungibile.

«Perché non andiamo a riprenderla?».

La voce di Senza Capelli risuona nel silenzio della stanza, sottolineato dal respiro assonnato di Socrate.

Arcangelo sgrana gli occhi.

«Andiamo a riprenderla dove? Sai se è già lì? Se sta già tornando?».

«Andiamo comunque» fa Michele, «proviamo. Ci mettiamo in viaggio. Come ha fatto Giovanna».

Sto assistendo al risveglio del leone di Màkari.

«Non possiamo, Michele» dice il fratello, «come facciamo a lasciare casa, a lasciare tutte le nostre cose?».

«Ma cosa lasciamo? Le carte siciliane Masenghini? L'ultimo cruciverba della "Settimana Enigmistica"? Andiamo a prendere Giovanna e ritorniamo indietro. Lamanna, quanto tempo ci vorrà?».

«Tre ore di autostrada. Giovanna forse è arrivata nel pomeriggio, quando Villa Piccolo era ormai chiusa. Ci andrà domattina, dopo l'apertura».

«E noi ci faremo trovare lì» insiste Senza Capelli. «Giovanna sarà contenta di avere accanto i suoi leoni di cancellata, mentre saluta per sempre la sua Sally. Non se lo aspetta».

«Se volete vi accompagno» dico. Me ne pento mentre lo dico, ma è troppo tardi.

Senza Capelli sorride e annuisce. Provo a immaginarmelo capellone e figlio dei fiori, però non ci riesco.

«Grazie, Lamanna. Io vado. Arcangelo, tu fai come vuoi».

Quando partiamo da Màkari il sole è già basso. Suleima non può condividere questo tardivo *hippy trail*, domani mattina deve sorvegliare la posa del parquet nella piramide di Luca e Mirella. Sono riuscito a convincere Peppe Piccionello soltanto dietro lauto compenso: un chilo di pignolata messinese bianca e nera da ritirare direttamente al Bar delle Poste di Capo d'Orlando, di cui già in passato ha assaggiato le specialità.

Coi Capelli alla guida, Senza Capelli nel sedile passeggero, io e Peppe seduti dietro.

«Musica?» chiede Senza Capelli, accendendo l'autoradio.

Non so se è un caso, ma sintonizza una stazione che manda solo rock degli anni ruggenti. Forse si crede Mick Jagger in viaggio verso un ashram indiano. Riconosco *Born to be wild* degli Steppenwolf, stava nella colonna sonora di *Easy Rider* prima di finire in qualche spot pubblicitario di moto o auto.

Senza Capelli è allegro, segue il ritmo canticchiando e battendo le mani sul cruscotto della Punto. Coi Capelli tace ingrugnito, gli occhi fissi alla strada. Con umore diverso affrontano la loro prima trasgressione. Penso come deve essere stato vivere nella stessa famiglia con una sorella ribelle e scapestrata, giovane come si doveva essere giovani al tempo. E loro due a casa, accanto al telefono che non squillava, silenziosi leoni di cancellata, a cercare la parola giusta per il 7 verticale. Riesco a immaginare Giovanna a ventidue anni, profumo patchouli e bastoncini di incenso: non riesco a fare lo stesso per i due fratelli, probabilmente erano uguali ad oggi, col colletto della camicia abbottonato fino al collo.

«Come è arrivata Sally» chiedo «nella vita di Giovanna?».

«Per i suoi 60 anni» dice Michele, Senza Capelli, «ho pensato di regalarle la cagnolina».

«L'idea è stata mia» fa Arcangelo, Coi Capelli, «tu nemmeno volevi, perché dicevi che il cane sporcava casa».

Senza Capelli: «L'ho detto una volta sola, per scherzo. Sono andato io a prenderla al canile».

Coi Capelli: «Però il canile lo conoscevo io, era di un mio collega d'ufficio».

«Sally non c'è più. Non litigate per quella povera creatura» taglia corto Peppe. L'argomento emotivo raggiunge il risultato di spegnere la vertenza risalente a sedici anni prima.

Cerco di aggirare la questione della primogenitura di Sally.

«E come mai il nome Sally?» chiedo.

«Per la canzone di Vasco, ovviamente» dice Coi Capelli.

«Che dici? Non c'entra niente. Per il film *Harry ti presento Sally*» replica Senza Capelli.

Coi Capelli: «Non ricordi nulla. Giovanna ascoltava sempre quella di Vasco che fa: Sally cammina per la strada senza nemmeno guardare per terra».

Senza Capelli: «Ti confondi. Aveva pure la videocassetta del film con Meg Ryan e Billy Crystal, la rivedeva in continuazione».

Coi Capelli: «Sbagli, era Vasco».

Senza Capelli: «Era Meg Ryan».

Filiamo per la circonvallazione di Palermo, ormai con poco traffico a quest'ora della sera. Le luci della città sono una galassia. La galassia della memoria, ha scritto qualcuno, dove si smarriscono fatti e ricordi.

Piccionello si è assopito sulla mia spalla. Tento di imitarlo, mentre dai sedili davanti arrivano sempre più debolmente, dentro il rumore sordo del motore, gli echi dell'interminabile talk show di Senza Capelli e Coi Capelli.

Sapore di sale, sapore di mare
che hai sulla pelle, che hai sulle labbra
quando esci dall'acqua e ti vieni a sdraiare
vicino a me, vicino a me.

Mi ripeto in mente i versi della canzone di Gino Paoli, appena imbocchiamo lo svincolo dell'autostrada per Capo d'Orlando.

Sapore di sale, sapore di mare
un gusto un po' amaro, di cose perdute.

«Cosa canti, Saverio?» chiede Peppe.
«Non canto».
«Non è vero. Canti a bocca chiusa, ti ho sentito».
«Niente, cose del passato».
Da quando ho scoperto che Gino Paoli ha scritto di getto il suo primo grande successo tornando da una lunga vacanza al mare sulla spiaggia di Capo d'Orlando – forse con la giovanissima Stefania Sandrelli, ma il Grande Ligure ha sempre smentito – scatta dentro di me un automatismo. Ogni volta che sento pronunciare Capo d'Orlando, mi partono in testa le strofe di *Sapore di sale*.

Qui il tempo è dei giorni che passano pigri
e lasciano in bocca il gusto del sale.

Spacciandomi come conoscitore del territorio, prenoto per telefono le nostre camere all'albergo «La tartaruga» che sta proprio davanti alla spiaggia di San Gregorio, sempre più rosicchiata dal mare e dalle correnti, lo stesso hotel che nell'estate del 1963 ospitò Paoli. Gli altri passeggeri della Punto non possono immaginare che dietro alla mia scelta ci sia il ricordo di mamma che amava canticchiare *Sapore di sale*: credo me l'abbia propinata come ninna nanna, perché ne custodisco una memoria remota, qualcuno direbbe ancestrale.

L'albergo è come lo immaginavo, di fronte alle luci lontane delle Eolie. Sapore di sale, sapore di mare, appunto.

Malgrado siano quasi le undici e la cucina sia già chiusa, con la classica esagerata ospitalità siciliana – sarà uno stereotipo, ma comunque impedisce di lasciare qualcuno a stomaco vuoto – riescono a rimediarci formaggi, olive nere, affettati e caponatina.

Coi Capelli e Senza Capelli, che hanno firmato tra loro una tregua, sembrano eccitati da questa avventura fuori dai confini. Si guardano attorno straniti, con la medesima espressione di Bill Murray in *Lost in translation*, malgrado si siano trasferiti, solo momentaneamente, in una provincia non limitrofa.

«Sarete stanchi. Andiamo finalmente a dormire?» chiedo.

Mi guardano con l'espressione dei ragazzini in gita scolastica ai quali l'insegnante ha appena imposto l'orario di ritirata.

«Facciamo due passi» dice Michele.

«Qua attorno, guardiamo il mare» insiste Arcangelo.

«Hanno ragione» fa Peppe, «siamo arrivati fin qui».

Andiamo per il lungomare, laggiù tremano le luci di Lipari o di Vulcano, non so bene. Qualche barchino ondeggia lieve, ancorato in rada.

Coi Capelli e Senza Capelli camminano pochi metri avanti, fissando il mare di notte, rischiarato da una mezzaluna.

Mi chiedo se provano rimpianto per quello che non hanno fatto e non hanno visto. O forse no, forse hanno fatto e visto quello che volevano fare e vedere. Possono continuare a vezzeggiare la fantasia, senza doverla confrontare con la realtà.

Pensieri serali che non portano da nessuna parte.

«Peppe» dico, «sta rinfrescando. Vado a dormire».

«Saverio, mi piace questo posto».

«Lo so, piaceva pure a Gino Paoli».

Quando al mattino scendo nella sala colazioni, mi colpiscono tre cose. La luce che rimbalza prepotente dal mare e dal cielo. Senza Capelli e Coi Capelli, con le tazze di caffè intonse, incantati a fissare il profilo delle Eolie che galleggiano sulla linea dell'orizzonte. Peppe Piccionello che sgranocchia pezzi di pignolata nera, chino sul piatto.

«Sono le nove e mezzo. Andiamo, Villa Piccolo apre tra poco. Dobbiamo farci trovare lì».

«È bellissimo, Saverio» fa Senza Capelli, «io non lo sapevo».

«Tu tante cose non sai» dice Coi Capelli.

«Tu invece sai tutto, vero?» replica Senza Capelli.

Ricominciano.

«Amici belli» dice Peppe, «non potete fare così. Per Giovanna è un momento difficile. Ha bisogno di voi, del vostro amore, forte e sereno. Abbracciatela, fatele capire che non è rimasta sola, accanto ha due fratelli, le sue colonne».

I fratelli annuiscono, pensierosi.

Non so quando Piccionello si sia specializzato in psicoterapia familiare, ma credo abbia ottenuto il massimo dei voti.

«Da dove ti vengono fuori queste parole, Peppe?» gli sussurro all'orecchio, approfittando per rubargli la pignolata dal piatto.

«Le sentivo dire a mia nonna».

I cancelli di Villa Piccolo sono già aperti. Ci inoltriamo per il vialetto in salita, lasciamo l'auto nel parcheggio. Ora dobbiamo solo aspettare.

«Speriamo di non aver fatto tutta questa strada inutilmente» dico.

«La strada fatta non è mai persa» risponde Senza Capelli.

Forse anche lui, senza saperlo, ha un'anima buddista.

Gironzoliamo per il parco: il prato ben curato, gli alberi potati, piante tropicali ed esotiche. Il giardino botanico di Villa Piccolo è opera della sorella di Lucio e Casimiro: Agata Giovanna. Giovanna anche lei, quasi una simmetria di destini. Tre fratelli, un triangolo di relazioni. I Piccolo. I Tuttolomondo.

Il motore di un'auto. Dal van metallizzato scende Giovanna. Porta con sé un cesto thailandese di bambù col coperchio. Paga la corsa al taxi. È distratta, non ci vede.

Ma appena mette a fuoco la nostra presenza, si blocca. Non so se sorpresa o infastidita.

Peppe fa un gesto con la mano ai due fratelli: andatele incontro.

Se fossi uno scrittore sentimentale o comunque attento ai sentimenti potrei andare avanti con sostantivi e aggettivi almeno per due pagine. Lacrime, abbracci, emozioni, passato, presente, gioia, dolore. Per chi è interessato al genere, posso consigliare appropriate letture. Scrivete le vostre mail di richiesta al mio editore, risponderò in tempi ragionevoli.

«Un posto piccolo, tra magia e sogno» dico a Giovanna, «il cimitero dei cani di Casimiro, non sbagliavo».

«È un bel posto, vero? Dove i cani possono tornare. Se lascio Sally qui, qualcuna di queste brave persone la seppellirà». Mostra la cesta di bambù col coperchio, la bara thailandese di Sally. Indica i giardinieri e i custodi che si aggirano per il parco mettendo a posto vialetti e piante.

«Ma dobbiamo fare in fretta» dice Peppe, «sennò ci cacciano via».

Il piccolo corteo funebre si muove sul prato all'inglese.

Di fronte, il profilo leggero delle isole del vento trema nella vastità del Tirreno.

Un pergolato di glicine conduce al cimitero dei cani.

Giovanna cammina in testa, dondolando piano la cesta di bambù, al passo di una musica che forse è nella sua mente.

Ogni sepoltura ha la sua lapide, i fiori freschi nei vasi. Scorro i nomi: Alì, Emir, Pascià, Puck, Mamoud, Bey, Omar, Micado, Malatedda e altri.

Giovanna posa la cesta al centro del cimiterino. Tira fuori dalla tasca un foglio. Legge.

La mia Sally è morta.
E io, una materialista
che non crede
nel cielo azzurro promesso
a nessun essere umano,
per questo cane o per ogni cane
credo nel paradiso, sì, credo in un paradiso
dove non entrerò, ma lei mi aspetta
agitando la coda
in modo che quando arrivo ho degli amici.

Non riesco a sorridere della sua solennità, non so perché. Forse non sono abbastanza cinico.

Giovanna continua a leggere, le si incrina la voce.

Felice, felice, felice
come sanno essere felici i cani,
senza altro,
con l'assolutismo della loro natura spudorata.
Non c'è nessun addio alla mia Sally che è morta.
E non c'è e non c'era nessuna bugia tra noi.
Se ne è andata. Tenetela qui.

«Dobbiamo andare, sento dei passi» dice Peppe.

Giovanna lascia la poesia accanto alla cesta, prende un fiore da un vasetto, lo posa sul foglio. La cerimonia è conclusa, *ite missa est.*

Il viaggio di ritorno è mesto. Verso Cefalù il cielo comincia a coprirsi di nuvole sempre più grigie.

Mi sono messo alla guida, Piccionello accanto.

Nel sedile posteriore, Giovanna è al centro. Senza Capelli e Coi Capelli, ai suoi fianchi, le accarezzano la testa, la abbracciano quando ha un sussulto di pianto, le offrono caramelle alla menta e fazzolettini di carta. Peppe approva tacitamente.

«Giovanna, di chi è la poesia che hai letto?» le chiedo.

«Pablo Neruda. *Un perro ha muerto*».

«Ricordo di averla già sentita».

«Neruda amava i cani. Come Casimiro Piccolo che diceva di aver visto per tre volte, sotto forma di presenza, il suo cane morto anni prima».

Non dico a voce alta quel che pensava la moglie di Tomasi di Lampedusa dei fratelli Piccolo, cugini del marito: «Bisognerebbe portarli tutti e tre dallo psicanalista». Sapeva bene di cosa parlava: era una famosa terapeuta junghiana.

A una sosta per un caffè mando un messaggio a Suleima.

«Missione compiuta. Giovanna è con noi. Accompagnata Sally all'ultima dimora. Funzione breve ma sentita. Poi ti racconto. Stiamo tornando».

Sulla circonvallazione di Palermo comincia a piovigginare. Dopo Terrasini comincia a piovere insistentemente. L'acqua ci accompagna fino a Màkari.

Il mare è plumbeo quanto il cielo.

Arriviamo a casa sotto la pioggia battente.

I Tuttolomondo ripartono per casa loro.

Socrate ci accoglie festoso, ma non euforico. Sembra pensare: sono abbastanza contento, ma ero contento anche senza di voi. Credo si stia lamannizzando.

«Tempo da cani» esclama Peppe, «senza offesa, Socrate».

«No, tempo da funerali. Hai mai visto i film americani? I funerali vogliono effetto pioggia e ombrelli, a Hollywood hanno deciso così».

Uno scroscio di pioggia, la porta si apre. Entra Suleima.

È bagnata dalla testa ai piedi, le scolano i capelli.

«Non ti asciugare» dico, «sei bellissima così».

Racconto le ventiquattro ore appena trascorse, la scoperta dell'anima da globe-trotter di Senza Capelli e Coi Capelli, l'affidamento della salma di Sally nel cimitero di Villa Piccolo.

«È una storia triste, ma bella» dice Suleima.

«Non è finita» faccio, «c'è ancora Nasca di Cane».

Socrate abbaia, mi pare che chieda giustizia.

«A lui ci penso io» dice Peppe. Guarda fuori dalla finestra: «Ha quasi smesso di piovere. Vado a casa».

Qualcuno avrà già trovato l'urna thailandese con i resti di Sally? Spero che un'anima pietosa si faccia carico di seppellirla nella stessa terra che ha accolto Pascià, Puck, Mamoud e gli tutti gli altri. Loro già conoscono la strada per ritornare da questa parte, ogni qual volta si ricordano di questo pianeta.

«Saverio, sei turbato» dice Suleima, «non immaginavo che la morte degli animali ti toccasse così».

«L'avevo fatto capire».

«Pensavo fingessi. E invece... sembri così sensibile».

«È una cosa positiva o negativa?».

«Devo pensarci. Non so se preferirti freddo o caldo».

«Come sai, a San Vito c'è il caldo-freddo, uno dei gelati più buoni al mondo. È stato ispirato esattamente da me: caldo-freddo, appunto».

Mi scruta di sottecchi, dubbiosa.

D'improvviso, mi tira contro uno dei cuscini del divano.

«Ora finalmente ti riconosco: sei il solito cretino».

Le rilancio il cuscino addosso. La rincorro per la stanza. L'acchiappo per i fianchi.

Bloccata. La bacio.

«Sapore di sale, sapore di mare, che hai sulla pelle, che hai sulle labbra» canto con voce da crooner.

«Saverio, parli con le canzonette?».

«Non è una canzonetta, ma un evergreen che ha fatto innamorare generazioni. Non vorrei essere campanilista, ma questo mare e questo sale sono siciliani, per l'esattezza di Capo d'Orlando».

«Oddio, sei di nuovo in preda alla *grandeur* sicula: il vulcano più elevato d'Europa, l'isola più grande del Mediterraneo, il capoluogo di provincia più alto d'Italia».

«Se vuoi, aggiungo la rete stradale più scassata d'Italia e la maggiore disoccupazione giovanile di tutta l'Unione europea».

«Risparmiami il Guinness dei primati siciliani, nel bene e nel male».

La prendo per i fianchi, la guardo negli occhi.

«Suleima, davanti a quel mare e a quel sale, mancavi solo tu».

«In fondo in fondo, mi piaci così caldo-freddo».

La mattina si ripresenta carica di vento e di luce.

Prendo il caffè in terrazza.

«Sapore di sale, sapore di mare» mormora Suleima, venendo a soffiarmi Gino Paoli nell'orecchio. Ha più di sessant'anni, ma funziona sempre.

Un'auto scura si ferma davanti casa. Ne scendono Piccionello e un uomo basso e tarchiato, col passo lemme e solenne che in Sicilia si chiama annacamento, grande movimento col minimo spostamento. Il passo di chi si sente qualcuno o vuol farlo credere.

«Buongiorno. Il mio amico Ciccio Crimaldi» dice Peppe, presentandolo.

«Entrate» dico, «il caffè è appena fatto».

Socrate abbaia contro Crimaldi. Devo alzare la voce per farlo smettere.

Verso il caffè dalla moka ancora caldo.

Crimaldi siede molto compito e galante con Suleima. La sua gentilezza mal si concilia con una cicatrice che gli solca il volto, dandogli invece un'aria torva e patibolare.

«Ciccio Crimaldi è il papà di Totuccio» puntualizza Piccionello, «tanti anni fa eravamo imbarcati su un peschereccio di Mazara del Vallo, stavamo in mare per settimane. Le motovedette libiche ci sparavano contro. Eravamo giovani, vero Ciccio?».

Crimaldi conferma, solo adesso mi rendo conto perché si porta addosso il soprannome Nasca di Cane: in effetti, somiglia a uno di quei cani vagabondi che mostrano con baldanza le ferite delle loro risse di strada.

«Peppe mi ha raccontato la discussione che avete avuto con mio figlio» dice Crimaldi.

«Non sapevamo che Totuccio è tuo figlio» fa Piccionello, «pensavo fosse un parente. Forse siamo stati troppo duri con lui».

Crimaldi si passa una mano sul volto sfregiato.

«È colpa mia. Quel ragazzo mi fa disperare. Non vuole lavorare né studiare. Passa il tempo a guardare in tv quei film di gangster. Ho saputo che va dicendo in giro che questa – indica la cicatrice che gli taglia la faccia – me l'hanno fatta in galera. Ma non è vero, non sono mai stato in galera. La cicatrice ce l'ho da bambino. Mi inseguiva un cane, avevo paura, scappavo: sono finito contro una porta a vetri, mi sono massacrato».

«Forse per questo Totuccio ha ammazzato un cane» dico, «a modo suo, vendica suo padre».

«Lamanna, lei ha studiato e parla bene. Ma quale vendetta? Ma che colpa hanno i cani? Manco quello che mi inseguiva aveva colpa: faceva il suo mestiere di cane. Ero un picciriddo e non ho capito il pericolo. Mio figlio non è un picciriddo, è un coglione».

«Così lo svaluta» fa Suleima, «forse suo figlio cerca la sua attenzione».

«Signorina, ha ragione: le colpe dei figli ricadono sempre sui padri. Ora gli parlo e, quanto è vero Dio, se non la smette di fare minchiate gli spezzo le gambe».

«Non dica così» replica Suleima.

«Come faccio sbaglio. Non so più che fare».

Porta la mano sugli occhi, credo stia piangendo.

«Ciccio, una cosa puoi farla» dice Peppe. «Un'amica di mia nipote fa parte di un'associazione di Trapani che si occupa di cani abbandonati, li raccolgono, li curano e cercano di farli adottare. Manda tuo figlio lì per qualche mese, a pulire i recinti dei cani, così impara pure qualcosa».

«E come lo convinco?» fa Crimaldi.

«Lo convinca, e se lo fa lei è meglio» dico. «Preferisce che finisca in tribunale? Se gliela mette così, forse Totuccio capisce che è più conveniente fare il bagno ai cani piuttosto che diventare pregiudicato».

Crimaldi annuisce, asciugandosi le lacrime.

Socrate lo scruta stupefatto. Non riesce a credere che anche Nasca di Cane possa piangere.

Tre giorni dopo, vado a piedi dai Tuttolomondo.

La Punto è ferma davanti casa, col bagagliaio aperto.

Coi Capelli e Senza Capelli battibeccano sull'assetto da dare a un trolley verde acqua.

Coi Capelli: «Meglio orizzontale, così mettiamo sopra gli altri».

Senza Capelli: «Sbagli. In verticale occupa meno spazio».

«In partenza?» chiedo.

«Andiamo a Ortigia e a Noto».
«Fate bene. Chi viaggia vive due volte».
«Non sono più arrivate altre telefonate» dice Arcangelo.
«Meglio così» rispondo, «si vede che era solo una ragazzata».
Giovanna esce da casa. Ha un vestito di seta indiana, vintage e sbarazzino.
Coi Capelli: «Ti sta bene, Giovanna».
Senza Capelli: «Ti sta benissimo, ma preferisco quello blu».
Coi Capelli: «Blu non va bene, è da sera».
Senza Capelli: «Non è completamente blu. È giallo e blu».
Giovanna sorride, va verso i fratelli.
«Dai, smettetela di litigare».
«Non litighiamo» fa Michele, «rivendichiamo le nostre divergenze».
«Comunque, sei riuscita a tirar fuori da casa i leoni di cancellata» dico.
Giovanna si mette tra i due fratelli, li prende sottobraccio.
«Non sono più leoni di cancellata».
«Cosa sono diventati?» chiedo.
«I leoni di Màkari».
«Bene» faccio, «altri leoni di Sicilia».
Alto nel cielo, un aereo lascia la sua scia andando verso qualche posto lontano.

Luca Mercadante

Ai cani piacciono le ossa

Tutto quello che c'è da sapere per mettersi nei miei panni è che sono abbarbicato su un eucalipto a circa due metri d'altezza. Ai piedi dell'albero una lupa gira in tondo senza mai staccarmi gli occhi di dosso. È incinta. Dietro di lei mezza dozzina di cani di razze e stazze diverse: quello che rimane del suo branco di ringhiosi randagi.

Poco più in là la mia Fiat Punto è immersa con le ruote anteriori in una pozza di fango. I finestrini sono aperti, così come il portabagagli: se pure dovessi riuscire a saltare giù di qui e percorrere illeso la distanza che mi separa dalla macchina, difficilmente arriverei a chiudermi dentro prima che la lupa e i suoi scagnozzi mi raggiungano nell'abitacolo.

Oltre a me, l'albero, la lupa coi cani e la Punto nel fango c'è una lunga strada di campagna. E poi? Campagna, campagna e ancora campagna per circa quindici minuti in auto, mezz'ora in trattore, tre quarti d'ora in bicicletta, come fanno quasi tutti i braccianti neri della zona per raggiungere i campi di lavoro. A piedi? Ci metterei almeno il doppio se fossi un esile immigrato, abituato al sacrificio, alle marce sotto al sole, con una gran voglia di sopravvivere. Non lo sono.

A un paio di chilometri da qui c'è un casolare, così mi sono illuso che prima o poi sarebbe passato qualcuno: un pensiero fulmineo e rassicurante che mi ha attraversato il cervello mentre mi arrampicavo goffamente sull'eucalipto inseguito dal branco.

Qualcuno passerà, no?

Speranze che già mi sembrano non solo vane, ma anche teneramente giovanili. Simili a quelle di un ragazzino marcatamente in sovrappeso che al primo giorno delle medie entra a scuola ripetendosi: *Magari nessuno mi tormenterà per le mie tette a punta.*

Per dare un quadro ancora più preciso della situazione aggiungo che: 1) il ragazzino con le tette a punta sono io, trent'anni dopo e un centinaio di chili in più; 2) ho con me dei documenti che mi farebbero diventare l'eroe del giorno in redazione; 3) in questo preciso istante sto per imparare che, quello dell'eucalipto, non si può definire legno-particolarmente-resistente.

Il ramo sul quale tengo il piede destro scricchiola. Prima che possa reagire, si spezza, strappandosi dal tronco principale. Perdo l'equilibrio, la cartellina con i documenti mi casca. I miei aguzzini si agitano e la lupa salta, cercando di azzannare il piede che penzola nel vuoto. Mi afferra la scarpa. Abbraccio con tutte le forze il tronco dell'albero e la lupa ricade, lasciandomi il piede scalzo e con le mani vuote.

Mi chiamo Domenico Cigno e mi guadagno da vivere come mediocre cronista sportivo. Ho un accredito per lo Stadio Maradona sfruttato poco e sono in questa situazione solo perché ho sottovalutato una maledizione lanciata da due ragazzini all'inizio di questa assurda giornata. «Ti devono mangiare i cani» mi ha detto il più grande, poco più di dieci anni, guardandomi dritto negli occhi.

Dieci di stamattina, Castel Volturno. Osservo la massa umana che affolla Lungomare Bagnara. La particolarità di oggi è che a popolare la spiaggia non sono le solite famiglie a basso reddito, ma i tifosi del Napoli. Stanchi di aspettare davanti ai cancelli del training center l'arrivo del nuovo acquisto argentino, si sono riversati qui a festeggiare banchettando sulla sabbia tra i resti di una dozzina di villette sventrate dal mare.

Avevo garantito al mio direttore che il calciatore sarebbe arrivato al centro allenamenti, e non a Napoli. Così non è stato e ora devo ripiegare con un pezzo sulla fandom azzurra che, guarda caso, ha scelto la peggiore spiaggia del peggiore litorale per venire a rinfrescarsi.

L'ultima volta che sono stato a Bagnara era per realizzare un servizio sull'erosione costiera. «Su questo tratto il mare è avanzato di decine di metri» dicevano gli ambientalisti.

Qui gli stabilimenti balneari non sono delimitati da uno steccato o da un lembo di spiaggia libera, ma dai resti delle case vacanza costruite negli anni Sessanta su suolo demaniale. Percorrere il lungomare è un'impresa: ogni poche centinaia di metri ci si imbatte in ruderi da aggirare. Ambulanti di asciugamani, cocco e biscotti di Castellammare, già carichi delle loro sporte, sono costretti a scavalcare travi spezzate e ringhiere arrugginite, un tempo confini di giardini privati, ora proiettate direttamente in mare.

L'acqua ha prima inghiottito nani da giardino e statue della Madonna, poi si è insinuata nei seminterrati, sollevando pavimenti e aprendo squarci nei muri. Già a metà degli anni Novanta il mare aveva causato i primi crolli. Oggi, per ritrovare quei nani e quelle Madonne, serve un'immersione con maschera e pinne.

Visti dal mare, questi relitti di architettura vacanziera abusiva sembrano un paese terremotato. Per me, sono tavole anatomiche della specie umana: siamo mezzo cesso, mezza cucina, metà camera da letto, siamo un armadio che penzola sull'orlo di un pavimento crollato. Lo specchio ancora appeso al chiodo arrugginito. Per quanto può durare tutto questo?

I crolli delle ville di Bagnara sono un esame *post mortem* condotto sotto gli occhi dell'assassino, l'autopsia di una sconfitta collettiva. Un crimine di cui tutti fingiamo di non essere complici. Ripensandoci, era inevitabile che questo sfacelo attirasse il gruppo umano meglio adattato al sacrificio, all'umiliazione, a far festa nel degrado, ma anche alle vittorie insperate e alle rivincite morali seguite da repentine delusioni: i tifosi del Napoli.

Dalla battigia, con le scarpe in mano e i pantaloni arrotolati, osservo la distesa azzurra che si apre davanti a me: una marea di magliette col numero 10, pantaloncini da calcio improvvisati come costumi da bagno, bandiere ovunque, e l'immagine di Diego – sempre con l'aureola – che domina la scena. L'aria è riempita da cori incessanti che si sovrappongono l'uno all'altro.

I capi ultrà, intenti a stendere uno striscione di quindici metri, bevono senza sosta vino rosso di Mondragone, caldissimo. Uno di loro mi grida: «Sto qua, il tempo di finire e vengo».

È lui il mio contatto, una fonte preziosa che spesso sa le cose prima di chiunque altro, talvolta anticipando persino la Società o la questura, di cui conosce fin troppo bene i corridoi. L'operazione striscione sembra complicata e, ricordando che ieri ci hanno impiegato mezz'ora per fare la stessa cosa su un tratto della Domitiana, decido di aspettarlo altrove.

Con un cenno, gli faccio capire che sarò al banco dei panini. È un chiosco improvvisato, allestito questa mattina da Oreste, uno che di solito lavora in un ristorante-pizzeria qui vicino. Stamattina, però, ha fiutato l'affare e si è piazzato a un metro dalla battigia, arrostendo salsicce su una brace rovente. L'odore di grasso bruciato invade la spiaggia, mescolandosi all'aria salmastra e al vociare della folla.

«Scusate, io già stavo in fila» dico a quelli che mi guardano storto mentre mi rimetto dov'ero: dietro un giovane con un casco in mano al quale avevo chiesto di mantenermi il posto e davanti a due ragazzini che s'erano illusi che non sarei più tornato e ora sbuffano.

Io e i ragazzini abbiamo lo stesso problema: questo chiosco è l'unica fonte di cibo decente. Nonostante siano solo le dieci, ci siamo tutti precipitati qui per assicurarci il pranzo. La fila non è neanche chissà quanto lunga, ci sono giusto cinque o sei persone prima di me, ma il fatto è che i panini stanno finendo. Vengo preso dall'ansia. Non solo ho cannato l'arrivo di Pereira, mo vuoi vedere che resto pure digiuno?

Il più grande dei ragazzini dietro di me dice al fratello: «Aspetta qua» e si avvicina al banco per poi tornare con notizie sconfortanti: è rimasto un solo panino con la cotoletta e una decina tra quelli con salsiccia o parmigiana. Dopo, toccherà aspettare la cottura di nuove salsicce.

Il mio sguardo si fissa sul panino con la cotoletta. Vedo la foglia d'insalata e le patatine. Mentalmente, supplico: «Non muoverti, non muoverti». A ogni nuovo cliente, lancio un messaggio telepatico: «La cotoletta no, la cotoletta no».

«Et voilà» urla l'ultrà, sembra più un Uallà, mentre mostra lo striscione finalmente aperto a dovere. Al centro c'è un disegno con Maradona e Pereira che si danno la mano. «Mo tocca a te» dice Diego.

Parte l'ennesimo coro: *Oje vita oje vita mia*. L'ultrà si sbraccia, perde l'equilibrio e cade al suolo di schiena.

«Prego, dotto', che vi favorisco?».

Distratto dalla caduta dell'ultrà ho perso il contatto visivo col panino. Per fortuna eccolo là, l'ultimo con la cotoletta.

«Nico'», alle mie spalle il più piccolo dei due fratelli richiama allarmato l'attenzione del maggiore, «qua non ci rimane niente!».

«Uno con la parmigiana» dico a Oreste. «Poi uno con salsiccia e friarielli». Deglutisco cercando dentro di me la forza di essere una persona migliore di quella che sono, che però non trovo: «E quello con cotoletta e patatine».

Il primo morso al panino con la salsiccia lo do mentre ancora pago, gli altri due li metto in borsa insieme ai tovaglioli. Con un altro boccone ingoio mezzo panino e vado a vedere se il mio promesso intervistato è sopravvissuto alla caduta.

«Scusate», il ragazzino più grande mi blocca, «mio fratello tiene sette anni, non si mangia la parmigiana e neanche i friarielli. Si mangia solo quello con la cotoletta. Se ve lo prendete voi, resta digiuno», lo dice con la voce da bambini del dopoguerra. Al collo ha appeso un porta cellulare trasparente con dentro un iPhone che costa più della mia macchina.

Mi rigiro a guardare il settenne, noto una busta di M&M's in mano ancora chiusa, quindi la storia del digiuno è già un'esagerazione. Dietro di lui tutti quelli in fila mi guardano. Sorridono inteneriti. A saperlo avrei addentato il panino con la cotoletta, mannaggia a me.

Dico: «Tu però sei viziato, non si fanno storie con il cibo. Si mangia quello che c'è».

Lui s'imbarazza. Non dice niente.

«Ma tu veramente resti a stomaco vuoto?» gli chiedo.

Annuisce.

«E vedi che è meglio, così ti puoi fare il bagno prima».

È la battuta di una vecchia barzelletta, il bambino non ride e io non ho il tempo di capire davvero come uscirne, perché la nostra attenzione viene rapita da un ululato che copre qualsiasi altro rumore. I cori dei tifosi, così come la caciara delle persone e le musichette degli smartphone, s'interrompono. Segue un altro ululato e poi il latrare di cani che a decine si riversano sulla spiaggia.

Il branco si divide in due, chiudendo i lati opposti dell'arenile. I cani ci circondano come se fossimo pecore da radunare, poi attaccano. Un barboncino arraggiato mi salta addosso, strappa il panino con la salsiccia dalle mie mani e fugge sulla battigia. Tento di inseguirlo ma due maremmani azzannano la mia borsa, il loro manto bianco è coperto di fango.

Inizia un tiro alla fune: io da una parte, loro dall'altra. L'odore della cotoletta e della parmigiana li rende frenetici. Mi impunto con tutte le forze, la cinghia cede di schianto. Perdo l'equilibrio e finisco con il culo nell'acqua.

Ovunque mi volti, è il caos. Qualcuno si difende con una sdraio ripiegata, altri si tuffano in mare per sfuggire all'assalto. Poi, così com'è iniziato, tutto finisce all'improvviso. Il branco si ritira, lasciandoci attoniti e sconfitti. La spiaggia è un campo di battaglia: ombrelloni rovesciati, lettini ribaltati, lo striscione affondato nella sabbia.

Il cibo è stato razziato: borse frigo, colazioni fatte in casa, frittate di maccheroni… hanno afferrato ogni cosa fosse anche lontanamente commestibile, tranne le M&M's del settenne che ora si gode, insieme al fratello, lo spettacolo del sottoscritto finito nell'acqua.

Vengo preso da un'improvvisa voglia di dolce.

«Dove le avete comprate quelle?» gli chiedo fissando il sacchetto.

Lo stringe a sé, come per paura che possa sottrarglielo. Il fratello lo tira via avvolgendogli le spalle con un braccio.

«Andiamocene» dice al piccolo. E a me: «Ti devono mangiare i cani».

Mi rimetto in piedi, fradicio e umiliato. Faccio un rapido inventario dei danni: il cellulare, miracolosamente, è salvo. Anche il portafogli, che per abitudine tengo sempre nella tasca anteriore, è ancora al suo posto. La borsa rubata dal branco conteneva solo qualche giornale e un bloc-notes, quello che tiro fuori quando devo darmi le arie da giornalista serio. Niente di irreparabile, dunque, a parte i panini. L'unica vera ferita di guerra è la vistosa macchia bagnata sul sedere dei pantaloni. In sostanza, ho salvato tutto fuorché l'onore.

Mi guardo intorno alla ricerca del capo ultrà, non lo trovo. Chiedo di lui, mi dicono che lo hanno portato al pronto soccorso. «Mica lo hanno morso?», provo a nascondere l'entusiasmo per quella piccola nota di colore da poter aggiungere a un articolo che non ho ancora scritto. Mi rispondono che ha battuto forte la schiena quando è caduto, non riusciva a respirare e lo hanno caricato in macchina, giusto un minuto prima dell'arrivo dei cani.

I tifosi, per lo più napoletani «in trasferta», sono confusi e disorientati dall'accaduto. La gente del posto, invece, sembra avere le idee più chiare e dà all'accaduto un nome che suona come una leggenda urbana locale: il «Mucchio randagio».

La definizione «Mucchio randagio» se l'è inventata un collega di «il Casertano», giornale on line verso il quale Maurizio, il mio direttore, non ha mai risparmiato critiche. Più che giornalisti sono uffici stampa di politici locali che producono solo merda prezzolata. Nondimeno è disposto ad adottare quella merda quando vede che funziona. E ho il presentimento che questa storia del Mucchio randagio stia iniziando a fare presa.

Non che Castel Volturno abbia mai scarseggiato di cani randagi. Da Napoli a Caserta, chiunque voglia liberarsi di un amico a quattro zampe sceglie queste campagne come meta. Noi, come tutti gli altri media, ci limitiamo al solito articolo estivo sugli abbandoni. Nulla di più.

Non sono ancora certo che questo assalto possa interessare Maurizio ma, avendo mancato il pezzo sulla tifoseria, decido di documentare il disastro. Scatto alcune foto e ascolto i presenti, prima che la spiaggia si svuoti completamente. Il timore di un ritorno degli assalitori sta già spingendo la maggior parte delle persone a prendere la via di casa.

Le testimonianze che raccolgo parlano di cani che scorrazzano indisturbati per la zona. Non si limitano a vagabondare: invadono allevamenti e depositi, fanno strage di gatti. Il dettaglio allarmante è la loro audacia: assalgono i cani al guinzaglio e scavalcano i cancelli per attaccare quelli da giardino.

Da una settimana a questa parte la situazione è precipitata: hanno iniziato ad aggredire le persone. I ciclisti sono le vittime preferite. Mi raccontano di un tossicodipendente rimasto intrappolato nella sua auto per ore, in pineta, terrorizzato, in attesa che il branco se ne andasse. La costante in tutti questi racconti? Dopo ogni attacco, i cani svaniscono nel nulla.

Inutile domandarsi come mai tutto questo stia accadendo proprio a Castel Volturno: la zona meno controllata della Campania, dove puoi esistere senza avere un nome o una nazionalità, dove puoi sparire tra le centinaia di costruzioni abbandonate, i palazzi fatiscenti e le campagne paludose. Questo posto è stato lo sversatoio dei rifiuti di un'intera regione, dormitorio d'emergenza per i terremotati, centro di ammassamento degli immigrati e free zone dello spaccio, non mi meraviglia che il Mucchio vi abbia trovato il suo rifugio ideale.

Raccolte le informazioni di base, mi serve ora un «caso umano» da immortalare, la ciliegina sulla torta del mio articolo. E il candidato perfetto sembra essere Oreste: il suo banco di salsicce, ora vuoto e rovesciato sulla sabbia, è un simbolo eloquente del disastro. Suo figlio pare sia stato morso, e Oreste sta già sbraitando alla ricerca di testimoni per chiedere un risarcimento al Comune.

«Era un lupo» si lamenta il ragazzo dolorante, «era un cane lupo!».

Oreste cerca di catturare chiunque gli capiti a tiro. «Scusate, voi avete visto tutto, è così?» dice, senza risultati.

Incrocio il suo sguardo.

«Dotto'» si avvicina, «almeno voi me la fate la testimonianza?», me lo dice allungandomi il volantino del ristorante dove lavora. «State offerto per il pranzo».

Metto subito le mani avanti: «Io mi stavo difendendo da tre belve, come potevo guardare a tuo figlio».

«E vabbè, le belve» sminuisce lui e poi desiste distratto da una donna che si allontana dalla scena del crimine. «Signora» urla, «signora!» e la rincorre.

Ne approfitto per andarmene zitto zitto.

Per tornare alla macchina risalgo il viale dietro una delle case crollate. Sono costretto a scavalcare un muretto, ma è sempre meglio che fare il giro intorno.

Faccio un goffo saltello e arriva immancabile una risata: a meno di due metri da me c'è Ruoso, il maresciallo della Stazione Carabinieri Forestali. È lui che, si fa per dire, tutela la pineta che digrada verso le dune sabbiose, gli acquitrini e le paludi che circondano la zona.

«Madonna, non lo sai che a Bagnara c'è il divieto di balneazione?» dice indicando il mio pantalone bagnato.

«Sei arrivato tardi» ribatto, «lo spettacolo è finito». Non insisto oltre. L'arte di presentarsi sul posto quando tutto è già concluso è una specialità locale, un talento che chi è cresciuto in queste terre sviluppa quasi per istinto. È una danza ben orchestrata con il destino, un modo per sfiorare il pericolo senza mai rischiare davvero. Ruoso e io, come tanti altri figli di Castel Volturno, abbiamo perfezionato questa abilità nel corso degli anni, trasformandola in una seconda natura. È il nostro modo di sopravvivere in un luogo dove essere al posto giusto al momento sbagliato potrebbe significare trovarsi nel bel mezzo di guai più grandi di noi. Così, arriviamo sempre in ritardo, con la scusa pronta e lo sguardo innocente di chi non ha visto niente, non sa nulla, non c'era. È una strategia, un'eredità tacita tramandata di generazione in generazione.

Lo squadro, sorpreso di vederlo in uniforme. Da quando la Forestale è stata assorbita dai Carabinieri, nessuno l'aveva mai visto con la divisa nera bordata di rosso. Ruoso, tornato in zona da pochi anni, porta avanti da solo la semi-abbandonata Stazione Forestale.

Per l'Arma, Ruoso è un grattacapo, però anche una risorsa preziosa nell'addestramento dei cani da soccorso. Volevano confinarlo in una scuola Carabinieri, ma lui si è fatto afferrare per pazzo. Alla fine, considerati i numerosi encomi e le vite salvate durante il servizio sul Monte Rosa, i superiori hanno deciso di tenerlo qui, mantenendo aperta una stazione che avrebbe dovuto chiudere. Ruoso è come una cellula impazzita che le menti meccaniche dell'Arma non sanno come gestire. Hanno optato per fingere che non esista.

«Ti dona il nero» lo provoco, «alla fine ti stanno inquadrando anche a te. Hai imparato l'inno dei soldatini?».

Lui si limita a ridacchiare.

Lo supero in direzione della Punto. Solo che lui vuole sapere se ho visto qualcosa di particolare o di strano: «Devo fare rapporto a *'sti sciem n'capa*» dice picchiettandosi la divisa. Gli racconto velocemente com'è andata, ma a lui sembra non bastare e insiste a chiedere particolari. «Com'è che ti stai interessando tanto a questa cosa?» gli chiedo.

«A fine giornata sul brogliaccio di servizio pure ci devo mettere qualcosa».

«Siamo in due» penso tra me e me, riconoscendo la familiare necessità di riempire pagine con qualcosa, qualsiasi cosa.

«Solo questo?» insinuo, non del tutto convinto.

«Vai va', Cigno, che oggi non è giornata di confessione».

Risalgo in macchina, pronto a chiamare la redazione per giocare d'anticipo. Prima che possa farlo, il telefono squilla. È Maurizio, il direttore.

Sbuffo, prendo fiato e rispondo. Sorprendentemente, Maurizio non urla, però il suo tono di rimprovero è palpabile. Come se fosse colpa mia se il *pibe de oro secundo* (o terzo che sia) non è arrivato.

Sembra soddisfatto dell'idea di seguire i tifosi a Bagnara, ma subito precisa: niente svolta ecologista sull'erosione della costa. Vuole il pezzo. Subito.

Balbetto qualche «ehm ehm» e lui sbotta: «Domenico, devi chiudere un pezzo sulla tifoseria, mica sulle vittime dei bombardamenti!».

Per giustificarmi, gli racconto dell'attacco dei cani. Errore fatale. Ora sì che urla: il «Mucchio randagio» è la notizia del momento e io perdo tempo con quattro ultrà ubriachi?

«Portami la foto del bambino azzannato» ordina.

Mannaggia a me che ho lasciato perdere Oreste!

«Non è proprio un bambino» provo a ridimensionare.

«Lo è» insiste, «lo è». Capisco cosa intende: anche se il ragazzo avesse la barba, il titolo dovrà essere *Minorenne azzannato dal Mucchio randagio*.

Prima di riattaccare, il direttore rincara: pezzo da mandare subito, foto obbligatoria. «Lo mettiamo di contorno, fammi un allarme rosso».

Un allarme rosso? Per una notizia che fino a ieri avrebbe sicuramente ignorato? Non capisco, e quando non capisco, non funziono. Mi faccio coraggio: «Lo mettiamo di contorno a cosa?».

«Al cadavere del bracciante mangiato dai cani!».

Se avessi ancora il mio panino, mi cadrebbe di mano. «A cosa!?» esclamo, dimenticando la prima regola del giornalismo: mai ammettere di non conoscere la notizia del giorno.

«Cazzo, Domenico, solo tu non lo sai!». Chiude, lasciandomi senza risposta.

Cerco in rete notizie sul cadavere. Trovo poco: tutti ripetono le scarse informazioni del comunicato stampa della questura. Non c'è il luogo del ritrovamento, ma si specifica che il bracciante era già morto quando il branco lo ha trovato. «Quindi nessun pericolo per la comunità» dicono.

Per la comunità bianca, sarebbe più corretto.

Qualcuno paventa la possibile ordinanza di abbattimento straordinario del prefetto. Una contraddizione con il «nessun pericolo per la comunità» che puzza di bufala. Squadroni di cacciatori di frodo contro il Mucchio randagio: un film proiettato solo nelle sale di Castel Volturno.

Non c'è altro. Ecco perché il «contorno» richiesto da Maurizio è cruciale: con l'attacco a Bagnara siamo gli unici ad avere qualcosa di nuovo.

Ora capisco anche il perché di Ruoso in uniforme e il suo insolito interesse: suo malgrado devono averlo coinvolto. Torno in spiaggia per strappargli una dichiarazione e anche per vedere di convincere Oreste a lasciarmi fotografare il figlio, ma non c'è più traccia di nessuno di loro.

Il ristorante-pizzeria-bar-tavolacalda-salapercerimonie in cui lavora Oreste si trova sulla Domitiana, poco prima del ponte per l'inversione di marcia verso Villa Literno. Per entrare nel parcheggio, devo chiedere all'egiziano con la bancarella di cover per telefoni di spostarsi. Mi becco il primo vaffanculo della giornata. L'uomo urla che paga per stare lì quando il ristorante è ancora chiuso, e quindi non si muove. Sono costretto a lasciare la macchina lungo la strada.

All'interno, il personale è indaffarato a preparare la sala per il primo turno. Oreste, sorpreso di vedermi, esclama ad alta voce che allora le persone oneste esistono ancora. Mi porta in cucina per non farsi sentire «... da quello», indica con un cenno del mento il pizzaiolo, che ci lancia occhiate di sottecchi, mentre borbotta parole impercettibili e sicuramente velenose.

In cucina, i fornelli sono accesi e l'aria è calda, impregnata di aromi deliziosi. Un odore in particolare, che non riesco ancora a identificare, cattura tutta la mia attenzione. Due cuoche si muovono freneticamente tra le preparazioni. Oreste sussurra qualcosa all'orecchio di una di loro. Poi, si sporge in sala e chiama a gran voce il figlio.

La cuoca che ha ricevuto l'imbasciata mi piazza tra le mani un vassoio colmo di bruschette, zeppoline, salumi e affettati.

«Non sono qui per fare la testimonianza» dico, mentre mastico una zeppola con fiori di zucca. «Ho qualcosa di meglio: un'intervista».

Il viso di Oreste si rabbuia, deluso.

L'altra cuoca mi fa passare sotto il naso una piastra con la parmigiana che mi ricorda il panino che non sono riuscito a mangiare: è bella abbrustolita, proprio come piace a me. Oreste la afferra prima che possa allungare le mani.

«E io l'intervista dove me la metto?».

«Con il mio articolo faccio cacare sotto il Comune e tu ottieni il risarcimento senza neanche andare dall'avvocato». Oreste annuisce, abbocca e molla la piastra.

Entra il ragazzo, che non zoppica affatto. Si abbassa i pantaloni da cameriere per mostrare una fasciatura grossolana. Chiedo di vedere il referto del pronto soccorso, Oreste nicchia. Allora gli passo il vassoio e, prima che possa fermarmi, scopro la bendatura: due graffietti da niente.

«Vabbè, Oreste, come non detto». Provo ad alzarmi, ma la cuoca mi infila in bocca una coscia di coniglio.

Ecco l'odore che non riuscivo a identificare!

«Marinato dodici ore» dice la cuoca con accento slavo. «Poi io ti do la ricetta».

Annuisco e dico al ragazzo: «Ricominciamo, dimmi che è successo». Mentre lui racconta, chiedo a Oreste del ketchup da mettere sulla gamba del figlio, per la foto che mi ha chiesto Maurizio.

Il ragazzo insiste che era un lupo, un lupo con il collare. Gli dico: «Se era un lupo secondo te mo stavi qua?». E allora lui replica che lo ha salvato il padre menando un fendente con il coltellaccio.

Oreste interviene orgoglioso: «Non l'ho preso bene, ma la lama l'ha sentita».

Mi porge una striscia di cuoio con una medaglietta: un simbolo e un numero di matricola che per lui non significano nulla, io invece li riconosco immediatamente. Il collare appartiene ad Artax, la cagna di Ruoso, uno degli ultimi esemplari di lupo italiano, la razza che il Corpo Forestale usava nel soccorso in montagna. Ottenuto ibridando lupo appenninico e pastore tedesco, il lupo italiano è venuto fuori particolarmente resistente, legato al proprio territorio e generoso, ma anche attaccabrighe, selvaggio, resistente all'addestramento e con in mente una sola cosa: la fuga. Nei centri cinofili dei Carabinieri questi cani hanno fatto solo guai, così sono stati messi da parte. Destinati a scomparire con i loro colleghi umani. Naturalmente da quando ne è stata vietata la riproduzione e il commercio sono diventati ambiti nel mercato nero.

Artax, in particolare, è grossa quanto un maschio e ad appena un anno di età aveva azzannato tre addestratori, per questo ne era stata decretata la fine. Ruoso, l'unico in grado di domarla, l'ha salvata dall'abbattimento e instaurato con lei un legame carnale, forse l'unico rapporto affettivo della sua vita.

«Questo me lo tengo» dico, intascando il collare. Oreste prova a protestare, ma cede alla mia falsa promessa di restituirglielo a fine giornata.

«Mi raccomando, mi serve per la causa» insiste.

«Contaci» lo rassicuro e scatto una foto all'eroico padre.

L'ora successiva la passo seduto a un tavolo appartato, circondato da piatti che si susseguono senza sosta. In ordine sparso divoro: due porzioni di parmigiana, il coniglio, la pasta al forno e le tracchie con le quali hanno fatto il ragù. Oreste, forse sperando in un articolo più favorevole, continua a riempirmi il bicchiere di vino. Quando mi alzo sento i pantaloni stringere e la testa leggera. Sono finalmente soddisfatto, è la mia rivincita contro i cani che mi hanno rubato i panini e contro il destino che gliel'ha permesso.

Quando esco, l'egiziano ha spostato la bancarella di lato. Non rinuncia a lanciarmi un'ultima occhiataccia mentre mi faccio largo per permettere alla mia circonferenza di passare. Non perdo tempo a restituirgli il vaffanculo di prima.

Sazio, mi rifugio nell'abitacolo dell'auto, fortunatamente parcheggiata all'ombra di un albero. Mi metto a scrivere l'articolo utilizzando il cellulare. Non sono avvezzo a farlo con lo smartphone, né sono un entusiasta della tecnologia, d'altronde non aspiro nemmeno al Premio Ilaria Alpi. L'importante è portare a casa la pagnotta, che questa volta sa decisamente di coniglio.

Allarme rosso. L'equilibrio di una pagina di un quotidiano si basa sulla varietà degli articoli che la compongono. Se con uno si colpisce duramente, con l'altro si accarezza. Quando con il centrale facciamo troppo i servili, con il contorno ricordiamo ai nostri padroni che c'è la libertà di stampa.

Maurizio mi ha richiesto un pezzo di contorno dai toni allarmistici. Ciò implica che l'articolo principale, quello sul bracciante, sarà più moderato.

Qualsiasi forma di narrazione non può essere completamente cupa. È necessario offrire al lettore uno spiraglio di luce in fondo al tunnel. Da trent'anni noi giornalisti commuoviamo il pubblico con storie di naufragi, ustioni da gommone e corpicini senza vita sulle spiagge delle nostre località di vacanza. Tuttavia, il messaggio subliminale che ci permette di continuare a farlo, di intrattenere il nostro pubblico senza disgustarlo, è «a noi non accadrà mai». L'unica luce che il subconscio occidentale vuole intravedere in fondo al tunnel è quella della propria salvezza personale.

Scrivo combattendo contro la sonnolenza post-prandiale. Impiego un'ora per completare l'articolo e alla fine l'equilibrio della pagina è salvo, ho dato il mio piccolo contributo che permetterà alle persone di percepire come buona notizia l'uccisione di un bracciante. Non sono stati i cani cattivi, ma come sempre il lavoro nei campi, il caporalato, la schiavitù e il prezzo basso delle pummarole.

Tranquilla gente, tutto va come al solito.

Una volta terminato, lo invio alla redazione allegando due fotografie: una della coscia ferita del minorenne, volutamente a bassa risoluzione, e l'altra di Oreste che impugna il coltello con cui ha salvato la vita del figlio. Forse non otterrà alcun risarcimento, ma avrà una pagina di giornale da incorniciare.

Quello che ora sarebbe saggio fare lo so: riprendere contatti con il capo ultrà, poi tornare a Napoli e partecipare alla riunione di redazione. Aggiornare i colleghi della cronaca su quello che ho sentito sul Mucchio randagio, incassare il grazie per il lavoro di squadra e tornare alla mia vita.

Solo che mi è venuta una gran voglia di scrivere io l'articolo sul bracciante, di farlo mettendo al centro il fatto che un uomo è morto sul lavoro e non il folclore sensazionalistico dei cani.

Per riuscirci devo avere qualche aggiornamento in anteprima che potrebbe darmi Ruoso in cambio del collare. Prendo il cellulare e provo a chiamarlo, inutilmente. Allora gli mando un messaggio: «Tengo una cosa che ti appartiene».

Avvio il motore, determinato a scovare informazioni esclusive. Mi dirigo verso il mio piano B: Moburu Kalota, il sindacalista dei neri. Una delle poche persone con cui parlo volentieri qui a Castel Volturno. Ha un coraggio da leone e una moglie polacca che è diventata avvocata studiando mentre lavorava come donna delle pulizie. Abitano in un casone che hanno trasformato in casa-famiglia per vittime della tratta. Parcheggio davanti al casone. C'è una specie di banchetto in corso.

«Era la festa per la prima comunione di mia figlia Mareha, l'abbiamo trasformata in una sottoscrizione per il bracciante. Entra, Domenico» mi invita Moburu dal cancello.

Resto sul marciapiede. «Sono qui proprio per quella questione. La questura non si è sbilanciata sul luogo del ritrovamento, la cosa mi puzza».

Moburu risponde insolitamente irritato. «Vieni al punto, mia figlia mi aspetta».

Sbircio dentro: la bambina ha una coroncina di fiori, la moglie di Moburu è incinta.

«Dove l'hanno trovato? A te qualche voce sarà arrivata» chiedo e aggiungo che vorrei identificare il punto in cui i cani hanno attaccato, forse è da quelle parti che si nascondono.

Il sindacalista s'infuria. «Ma ti rendi conto, Cigno? La mia gente piange un altro morto e tu parli di cani».

«Dicono che è morto sul lavoro, poi minacciano di abbattere i randagi, non ti sembra strano?».

«Non so quanto sia strano, eppure sono sicuro che domani parlerete più del branco che dell'uomo».

«Sono qui proprio per evitarlo, però mi serve qualcosa, il nome almeno».

Qualcuno da dentro lo chiama. Moburu mi dice che ora deve proprio andare.

«Sto solo cercando la verità» gli dico.

«Solo?» ride. E finalmente cede: «La verità è che non posso aiutarti. Non sappiamo dov'era il cadavere, perché non siamo stati noi a trovarlo. Si chiamava Mor Gueye e non era nemmeno un vero bracciante, ma un guardiano notturno. Lavorava nelle serre tra Macerata Campania e Sant'Andrea dei Lagni».

«Da quando servono guardiani per le serre?» chiedo, perplesso.

Moburu chiude il cancello, guardandomi attraverso le sbarre. «Lascia perdere» dice, «se vuoi un consiglio, non avventurarti da quelle parti di notte. Rischi di finire in una buca».

Mi descrive uno scenario inquietante: una sorta di campo minato, fatto di sabbie mobili artificiali. Vasche di fango che in estate diventano dense, all'apparenza indistinguibili dalla terra normale. «Sono profondissime» aggiunge, «ci puoi finire dentro con tutta la macchina».

«Non preoccuparti, non ci penso proprio» lo rassicuro.

Conoscere il nome del bracciante, Mor Gueye, e cosa faceva per vivere risponde al «Chi». È solo l'inizio, non basta. Mancano ancora tasselli cruciali: il «Quando» e il «Dove» è accaduto. E poi, il «Come»: sono stati i cani o è davvero morto per un incidente sul lavoro? Infine, il «Perché»: qual è la ragione per cui qualcuno dovrebbe fare da guardiano a delle serre?

Ho bisogno di Ruoso, provo di nuovo a chiamarlo a vuoto. Decido di andare direttamente alla Stazione Forestale. Quando arrivo la trovo in uno stato di desolante abbandono. Suono il clacson ripetutamente, nessuno risponde. Nemmeno un abbaiare di cane. L'assenza di Artax è palese.

Faccio il giro da dietro, vedo che la macchina è nella rimessa. Se c'è la sua auto, lui non può essere lontano, perché è il tipo che userebbe la macchina anche per andare a pisciare. Allora mi avvicino al muro di cinta e scendo dall'auto. Con una manovra azzardata, salgo prima sul cofano della Punto, che si ammacca sotto il mio peso, poi sul tettuccio, che si piega visibilmente. Ignorando le telecamere, che so essere fuori uso, compio un gesto che per un obeso come me sfiora l'impresa olimpica: scavalco il muro ed entro nel cortile interno.

Scrutando l'area, resto perplesso non solo per l'assenza della lupa, quanto per l'incredibile accumulo di oggetti nel cortile: fascicoli abbandonati alle intemperie, scaldabagni arrugginiti, un materasso, scrivanie rotte, il tutto disposto lungo l'intero perimetro. Al centro del cortile c'è una pila di reti elettrosaldate e una montagna di scarti di macelleria. Mi chiedo se Ruoso non stia seguendo le orme del padre, scivolando verso una simile deriva mentale. Era un vero mostro e, quando finalmente è morto, non c'è stato uno che si è fatto il segno della croce.

Vivevano di fianco alle bufale che allevavano, in una campagna a qualche chilometro da qui, in condizioni che avrebbero fatto sembrare lussuoso un campo nomadi. Ruoso, ancora ragazzino, era costretto a svegliarsi alle quattro del mattino per lavorare. Spesso arrivava a scuola senza essersi nemmeno lavato, l'odore delle stalle lo seguiva come un'ombra.

I figli dei camorristi lo usavano come un sacco da boxe, bloccandolo contro il muro per riempirlo di pugni nello stomaco. Era una gara macabra: chi sarebbe riuscito a scalfire quella pelle spessa, che pareva di bufala? L'unico che ci riusciva davvero era suo padre. Tutti sapevamo delle frustate, dei lividi nascosti sotto i vestiti logori.

Gli insegnanti, che avrebbero dovuto proteggerlo, erano invece il suo terzo nemico. Non gli perdonavano nulla: il dormire in classe; la mancanza di libri e quaderni; i vestiti sporchi. Fu bocciato così tante volte da finire nella mia classe, nonostante fosse di quattro anni più grande. E ogni bocciatura, ogni richiamo degli insegnanti o degli assistenti sociali, si traduceva in nuove frustate a casa.

La sua unica consolazione era l'amore per gli animali. Possedeva un dono, una capacità magica di comunicare con loro, soprattutto con i cani. Li capiva, li consolava, e loro ricambiavano con un'affezione incondizionata che non aveva mai ricevuto dagli esseri umani.

Quando aveva tredici anni una cagna randagia partorì una cucciolata nei pressi dell'allevamento. Incantato da quei piccoli che si muovevano ciechi in cerca del calore materno, trascorse ore a prendersi cura di loro. Dimenticò le sue mansioni, e il furgone del caseificio passò liscio non vedendo i fusti al solito posto. Il latte della giornata andò perso.

Quando suo padre lo trovò, la furia esplose con crudeltà vendicativa, afferrò la cinghia e si diresse verso i cuccioli indifesi. Il ragazzino si frappose tra suo padre e quei piccoli esseri innocenti. Alzò le braccia per proteggersi il viso mentre le cinghiate si abbattevano su di lui, una dopo l'altra.

Il dolore era lancinante, eppure non si mosse. Sentiva il sangue colargli lungo le braccia, vedeva i cuccioli tremanti dietro di sé. Per un momento, credette di aver vinto, di aver salvato quelle piccole vite. Ma suo padre, accecato dalla rabbia, lo spinse via con violenza. Ciò che seguì fu un orribile contrappunto di guaiti e colpi di cinghia. Il tredicenne, a terra, poteva solo guardare, impotente, mentre la vita veniva strappata tanto ai cuccioli quanto alla madre.

Quando tutto finì, l'uomo gli ordinò di raccogliere i corpicini, metterli nella busta della spazzatura e buttarli nel bidone, e lui dovette farlo. Solo a fine giornata la madre gli pulì le ferite sugli avambracci con dell'alcol denaturato. Non riusciva a trattenere le lacrime.

«Non starci troppo a pensare» gli disse la donna.

Mi avvicino alla gabbia in cui Ruoso chiude la lupa solo quando lui è costretto ad allontanarsi per qualche giorno, per terra c'è ancora il lucchetto rotto e una grossa macchia di sangue secco.

Entro nella caserma, non c'è quasi più mobilio, c'è sporcizia ovunque, trovo Ruoso riverso su una branda. Dorme indossando l'uniforme, la camicia è stropicciata e sudata sotto le ascelle.

La radio di servizio gracchia in un angolo: stanno organizzando delle squadre di soccorso sul territorio. Do un calcio alla branda. Ruoso si sveglia di soprassalto, mi riconosce e si tranquillizza. Ha un aspetto orribile.

«Gesù Cristo in croce, ci mancavi solo tu oggi».

Gli lancio il collare di Artax sul materasso. Cercando una sedia, il mio sguardo cade sull'ordinanza straordinaria del prefetto, in bella vista sulla scrivania. Quello che credevo fosse una balla sta succedendo davvero! La vita continua a darmi torto, con una costanza quasi ammirevole.

Ascolto meglio la radio: non sono squadre di soccorso, ma di caccia.

Mi soffermo a leggere l'ordinanza. Il documento, redatto in un burocratese quasi incomprensibile, autorizza l'abbattimento immediato di qualsiasi cane randagio avvistato nell'area designata. Nessuna menzione di tentativi di catture.

Le parole *pericolo pubblico* e *misure straordinarie* saltano agli occhi, giustificando quello che, in altri contesti, sarebbe considerato un massacro. Leggo di squadre messe insieme in collaborazione con le associazioni venatorie, zone di intervento, protocolli di sicurezza.

Alzo lo sguardo verso Ruoso, cercando una reazione. Il suo viso è una maschera impenetrabile, le mani gli tremano leggermente.

Mi ci siedo di fronte, ordinanza in mano. «Senti la mia teoria: il bracciante è stato ucciso da vivo, non dilaniato da morto. Non lo dicono ancora per non creare allarme e per lo stesso motivo non sta venendo fuori il luogo del ritrovamento. Sono sicuro che Mor Gueye è stato ucciso dai cani, altrimenti il prefetto non avrebbe fatto questa cazzata» dico, sventolando il documento.

Lui maschera la sorpresa per il fatto che conosco il nome del morto. Esamina il collare, chiedendomi dove l'ho trovato.

Lo ignoro e continuo: «Artax si è unita al branco, secondo me già da un bel po' di giorni. Se la trovano, anzi quando la trovano, sai quanto ci mettono a risalire a te con il chip? Devi denunciare la scomparsa, dire che è fuggita».

Ruoso si alza dalla branda con l'impeto di un toro. Sbuffa dal naso. «E tu vorresti metterlo sul giornale, o no?» dice minacciandomi con lo sguardo. Alzo le mani, non mi muovo. Nella mia vita ho avuto paura quasi di tutto, non dello scontro fisico e questo Ruoso lo sa bene quindi si dà una calmata.

«Non è fuggita» dice offeso come se avessi insinuato un tradimento amoroso. Poi ammette: «L'abbiamo fatta accoppiare, i cuccioli li pagano bene».

«Alla faccia dell'amore per i cani».

Ruoso mi guarda schifato. «I soldi sono buoni, sì. Ma per la salute di una cagna è importante avere almeno un parto. Quindi fai poco la morale che, a te, non te ne fotte niente né dei cani né dei neri».

Non ho argomenti per replicare sulla moralità.

«Avete? Con chi eri?».

«Uno troppo ingordo. Uno che, approfittando della mia assenza, ha pensato che si poteva portare via Artax, sottovalutandola».

«Mor Gueye! È stato lui a farla fuggire? Poi non è riuscito a gestirla...».

Ruoso mi blocca con una risata: «Pur di scrivere il tuo articolo metteresti nello stesso letto il diavolo e la Madonna. Statti buono, il nero non c'entra niente. Quello che ha aperto la gabbia di Artax se ne è tornato da dove è venuto, tiene solo il braccio fasciato».

«Capisco» dico deluso del mancato collegamento.

«Ti è andata male, Cigno».

«Non è la prima volta».

Ho la netta sensazione che Ruoso sappia esattamente di cosa ho bisogno, però si guarda bene dal dirmi cosa vuole in cambio. Anche lui è sui carboni ardenti perché alla radio continuano le disposizioni per le squadre di cacciatori, il rendez-vous logistico e i nomi dei capi squadra. Ogni parola è un pallettone che colpisce Artax.

Ruoso si cambia, indossando abiti da caccia. «Devo trovarla prima degli altri», e si attacca a una bottiglia d'acqua. Fa un gran sorso e si versa quella che resta sulla testa.

«Dimmi qualcosa sul bracciante e ti lascio ai tuoi guai».

Ruoso va alla scrivania, da un cassetto prende una cartellina portadocumenti e me la sbatte in petto. Dentro ci saranno tutte le informazioni che ogni giornalista vorrebbe, foto del cadavere incluse.

«A buon rendere», ma non faccio neanche in tempo ad aprirla che Ruoso se la riprende fulmineo e aggiunge che sarà mia dopo che lo avrò aiutato a ritrovare Artax.

Sono esterrefatto. Allargo le braccia. «Ti sembro avere il fisico del provetto cacciatore?».

«Tranquillo, mi servi solo come esca».

«Scherzi, vero?».

Ruoso stende una cartina sulla scrivania. «Sono giorni che cerco di capire dove si rifugia il branco dopo gli attacchi».

Osservo la mappa: ha segnato tutte le zone già controllate.

«All'inizio volevo recuperare solo Artax» spiega, «dopo ho capito che era sbagliato. È una lupa incinta, da meno di un mese. Non si allontanerà mai dal branco, che è la sua protezione istintiva. Devo prenderli in gruppo» conclude.

«Hai idea di quanti siano?» chiedo, sperando di farlo desistere. Solo che lui si è procurato un recinto mobile: una trappola per cinghiali con ingresso a ghigliottina.

«Ne possiamo catturare fino a quindici alla volta. Se siamo fortunati, Artax sarà nel primo gruppo».

Sospiro, per nulla convinto.

«L'unico vero problema è che non so ancora dove piazzarla» ammette Ruoso.

«La cosa buona è che le squadre di caccia avranno lo stesso problema».

«Certo» conferma, «però loro si divideranno il territorio».

Osservo la mappa.

«Partiamo da dove hanno trovato il bracciante» suggerisco, per farmi dire una delle cose che mi mancano.

«No» replica e mi spiega che, come avevo intuito, l'uomo è stato attaccato da vivo. Ma le bestie non hanno finito il «pasto». Sono state interrotte. Probabilmente i padroni del bracciante le hanno scacciate, spostando il cadavere il più lontano possibile. «E non siamo stati ancora capaci di scoprire dove lavorava, in quali campi».

Allora mi piego sulla mappa per trovare Sant'Andrea dei Lagni e quando ci riesco punto il dito: «Ecco qua, faceva il guardiano a certe serre».

«E a te chi te lo ha detto?».
«Lo stesso che mi ha dato il nome, puoi fidarti».

Alle sette di sera raggiungiamo la zona indicata da Moburu, io con la mia auto e Ruoso con quella di servizio. Nella sua ha sistemato la gabbia smontata, mentre io ho dovuto occupare tutti i sedili con secchi traboccanti di ossa e altri nauseabondi scarti di macelleria. Durante il carico, un secchio mi si è rovesciato addosso, impregnandomi di un odore che ricorda quello di una carogna in decomposizione.

Dove siamo lo so solo in maniera approssimativa. Da un certo punto in poi, mi sono limitato a seguire Ruoso, svoltando a destra o a sinistra quando lui lo faceva, mentre ci addentravamo in un dedalo di sentieri di campagna desolati.

Lavoriamo alacremente per la prima ora e piazziamo il recinto trappola proprio vicino a una delle pozze di fango. Finalmente capisco a cosa servissi davvero: questo recinto si può montare solo in due.

Gli racconto quello che mi ha detto Moburu di queste buche nel terreno e lui annuisce come per dire che ne era già a conoscenza.

«A quelli delle serre non piace avere gente in giro». Ho l'impressione stia per dirmi qualcosa in più ma non riesce a finire la frase, perché sentiamo abbaiare.

«Ci dobbiamo allontanare» dice. Ci spostiamo di un bel po'. «Com'è che puzzi di 'sta maniera?» mi accusa quando entro nella sua macchina per aspettare insieme. «Vuoi fare veramente da esca?».

Non replico. «Quanto dici che ci vorrà» chiedo. «Io ho da scrivere un pezzo».

«Dico che ci vorrà tempo. È meglio che chiudiamo gli occhi», e lo fa davvero: appoggia la testa allo schienale e abbassa le palpebre.

Sul cruscotto c'è il fascicolo promesso, mi allungo a prenderlo, Ruoso lo blocca con una manata.

«Dopo» dice.

Mollo la presa sui documenti, non mollo lui. «È impressionante» gli dico «quello che stai facendo per la tua lupa, cioè molti non lo farebbero neanche per un cristiano».

«Non ce la fai proprio a fare silenzio».

«Sto solo dicendo che, se non dovessimo riuscire a recuperarla, non avresti niente da rimproverarti».

«Artax mi ha cercato sotto la neve quando i colleghi avevano perso le speranze. Non torno a casa senza di lei. E mo fammi dormire».

Provo anche io a riposare, solo che il fetore che esalano i miei vestiti è insopportabile.

«C'è davvero il rischio che mi corrano dietro?».

Ruoso si passa una mano sulla faccia. «Statti tranquillo, ai cani piacciono le ossa» dice, e io non ho il tempo di controbattere perché sentiamo dei rumori in avvicinamento. E non è il branco, sono le squadre di caccia.

Arrivano i primi spari e Ruoso sobbalza, accende la radio, ascoltiamo le comunicazioni: sono in zona.

Ruoso mette in moto e mi dice di scendere.

«Che vuoi fare?».

«Scendi!!!» mi ordina urlando e io eseguo facendo appena in tempo a prendere i documenti sul cruscotto. Lui impreca e si lancia sgommando in direzione degli spari, lasciandomi solo.

La solitudine dura poco. Artax e un piccolo drappello di scagnozzi compaiono alle mie spalle. Mi precipito in auto e parto seminandoli rapidamente. Senza rendermene conto, mi ritrovo sulla strada dove abbiamo montato la gabbia. Qui commetto la prima genialata: tento di superare il recinto senza rallentare, con una mano tengo il volante e con l'altra provo a chiamare Ruoso al telefono per avvertirlo che Artax è qui. La ruota anteriore destra scivola nel fosso facendomi perdere il controllo dell'avantreno e finisco dritto in una pozza di fango.

Provo con la retromarcia e ottengo solo di far sprofondare ulteriormente il muso della Punto nel pantano. Il panico mi assale quando ricordo le parole di Moburu: questo è un tipo di sabbie mobili artificiali, capaci di inghiottire un'intera auto.

Ecco la genialata numero due: smonto dall'abitacolo e nel preoccuparmi di prendere la cartellina dimentico il telefono sul sedile. Spalanco tutti gli sportelli esponendo i secchi di pastura maleodorante e mi allontano sperando che i cani si accontentino di quella carne invece di inseguire me.

Corro a perdifiato, il cuore che mi martella nel petto. Lancio un'occhiata furtiva alle mie spalle: sembra funzionare, le bestie hanno assaltato la macchina. Nonostante il fiatone, mi spingo avanti per un altro centinaio di metri prima di crollare, piegato in due, ansimando: «he he he».

La rabbia mi assale. Maledico il ragazzino che ero, con le «tette a punta». Quello che non riusciva a fuggire dai bulli. Lo maledico per non aver mai avuto il coraggio di diventare la persona che sognava di essere. Lo maledico perché il cambiamento era sempre lontano, incerto, spaventoso. Mentre il cibo, «il mangiare», era sempre lì, a portata di mano.

Mi rialzo a fatica e, con orrore, la vedo: Artax, la cagna che un tempo salvava le persone, la «fidanzata» di Ruoso. Ora, incinta e trasformata in un mostro degno di Cujo, alza il muso dagli scarti di macelleria. I nostri sguardi si incrociano, lei ulula, un suono che mi ferma il sangue, e come un sol corpo, il branco si lancia al mio inseguimento.

Genialata numero tre. Raggiungo gli eucalipti, sono due. Scarto quello dal tronco dritto per arrampicarmi con relativa facilità su quello dal fusto tutto inclinato; inconsapevole di quanto è traditore il legno di questa pianta.

Paradossalmente, gli spari intorno a me sono rassicuranti: a ogni colpo, a ogni guaito di cane colpito che si sente in lontananza, quelli qui sotto sussultano impauriti. Mi sento quasi al sicuro. Riesco persino a trovare una posizione abbastanza stabile da aprire il fascicolo. Dentro ci sono numerose foto, la maggior parte troppo cruente per essere pubblicate.

Mi immergo nella relazione del medico legale e in quella del pm di turno.

Man mano che leggo, lo sconforto mi assale: Mor Gueye poteva essere salvato. Le ferite inferte dai cani, prima che venissero scacciati, non erano di per sé fatali. I suoi «padroni» lo hanno spostato, abbandonandolo in una campagna desolata, dove è morto lentamente dissanguato. Se solo lo avessero portato al pronto soccorso, avrebbe avuto una chance.

Una vita sacrificata sull'altare delle offerte tre per due al supermercato. Un'altra.

Il tronco scricchiola in modo preoccupante. Così quando il ramo sotto il piede cede e io afferro il fusto dell'albero per non finire tra le fauci di Artax, non perdo solo la scarpa ma anche la cartellina che mi cade di mano e il suo contenuto si sparge per la campagna.

La battaglia continua a infuriare – cacciatori contro cani, o forse Ruoso contro i cacciatori. All'ennesima sequenza di colpi tre dei cani si danno alla fuga. Non credo si siano allontanati molto e se gli altri li seguiranno, tenterò di raggiungere l'auto e chiudermi dentro. Se la batteria del telefono non è morta, chiamerò aiuto.

Il tempo scorre, e la mia mente vagabonda. È come se fossi davanti al televisore, perso in un flusso di immagini involontarie. Rivedo il pacchetto di M&M's del ragazzino, chiedendomi se, potendo tornare indietro, gli cederei il panino in cambio dei confetti colorati. E poi il figlio di Oreste: «Era un lupo con il collare». Mi tornano in mente le parole di Moburu: «La mia gente piange un altro morto e tu parli di cani». Immagino Mor partire dal Senegal, il viaggio attraverso l'Africa, il barcone nel Mediterraneo.

Quando riemergo da questa trance, si è fatto buio. Una luna piena, splendida e spettrale, illumina la scena. Il suo chiarore rende iridescente il bianco della carrozzeria dell'auto abbandonata e fa brillare gli occhi della bestia che mi attende sotto l'albero. Alla fine è rimasta solo lei, Artax, e sembra determinata a non mollare.

«Non te lo ha detto il tuo padrone?» le urlo. «Ai cani piacciono le ossa, con me ci metteresti giorni a trovarle!».

Per tutta risposta Artax si lecca il muso, mi mostra i denti e spalanca gli occhi gialli.

Non cambia niente. L'unico vero aggiornamento sul caso «Ciccione sull'albero» è che, da quando è calata l'oscurità, mi sono accorto che la serra qui vicino è illuminata di rosso dall'interno. Non è l'unica, anche altre nei dintorni lo sono. Per il resto la mia mente si è svuotata: non penso più a come o se me la caverò. Non progetto più piani di fuga. Il destino sta avendo la meglio su qualsiasi mio tentativo di cavare qualcosa di buono dai guai in cui mi caccio, su qualsiasi mia genialata.

Il tronco dell'eucalipto, già inclinato di suo, cede di schianto sotto il mio peso. Con uno schiocco assordante si spezza, e io precipito come un macigno sulla lupa sottostante. Illeso.

Per un attimo penso a quanto sia stato semplice avere la meglio su Artax, poi la sento guaire sotto il fogliame. Non è morta. Spero si sia ferita, magari è innocua, certo non mi va di scoprirlo. Allora mi allontano senza starci troppo a pensare: prima a quattro zampe e subito dopo in piedi vado verso la serra illuminata e ci entro.

La serra è umida, la luce accecante. Così forte che ho bisogno di qualche secondo per realizzare in cosa mi sono imbattuto. Mi balzano agli occhi una mezza dozzina di grossi ventilatori piazzati su aste di ferro. Le luci a led non sono rosse, come avevo creduto guardando la serra dall'esterno, ma rosa e blu. Rendono irreale il colore delle piante alte più di due metri, piante che chiunque riconoscerebbe anche a occhi chiusi perché sono in fioritura ed emettono un odore inequivocabile: questa serra e le altre circostanti sono una grossa piantagione di cannabis.

Ecco perché c'era bisogno di un guardiano notturno ed ecco il perché di quelle buche di fango disseminate come trappole.

Non c'è custode, forse non hanno trovato un rimpiazzo immediato o semplicemente si stanno mantenendo lontani per qualche giorno in attesa che le acque si calmino.

Mi inoltro nella coltivazione. Urto contro un sacco che si ribalta lasciando cadere il suo contenuto sul terreno: una polvere davvero puzzolente, sul sacco leggo che è guano di pipistrello.

Provo a stimare il numero di piante contando quante ce ne sono per ogni filare. Questo sì che è l'articolo del mese, altro che storie di cani e immigrati. L'eccitazione mi fa perdere il conto, mi rigiro per ripartire dall'inizio ed eccola lì, Artax è venuta a togliermi lo scoop.

Ringhia e si lancia di nuovo al mio inseguimento, per fortuna è zoppicante. Esco dal retro, solo che dopo aver girato in quell'ambiente così luminoso, il buio si è fatto ancora più profondo e in un attimo i suoi denti affondano nel mio braccio sinistro.

Come in risposta alle mie grida, i fari della macchina di Ruoso tagliano l'oscurità. Si avvicinano rapidamente. Lancio un urlo disperato per segnalare la mia posizione, e lui risponde con un clacson frenetico: mi ha visto. Non vedo dove metto i piedi e rotolo, insieme alla lupa, in una di quelle sabbie mobili artificiali.

Mi libero gli occhi dal pantano e la vedo: il muso di Artax è a pochi centimetri dal mio viso, i suoi occhi brillano feroci. Sento il suo respiro caldo e affannoso sulla pelle. Stiamo sprofondando insieme, inesorabilmente, un centimetro alla volta.

Ruoso arresta la macchina abbastanza vicino da illuminare la scena con i fari, salta fuori e mi tende un braccio. «Passamela!».

In preda al panico, afferro la sua mano e grido: «Prima io!».

«Non vedi che sta affogando?» insiste lui.

«Prima io!» lo imploro.

Ruoso, combattuto, mi aiuta a uscire dal pantano. Mentre emergo, vedo Artax con solo gli occhi ancora fuori dal fango, due luci che si stanno spegnendo nell'oscurità viscida.

Senza esitare, Ruoso si tuffa nel fango, ma calcola male la distanza. Si ritrova troppo lontano per afferrarla. «Artaaax!» urla con voce carica di angoscia.

Per un istante, i loro sguardi si incrociano.
«Artaaax!».
Ruoso può solo allungare il braccio, le dita che sfiorano appena il muso della lupa. Poi, Artax viene inghiottita dal fango.

L'alba sta per sorgere quando ci mettiamo entrambi nella macchina di servizio. Sul sedile posteriore giace la carcassa di Artax. Un silenzio pesante, carico di colpa, si è impossessato di me.
Ruoso è alla guida. Ha le mani sul volante, gli avambracci scoperti. Mi sembra di intravedere le cicatrici impresse anni fa dalla cinghia paterna riemergere una alla volta sulla sua pelle dura. «Mi dispiace, sono stato preso dal panico. Mi sembrava di stare più sotto di quanto fossi».
Il giorno si fa strada quando raggiungiamo il primo centro abitato. Davanti a un bar, una squadra di cacciatori fa colazione allegramente, festeggiando la nottata di «successo». Ruoso frena bruscamente e apre lo sportello.
«Ma che ti sei messo in testa?» dico cercando di fermarlo.
Mi lancia uno sguardo feroce che mi pietrifica. Senza una parola, afferra Artax per una zampa e la trascina verso i cacciatori che lo seguono attoniti mentre li supera, dirigendosi ai bidoni sul retro del bar. Con un gesto che mi spacca lo stomaco in due, getta la sua lupa nella spazzatura, come se fosse un sacco di rifiuti qualsiasi. Un qualsiasi migrante.

Un cacciatore lo riconosce: «Maresciallo, buongiorno».

Ruoso risponde con un cenno del capo, quasi impercettibile. Risale in macchina e mi ordina di scendere. Obbedisco, e lui si allontana.

Entro nel bar e spiego alla signora al bancone che ho avuto un incidente con la macchina, ho bisogno di fare una chiamata al carro attrezzi e di un caffè. Lei mi allunga il telefono mentre mi squadra impietosa, sono sporco e puzzolente. Alla radio stanno dando una di quelle allegrissime canzoni estive.

Penso che niente potrebbe andar peggio di così, poi parte il servizio sul nuovo attaccante del Napoli che ieri, in serata, è stato presentato ufficialmente alla stampa.

Andrej Longo

La donna che parlava ai cani

Sento la porta che si apre e un momento dopo mia madre mi scotolea per un braccio.

«Antò, svegliati, fai presto».

Io sto ancora mezzo nel sonno, che oggi tengo il turno di pomeriggio e posso rimanere a letto fino a quando mi pare.

«Antò, ti devi alzare, per cortesia».

«Ma non sono ancora le otto, mammà, perché mi debbo alzare?».

«È arrivata la fine del mondo, Antò, ti devi muovere».

«La fine del mondo? Ma che ti stai inventando?».

«E vieni a vedere se mi sto inventando, vieni».

«Mammà, jà, fammi dormire un altro poco».

Lei acchiappa il lenzuolo e senza cerimonie me lo strappa di dosso.

«Ma che stai facendo, mammà?».

«Ti ho detto che ci sta la fine del mondo. Tu sei un poliziotto, non puoi restare a dormire nel mentre che il mondo finisce».

La fine del mondo!

Chi lo sa da dove l'ha pigliata 'sta convinzione.

Mia madre quando si ficca una cosa nella testa diventa un poco come Giovanna, la pazza che gira per la Villa e tiene sempre la fissazione per un fatto.

«Andiamo, Antò, non perdiamo tempo».

Mi rassegno ad alzarmi. M'infilo i pantaloni, mi metto la felpa e le scarpe, e vado dietro a mia madre nella stanza da pranzo.

«Allora, dove sta questa fine del mondo? A me mi pare tutto tranquillo».

Lei non dice niente. Apre la porta di casa e si mette a salire svelta le scale che portano sopra, sulla terrazza del condominio dove si stendono i panni.

«Ma dove stai andando, mammà. Dove dobbiamo andare?».

Lei non mi pensa proprio e continua a salire per le scale. Così mi metto appresso a lei sperando che il mistero prima o poi si chiarisce.

Quando arriva davanti alla porta che dà sulla terrazza, si ferma un momento a ripigliare fiato.

«E allora?».

«Tu sei pronto, sì?».

«Sì, mammà, so' pronto, ma che debbo fare?».

«Non devi fare niente, devi solo guardare».

E con un colpo secco apre la porta e la spalanca tutta.

Io esco fuori alla terrazza e all'inizio non capisco che ci sta di così speciale da guardare. Poi, però, vedo tutto questo bianco che sta attorno, e mi pare di camminare nell'ovatta, e oltre al bianco non vedo niente altro, manco i fili dell'antenna riesco a vedere.

«E mò che dici adesso? È la fine del mondo, o no?»

«Mammà, è la nebbia, non è la fine del mondo. Certo, è un fatto raro che capita qua da noi al meridione, però può succedere».

«Antò, io in sessantacinque anni che vivo a Torre, la nebbia non l'ho mai vista. Mai, neppure una volta, e tanto meno a novembre».

«E vabbè, lo sai pure tu che oramai il tempo sta cambiando, che non è più quello di una volta».

«Ho capito che il tempo sta cambiando, ma tu lo senti il calore che ci sta?».

Questo è vero, per essere novembre fa un caldo esagerato, pare quasi di stare a luglio, con i panni che si azzeccano addosso per l'umido e poco ci manca che bisogna accendere l'aria condizionata.

«Antò, io dico che il mondo è impazzito e sta arrivando la fine del mondo».

«E allora, mammà, fai una cosa: per pranzo prepara 'na bella pasta al forno bianca, che prima che finisce il mondo me la voglio mangiare per l'ultima volta».

«Tu scherzi, Antò. Però intanto...».

Però intanto il cellulare che stava nella tasca della felpa comincia a suonare e io controllo chi sta chiamando. È il commissario Santagata.

Strano che il commissario mi chiama a prima mattina, che lui sicuro lo sa che io non sto in servizio fino alle tre.

«Commissà, buongiorno, tutt'a posto?».

«Acanfora, lo so che tieni il turno di pomeriggio, però abbiamo avuto la segnalazione di un morto dalle parti tue. Ho pensato che magari può essere utile che vieni pure tu a dare un'occhiata. Anche perché, con questa nebbia che ci sta, io a Torre non mi oriento bene ed è capace che sbaglio strada».

«Avete pensato bene, commissà, ditemi dove ci dobbiamo incontrare e io mi faccio trovare pronto».

Il morto si chiama Salvatore Panzina, venditore ambulante di trentasei anni, che abita in un casolare isolato appena fuori Torre del Greco. È stata la sorella Gemma ad avvisare la polizia. Era passata dal fratello, come faceva di solito, e l'ha trovato cadavere nel cortile di casa.

Il corpo sta steso a terra, in un mezzo lago di sangue. Tiene ferite da tutte le parti, la gola squarciata e il naso mangiato per metà.

Non è un bello spettacolo a vedersi. Tanto che Cardillo ha un mancamento di stomaco e lo dobbiamo portare fuori dalla casa. Per fortuna io stamattina non ho fatto a tempo a pigliare manco il caffè, se no sicuro facevo la fine di Cardillo.

«Commissà, ma questo che ha passato? Chi l'ha ridotto così?».

«Non lo so, Acanfora. Però mò fra un poco arriva Capuozzo e magari ce lo spiega lui come sono andate le cose».

Intanto che aspettiamo Capuozzo della scientifica, ci facciamo un giro nella casa per capire se ci sta qualche elemento utile.

La casa è una di quelle semplici di campagna, arredata però con mobili da ricchi, tappeti, e pure con certi quadri appesi che secondo il commissario sono piuttosto di valore. La casa è divisa in due parti, separate dal cortile. Nella parte a destra si trova la zona notte, con due stanze da letto e il bagno. Una delle stanze da letto era utilizzata dal Panzina per tenerci i vestiti usati che poi vendeva al mercato. La stanza principale per dormire, invece, tiene il letto grande con il baldacchino. Il letto è scompigliato solo da una parte. Questo vuol dire che Salvatore ha passato la notte da solo. Ipotesi confermata dal fatto che in bagno, oltre agli effetti suoi personali, non ci stanno oggetti che fanno pensare alla presenza di un'altra persona.

Dopo che abbiamo controllato la zona notte, ci dirigiamo nell'altra metà della casa, dove è situata la cucina e dove ci sta Gemma, la sorella di Salvatore che dobbiamo ancora interrogare.

Attraversando il cortile, però, vediamo una porta che prima non avevamo notato, forse a causa della nebbia che sta da ogni parte. La porta è di legno, vecchia, tutta scrostata. Dev'essere di un magazzino o un ripostiglio, ma non si può entrare perché è bloccata con un catenaccio e una catena belli grossi. La cosa strana è che la porta è vecchia e tutta sgarrupata, ma il catenaccio e la catena sono nuovi, come appena usciti dal negozio. Per questo al commissario Santagata viene subito il sospetto che là dietro ci può stare qualcosa d'interessante.

Il commissario prova a dare una spallata, ma la porta resiste e non ci permette di entrare.

«Dobbiamo trovare la chiave di questo lucchetto» dice il commissario.

Cerchiamo la chiave per tutta casa, ma la chiave non esce.

«Secondo te dove può stare, Acanfora?».

«Commissà, non lo so, però mi ricordo che mio nonno, la chiave del magazzino con gli attrezzi, la metteva infilata nelle pietre della parracina del muro. E visto che pure qua ci sta la parracina, magari possiamo dare un'occhiata».

Così proviamo a cercare nei buchi tra le pietre, cerchiamo in alto, tastando con la mano, guardiamo pure in un vaso che si trova vicino alla porta.

«Niente, commissà, la chiave non ci sta».

«Forse non ci sta perché questo Salvatore Panzina, a differenza di tuo nonno, qualcosa da nascondere la teneva. Ed è per questo che la chiave preferiva non lasciarla in bella vista».

«Io, se tenevo una chiave così importante, me la ficcavo in tasca, commissà».

«E magari stavolta tieni ragione. Vai a controllare, forza».

Torno vicino al morto e appena vedo quel naso mangiato e la gola squarciata, subito mi viene un mezzo voltamento di stomaco. Però mi sforzo di spostare gli occhi e senza guardarlo in faccia infilo una mano nei pantaloni a cercare le chiavi.

«Commissà, eccole qua le chiavi».

«Bravo Acanfora. E mò vediamo di trovare quella giusta».

Io mi metto a provare le chiavi e al terzo tentativo il lucchetto finalmente si apre.

Spingo la porta, ma dentro non si vede quasi niente. Solo una scala di pietra che scende in basso.

Tiro fuori il telefono per fare luce e uno alla volta scendo i gradini, con il commissario che mi viene appresso anche lui con la luce del cellulare accesa.

«Marò, e che puzza ci sta, commissà, la sentite pure voi 'sta puzza?».

Neppure ho finito di dire, un'ombra nera si getta contro a me, ringhiando come una furia, con i denti da fuori e gli occhi rossi di rabbia.

«Attento, Acanfora!» grida il commissario.

Io faccio un salto indietro. Il commissario tira fuori la pistola ed è pronto a intervenire, però per grazia del cielo il cane che mi è venuto contro sta chiuso dentro a una gabbia, se no sicuro mi aveva già staccato un braccio con quei denti che tiene.

«Tutto bene, Acanfora, mica ti ha morsicato?».

«No no, per fortuna non ha fatto in tempo ad acchiapparmi».

Il cane è grosso quasi come un leone. E continua ad abbaiare e a mordere la gabbia, che viene il sudore addosso solo a guardarlo.

Intanto che il cane abbaia, ci guardiamo meglio attorno. È una cantinella umida, poco più di un buco, dove ci sta la gabbia con il cane e un armadio di metallo. Apriamo l'armadio e dentro ci stanno degli attrezzi strani: una frusta, una mazza appuntita, un pupazzo imbottito e altri oggetti che non capisco a che possono servire.

«Commissà» dico mentre risaliamo le scale, «ma secondo voi questo Salvatore Panzina che ci faceva con quegli attrezzi?».

«Non lo so, Acanfora. Però mò arriva Capuozzo, e vediamo se lui ci capisce più di noi».

Capuozzo si china sopra al cadavere e la prima cosa controlla i tagli e le ferite che l'uomo tiene sulla gola e da tutte le altre parti. Gli guarda pure le mani, e lo gira un poco sulla schiena per vedere se anche là ci stanno segni.

«Allora, Capuozzo, che ne pensi?».

«La morte risale a circa un paio d'ore fa, quindi più o meno intorno alle sette di stamattina».

«E sulle ferite che mi dici?».

«Si tratta senza dubbio di ferite causate dai morsi di un animale, un canide suppongo».

«E ci sono anche ferite procurate con armi da taglio o altro tipo di oggetti?».

«A occhio lo escluderei. Le ferite che vedo sono state procurate dai morsi di un grosso cane».

«Ed è possibile che l'uomo sia morto a causa di questi morsi?».

«Sì, è probabile. Le ferite sono profonde e uno dei morsi gli ha procurato la lesione laringotracheale. Tra l'altro ci sono anche segni di morsi sulle mani, come se l'uomo avesse provato a difendersi, ma non c'è stato niente da fare».

«Mamma mia, che brutta fine» dico io.

«E secondo te» chiede sempre a Capuozzo il commissario «si trattava di un solo cane o più di uno?».

«Per risponderti con certezza debbo analizzare meglio il corpo. Dammi qualche ora e te lo faccio sapere».

Capuozzo se ne va e in attesa del magistrato il cadavere viene ricoperto con un telo di plastica. Io e il commissario, invece, andiamo in cucina dove ci sta aspettando Gemma, la sorella di Salvatore Panzina.

Gemma tiene una quarantina di anni, portati male. Sta seduta vicino al tavolo della cucina, con un fazzoletto stretto in mano e ogni poco si soffia il naso.

«Io sono passata da Salvatore stamattina verso le otto meno un quarto» dice un poco tra le lacrime, «ho bussato al citofono del cancello, e siccome non rispondeva sono entrata con le chiavi».

«E come mai suo fratello le lasciava le chiavi per entrare?» chiede il commissario.

«Lui viveva da solo e io ogni tanto gli facevo le pulizie a casa. Mi aveva dato un mazzo di chiavi per comodità, così potevo entrare liberamente pure quando lui non ci stava».

«Suo fratello ufficialmente faceva l'ambulante. Che lei sappia aveva una seconda attività?».

«E che altro doveva fare?» chiede Gemma un poco impacciata.

«Non lo so, però ho visto parecchi oggetti di valore in casa. Un venditore ambulante non credo che guadagni così tanto».

«Faceva l'ambulante, marescià, soltanto quello».

«Non sono maresciallo, signora, sono commissario».

«E pure se siete commissario, lui sempre l'ambulante faceva».

«Nel mazzo di chiavi che suo fratello le ha dato, c'era anche la chiave che apre il lucchetto della cantina?».

«Che cantina?».

Mò fa l'aria di sorpresa, ma si capisce che lo sa benissimo di che stiamo parlando.

«La cantina a cui si accede dal cortile».

«No, ma quando mai».

«Posso avere le chiavi che suo fratello le ha lasciato, signora».

«Ma perché, a che vi servono?».

«Mi dia le chiavi per cortesia».

Gemma fa un poco di storie ancora, come se non le trova, ma poi capisce che fare la scena è inutile e le consegna al commissario.

Io prendo le chiavi e vado a verificare.

«Commissà, la chiave della cantina ci sta».

«E allora, signora, ci vuole raccontare quello che sa, o preferisce che la portiamo in caserma con noi?».

«Ma io non so niente» protesta Gemma, «l'unica cosa che so è che mio fratello teneva l'hobby dei combattimenti dei cani. Ma non faceva niente di male, però».

«Ci spieghi meglio questa cosa dei combattimenti».

«Lui si pigliava un cane, lo allenava, e dopo lo faceva combattere».

«Dove lo faceva combattere?».

«Io questo non lo so. Una volta mi ha portato a un combattimento a Ponticelli, in un garage. Però a me tutto quel sangue mi faceva impressione e non ci sono più voluta andare».

«E suo fratello con quest'hobby ci guadagnava qualcosa?».

«All'inizio erano solo spese, perché i cani che pigliava erano tutte mezze ciofeche e perdevano sempre. Poi, però, quando è arrivato Ciro, la ruota ha cominciato a girare».

«Ciro?».

«Eh, Ciro, sissignore».

«E chi è 'sto Ciro? Un socio in affari?».

«No, ma quando mai. Ciro è il cane che si è comprato a Bari».

«È andato fino a Bari per comprarsi un cane?».

«Dice che era un cane speciale, che teneva il sangue garantito. Se l'è tenuto per tre anni a Ciro, ci ha fatto bei soldi».

«E come faceva a guadagnare con il cane?».

«Con i combattimenti. Ogni volta che Ciro vinceva, lui incassava le scommesse».

«E Ciro vinceva?».

«Quasi sempre. Ve l'ho detto che teneva il sangue garantito».

«Più o meno quanto poteva guadagnare per ogni combattimento?».

«Mah, preciso non ve lo so dire. Tre, quattrocento euro. A volte pure di più. Quando le vincite erano alte, io lo capivo perché lui mi faceva il regalo».

«Lei lo sa, signora, che i combattimenti tra cani sono proibiti?».

«Io ve l'ho già spiegato che non so niente di queste cose, marescià».

«E io le ho già spiegato che non sono maresciallo, ma commissario».

«Sì sì, ho capito. Comunque non c'entro niente con questi cani».

«E in cantina che ci andava a fare?».

«In cantina?».

«Visto che aveva le chiavi della cantina, vuol dire che ci è scesa qualche volta».

«Sì, qualche volta sono scesa. Scendevo per pulire. O per portare da mangiare al cane di mio fratello. Mica è proibito dare da mangiare al cane».

«E come mai si occupava di farlo mangiare?».

«Non è che mi occupavo. Dato che mio marito lavora in macelleria, io, quando venivo a pulire, la sera precedente raccoglievo gli avanzi della carne e li portavo al cane di mio fratello. E Salvatore mi dava un extra per il disturbo».

«Pare che suo fratello sia stato ammazzato da un cane, lo sa?».

«Non lo sapevo, ma me lo sono pensato quando ho visto come stava ridotto».

Si asciuga gli occhi, si soffia un'altra volta il naso.

Il commissario aspetta che finisce di piangere. Poi chiede se a suo parere qualcuno nel giro dei combattimenti tra cani poteva avercela con il fratello.

«A me non mi ha mai detto di tenere problemi con qualcuno. L'unico problema suo, al momento, era che si doveva trovare un altro cane per i combattimenti».

«Perché, Ciro non andava più bene?».

«Ciro si era invecchiato, non vinceva quasi più. Due mesi fa, nell'ultimo incontro che ha fatto, l'altro cane l'aveva quasi ammazzato. Salvatore diceva che oramai era buono solo per il brodo».

«Ma il cane rinchiuso in cantina è Ciro?».

«No no, quello in cantina è un cane che mio fratello allenava per un conoscente. Era bravo Salvatore ad allenare i cani, ci sapeva fare, lui».

«E lei questo conoscente di suo fratello sa chi è?».

«No, non conosco nessuno degli amici suoi, mi dispiace».

«Va bene, signora, allora se non ha altro da dirci abbiamo finito».

«Scusate, commissà, volevo chiedere a Gemma se sa che fine ha fatto Ciro».

«Ha sentito la domanda del mio collega, signora?».

«Io so che Ciro poi è morto, perché da un giorno all'altro in cantina non l'ho trovato più. E quando ho chiesto a mio fratello dove stava il cane, lui mi ha risposto che era morto e si era sbarazzato del corpo. Mò me ne posso andare?».

«Sì, signora, se ne può andare».

Gemma si alza, si soffia di nuovo il naso, poi s'incammina verso la porta. A un certo punto, però, si ferma e si gira dalla parte nostra, come quando a uno gli viene in mente qualcosa.

«Io non lo so se può essere utile...».

«Ci dica, signora, qualunque informazione può servire».

«Qualche giorno fa, per telefono, mio fratello mi aveva accennato al fatto che forse aveva trovato il cane adatto».

«In che senso *il cane adatto*, che intendeva dire?».

«Il cane che poteva sostituire Ciro. Mi disse che doveva incontrare una persona per valutare questo cane».

«E non le ha detto per caso il nome della persona con la quale si doveva incontrare?».

«No, mi ha detto solo che doveva incontrarla a breve, però non ha specificato».

«Va bene, signora, si prenda il mio numero di telefono dal collega che sta fuori, così se le dovesse venire in mente altro me lo fa sapere».

«Allora, Acanfora, che idea ti sei fatto?».

«Secondo me questa Gemma lo sa benissimo che i combattimenti tra cani sono proibiti. Però, a parte questo, non penso che sa altro sulla morte del fratello».

«Sì, lo credo pure io. E qualche ipotesi sulla morte di Salvatore?».

«L'unica cosa che mi viene a mente è che questo venditore di cui parla Gemma è arrivato con il cane. Forse il cane è sfuggito al suo controllo, o forse i due uomini hanno litigato e il cane si è buttato addosso a Salvatore e l'ha ammazzato. E l'altro, per evitare problemi, se n'è andato subito dopo l'aggressione».

«È un'ipotesi plausibile. Ma potrebbe anche trattarsi di un regolamento di conti nell'ambiente dei combattimenti tra cani, magari legato alla criminalità organizzata».

«E per quale motivo avrebbero usato il cane invece della pistola?».

«Forse è una maniera per firmare l'omicidio. O forse è una nuova organizzazione criminale che utilizza i cani per segnare il territorio. Comunque adesso, per prima cosa, incarichiamo Cardillo di analizzare il cellulare e il computer di Salvatore, così magari riusciamo a risalire all'uomo che forse ha incontrato stamattina. Tu invece vai a controllare se ci sono telecamere nelle vicinanze della casa. Se ci sono, procurati le registrazioni e dai un'occhiata ai filmati, soprattutto a quelli di stamattina. Magari ti fai aiutare da Cerasella, che quattro occhi vedono meglio di due».

Io subito esco con la speranza di trovare una telecamera, così poi tengo l'opportunità di lavorare con Cerasella. Chi lo sa se il commissario l'ha capito che io, per Cerasella, ho perso le chiocche. Forse è per questo che mi ha incaricato di guardare i filmati con lei. Oppure non si è accorto di niente ed è solo la casualità. Comunque, a cento metri da casa del Panzina, ci sta una pompa di benzina che tiene la telecamera in funzione. Nel giro di un paio d'ore riesco a procurarmi i filmati e poi torno in caserma tutto contento per avvertire Cerasella. Già mi penso davanti al computer assieme a lei, un poco nell'oscurità, perché per vedere i filmati si deve lavorare al buio. E io magari, dentro a quel buio, l'invito a mangiare la pizza, così non se ne accorge che mi viene il rosso in faccia.

«Cerasella oggi non ci sta» dice Lo Masto, «tiene un permesso per motivi personali».

Ecco qua, è finita la fantasia.

Niente Cerasella e niente pizza.

«Se ti serve una mano» dice sempre Lo Masto «ti aiuto io che non tengo impegni al momento».

«E ti ringrazio Lo Mà. Magari se ho necessità ti chiedo io un aiuto, per mò faccio da solo».

Che quello Lo Masto è bravo con le cose di azione e d'inseguimento. Co' 'sti fatti di pazienza non è proprio arte sua.

Mi porto tutto davanti al computer e, come ha detto il commissario, mi metto a guardare la registrazione della mattina, a cominciare dalle cinque.

Però, un poco per il fatto che alle cinque è ancora notte, un poco per la nebbia che nasconde tutto, nella registrazione si vede poco e niente. Giusto qualche macchina che fa benzina, ma senza che si riesce a distinguere il numero della targa, e manco bene il modello si riesce a capire.

Mi guardo tre ore di registrazione senza trovare niente. Ci sta un solo pezzo che può essere interessante: sono quindici secondi registrati alle sei e mezza. In quei secondi si vede una macchina bianca a forma di camioncino che si ferma per fare benzina. Dalla macchina scende una persona che va a pigliare la pompa. È una persona magra, vestita di nero, che non si capisce se si tratta di un uomo oppure di una donna. In ogni caso non è questa la cosa importante. Piuttosto è quell'ombra che per un attimo compare nella macchina. Un'ombra dietro al finestrino posteriore, che forse può essere un bambino. Ma può essere pure un cane che sta seduto e muove la testa.

Provo a ingrandire l'immagine, ma lo stesso non si vede bene. Allora chiamo il commissario, e siccome anche lui non riesce a capire, portiamo la registrazione da Capuozzo.

Capuozzo passa quasi mezz'ora a controllare quei quindici secondi. Va una continuazione avanti e indietro, fa lo zoom, cambia la luce.

E poi, dopo che ha guardato bene: «Secondo me è un bambino» dice.

«Da che cosa lo capisci?» chiede il commissario.

«Lo deduco dal fatto che la persona che scende a fare benzina a mio parere è una donna. È su questo che mi stavo concentrando. E quindi, se la persona che scende dall'auto è una donna, con tutta probabilità quell'ombra che vediamo muoversi nell'auto è un bambino sistemato nel suo seggiolino».

«Va bene, grazie Capuozzo».

«Tieni presente, però, che si tratta solo di una congettura, non di una certezza».

«Sì, ho capito. D'altronde, anche se si trattasse di un cane, non è affatto detto che c'entri qualcosa con la morte del Panzina».

«A proposito di cani» dice Capuozzo, «i morsi sul corpo della vittima non sono di un solo cane ma di due o tre cani».

Questo confonde ancora di più le cose. Forse l'uomo che Salvatore ha incontrato, sempre se l'ha incontrato, ha portato con sé questi cani da sottoporre all'acquisto. O forse l'uomo è andato a casa di Salvatore proprio con l'intento di regolare i conti, e per entrare in casa si è inventata la scusa del cane da combattimento da vendere.

La speranza è sempre quella che Cardillo riesce a ricavare dai tabulati e dalle conversazioni uèzap del Panzina il numero di telefono dell'uomo che eventualmente Salvatore ha incontrato. Però, per il momento, l'unica cosa che Cardillo ha tirato fuori dal cellulare è una foto di Ciro, il cane di Salvatore. Un pitbull, credo, con la faccia feroce, ma secondo me pure con una specie di malinconia negli occhi.

«Ma qua' malinconia, Acanfora» ribatte Cardillo, «'sto cane se lo incontri in un vicolo di notte, e gli girano male, non so come la metti a nome».

«E forse tieni ragione, Cardì, però 'sto povero cane oramai è morto e possiamo stare tranquilli».

Mentre stiamo a guardare la foto di Ciro, all'improvviso arriva una telefonata in caserma dal commissariato di Torre del Greco: vogliono comunicare urgentemente con Santagata.

Il commissario subito risponde alla chiamata. E dopo un momento fa due occhi tanto che pare se ne vogliono cadere dalla faccia.

«Ma dove l'avete trovato?» chiede al telefono.

E dopo ancora: «Siete sicuri sulle cause della morte, sì?».

E poi a concludere: «Va bene, veniamo subito».

«Commissà, ma che sta succedendo?» chiedo mentre in macchina ci dirigiamo verso Torre.

«Ci sta un altro morto» risponde il commissario serio.

«E allora dev'essere un morto importante, non vi ho mai visto co' 'st'espressione così preoccupata».

«Sto preoccupato perché pure questo pare sia morto per l'aggressione di uno o più cani».

«Uh Gesù, non bastavano i cristiani, mò pure i cani si mettono ad ammazzare».

Il commissario fa un sospiro e non risponde niente.

«E voi vi siete fatto qualche idea, commissà?».

«Ma quale idea mi debbo fare, Acanfora? Per ora cerchiamo di capire come sono andate le cose. E poi magari ci ragioniamo sopra».

Il morto si chiama Nicola Caccio, ed è il proprietario di un pizzeria di Torre del Greco dove una volta sono andato a mangiare pure io e avevo fatto la pensata di portarci a Cerasella.

Il corpo l'ha trovato Tonino, il pizzaiolo, che un poco dopo le diciassette è arrivato per accendere il forno.

Nicola Caccio sta steso nella sala da pranzo, in un lago di sangue completo, e sta ridotto più o meno come Salvatore Panzina: gola squarciata, naso mezzo mangiato, ferite da tutte le parti che a occhio sembrano le stesse del Panzina.

Secondo Capuozzo, il decesso risale a un paio di ore prima. Sulle cause della morte non tiene dubbi: Nicola è morto a causa dei morsi di più cani.

«Senti, Capuozzo, ma a parere tuo potrebbero essere gli stessi cani che hanno ammazzato Salvatore?» chiede il commissario.

«In teoria sì. Anche perché la tecnica è simile. Inoltre in entrambi i casi uno dei morsi ha procurato la lesione laringotracheale, quella che poi ha causato la morte».

«Ma è possibile secondo te che dei cani siano in natura così aggressivi?».

«Non sono un esperto in materia, ma se spinti dalla fame o addestrati allo scopo, possono diventare parecchio pericolosi».

Anche in questo caso sequestriamo il telefonino di Nicola nella speranza che Cardillo riesce a scoprire qualche elemento utile. Subito dopo arriva la moglie di Nicola, Anna, che a vedere il marito ridotto così lancia un grido come una pazza e cade a terra che pare fulminata.

Per fortuna ci stanno quelli dell'ambulanza che la pigliano e la ficcano dentro all'autolettiga per i soccorsi.

Nel frattempo che soccorrono la signora, io mi faccio un giro per la pizzeria. Ci sono i tavoli di legno e la televisione per le partite. E poi per tutta una parete le foto appese con Anna e Nicola assieme ai clienti. Ce n'è pure qualcuna dove loro stanno con un cagnolino tutto nero, che però tiene le orecchie bianche.

«Acanfora» dice il commissario, «mentre aspettiamo di capire se possiamo interrogare la signora, tu vai a controllare se ci sta una telecamera da qualche parte».

Stavolta siamo fortunati perché ci sta una telecamera proprio nel parcheggio della pizzeria. Appena recuperata la registrazione, il commissario mi spedisce in caserma a guardare i filmati.

Visto che la pizzeria è stata aperta fino alle quattordici e trenta, comincio a controllare più o meno da quell'ora in poi. A causa della nebbia si vede sempre poco, però qualcosa si vede. Prima ci sta un ragazzo giovane, di colore, che arriva dalla direzione della pizzeria, sale sopra a un motorino e se ne va. Penso che forse è il lavapiatti, perché quello è sempre l'ultimo ad andarsene. Poi si vede Nicola che esce dietro ad Anna. Nicola tiene in mano due buste grandi, piene di panni credo. Una la tiene in mano pure Anna. Arrivano vicino a una macchina che dev'essere la loro. Infatti Anna apre il bagagliaio e dentro ci mettono le tre buste. Poi si salutano. Anna sale in macchina e Nicola torna verso la pizzeria.

Passa una mezz'ora e nel parcheggio non succede niente.

Mi sta quasi per venire una mezza botta di sonno, quando bell'e buono arriva una macchina nello spiazzo, una macchina bianca a forma di camioncino. Io, appena vedo la macchina, faccio un salto sulla sedia che quasi cado di sotto. Pare identica uguale alla macchina che ho visto fare benzina nel distributore vicino casa di Salvatore Panzina.

Il guaio, però, è che la macchina si parcheggia proprio dietro a un albero e io non riesco a leggere la targa. E neppure riesco a vedere bene quello che succede. Vedo solo che dalla macchina scende una persona magra, vestita di nero, che per come si muove mi ricorda la persona lì al distributore. Poi mi pare di vedere che 'sta persona apre lo sportello di dietro e qualcuno scende dall'auto, un cane forse, o forse più di uno. E poi non vedo più niente, perché la registrazione è finita.

Subito chiamo il commissario e lo metto al corrente di quello che ho trovato.

Lui mi dice che sta giù al bar e tempo tre minuti arriva. Mi dice pure che Anna, la moglie di Nicola, l'hanno ricoverata in ospedale e al momento non si può interrogare.

Il commissario chiama pure Capuozzo e poi tutti e tre ci guardiamo la registrazione, io per la seconda volta, loro per la prima.

«Sì, la macchina è senza dubbio la stessa» conferma Capuozzo, «si tratta di un vecchio furgoncino Kangoo. E anche la persona mi pare la stessa, sia per la corporatura che per l'abbigliamento».

«E ritieni sempre che si tratti di una donna?» chiede il commissario.

«Penso di sì. Ma potrebbe anche essere un uomo piuttosto magro».

«Secondo te sono cani quelli che scendono dall'auto?».

«Non si vede quasi niente, ma dalla velocità con la quale scendono è probabile che si tratti di cani. E credo anche che siano almeno due».

«La targa riesci a identificarla?».

«No, purtroppo no. Però ho letto l'ultima cifra e si tratta di un nove».

«Grazie Capuozzo. Fammi sapere se sul corpo di Nicola risultano solo le ferite procurate dai morsi dei cani o ci sono altre ferite».

«A occhio direi che si tratta solo di morsi di cani, ma controllo meglio».

Capuozzo se ne va e rimaniamo io e il commissario.

«Allora, Acanfora, vogliamo fare il punto della situazione?».

«Beh, commissà, sappiamo che entrambe le morti sono dovute all'aggressione dei cani. Sappiamo che la persona che ha portato i cani è con tutta probabilità la stessa. E sappiamo che entrambi gli omicidi sono avvenuti a Torre. Questo lascia supporre un collegamento tra l'omicida e i due morti».

«Sì, è tutto giusto. Ci resta da capire qual è questo collegamento. Adesso incarico Cardillo di confrontare le conversazioni e le telefonate di entrambi i cellulari, così vediamo se ci sono numeri o amicizie comuni. Musella invece si occuperà di fare un elenco di tutti i Kangoo bianchi la cui targa termina per nove, così da restringere il campo di ricerca».

«E se si tratta di un pazzo, commissà? Una specie di serial killer che invece di andarsene in giro con il coltello a squartare le persone, se ne va con questi cani per sgozzare le vittime».

«Anche questa è un'ipotesi. In questo caso purtroppo l'omicida potrebbe essere chiunque. Però di certo si tratterebbe di una persona che ha un rapporto particolare con i cani. Un rapporto che non tutti sono in grado di avere. Intanto allerto la polizia municipale e il servizio veterinario dell'Asl, non si sa mai con questi cani».

«Volete che telefono io, commissà?».

«No, Acanfora. Già ti ho fatto perdere la mezza giornata che tenevi libera».

«Ma quando mai, commissà, a me mi ha fatto piacere che mi avete chiamato».

«E va bene, ti ringrazio. Però adesso vattene a casa e fatti una bella dormita. Poi, domani mattina, proviamo a interrogare la moglie di Nicola e decidiamo come proseguire con l'indagine».

Per strada la nebbia è calata ancora di più e io cammino senza che vedo quasi niente. Vedo solo un'ombra che si muove sul marciapiede dall'altro lato. E ogni tanto sento dei passi che si avvicinano e poi tornano ad allontanarsi. Quando passo per dentro alla Villa, la nebbia diventa ancora più fitta, tanto che mi viene la convinzione che, da un momento all'altro, esce fuori da qualche parte uno di quei cani feroci con i denti cattivi e si getta addosso a me. Sto talmente impressionato che metto la mano sulla fondina e cammino più svelto che posso. E mentre cammino mi guardo attorno continuando a non vedere niente, con il sudore che se ne scende per la schiena e il respiro che diventa sempre più corto. Solo alla fine, quando riesco a infilarmi nel palazzo di casa e a chiudermi dietro il portone, mi pare finalmente di stare al sicuro e di tornare a respirare.

Nella stanza da pranzo mia madre sta seduta davanti alla televisione a guardare le notizie di Canale Ventidue.

«Mammà, buonasera».

«Zitto. Zitto che sto sentendo questa cosa dei cani. Fammi sentire».

«*Sono già due le vittime del branco di cani affamati che da stamattina si aggira indisturbato nelle strade della nostra cittadina. Il branco, favorito da una nebbia insolita e inquietante, non è stato ancora individuato e, libero di scorrazzare per le strade di Torre, sta seminando il panico nella popolazione. Un'ora fa c'è stato l'annuncio del sindaco che ha raccomandato a tutti di non uscire di casa se non per motivi urgenti e inderogabili, ma la raccomandazione appare tardiva e anche superflua, poiché ormai sono pochi i coraggiosi che si azzardano a mettere il naso fuori di casa*».

«E io te l'avevo detto che stava arrivando la fine del mondo! Te l'avevo detto o no?».

«E jà, mammà, questi esagerano sempre. Tu davvero stai a credere a questa storia dei cani affamati?».

«No, certo che no. Perché se io ero un cane senza padrone e tenevo fame, mi mangiavo una pecora, qualche gatto. Mica mi mettevo ad assaltare gli uomini».

«Brava, hai fatto il ragionamento giusto. E allora perché stai così allarmata? Fammi capire».

«Sto allarmata perché questi cani che stanno in giro non sono affamati come ci vogliono far credere alla televisione. Questi cani invece sono impazziti, Antò. La nebbia li ha fatti impazzire e dopo i cani toccherà agli esseri umani».

«Vabbè, mammà, con te è inutile ragionare. Se ti ficchi una cosa in testa nessuno te la toglie. Parliamo di cose serie, piuttosto: che ci sta per cena?».

«Ti ho fatto la pasta al forno bianca, come hai chiesto tu. L'ultima pasta al forno prima della fine del mondo».

A me, solo a sentire che ci sta la pasta al forno bianca, mi viene il sorriso nel cuore, perché come la fa mia madre, non la fa nessuno. Con la besciamella, il parmigiano e la mozzarella che filano da tutte le parti. E poi lei ci mette la sottiletta da sopra con l'uovo a coprire, che fa la crosta morbida e dorata.

«E allora, com'è venuta, Antò? Ti piace?».

«Mammà, 'sta pasta al forno che fai tu, questa è la vera fine del mondo. Vieni qua, fatti dare un bacio!».

La mattina dopo a Canale Ventidue danno la notizia della macchina bianca a forma di camioncino che tiene la targa finale nove. E dicono che chi la vede deve subito informare la polizia.

Con il commissario, intanto, andiamo all'ospedale a interrogare Anna, la moglie di Nicola, che si è ripresa dallo svenimento.

«Che cosa terribile» dice Anna, «io non me lo riesco proprio a spiegare. Che poi noi li abbiamo sempre voluti bene ai cani, è proprio 'na cosa che non mi faccio capace».

«Signora» dice il commissario, «io comprendo il suo dolore ma per cercare di scoprire chi e perché ha ammazzato suo marito, sono costretto a farle qualche domanda personale. Lei se la sente di rispondere?».

«Tutto quello che vuole, commissario, sono pronta».

«Intanto ci racconti meglio di ieri».

«Come tutti i giorni abbiamo chiuso verso le due e mezza. L'ultimo ad andare via è stato il lavapiatti. Poi io e Nicola abbiamo caricato la biancheria sporca in macchina. Io sono salita in macchina e sono tornata a casa. Lui, invece, come fa di solito, è restato nella pizzeria. Nicola non torna mai a casa nell'intervallo tra la pausa del pranzo e l'apertura della cena. Preferisce rimanere in pizzeria, che dopo la chiusura ci sta sempre qualcosa da fare. Poi, se proprio si vuole riposare un poco, si stende su una delle panche e si fa una mezz'oretta».

«A che ora aprite la sera?».

«Alle diciannove e trenta la gente può iniziare a mangiare. Però intorno alle diciassette e trenta arriva il pizzaiolo che accende il forno. E poi, verso le diciannove, arriva il resto del personale. Io vado poco prima dell'apertura. Si preparano le ultime cose, si cena tutti assieme e poi si comincia a lavorare».

«Che lei sappia, c'era qualcuno che poteva avercela con suo marito?».

«Con Nicola? Ma non è possibile. Nicola era una persona così gentile, non ha mai avuto problemi con nessuno».

«Magari a sua insaputa aveva contratto qualche debito».

«Nicola non ha mai fatto un debito in vita sua. E poi la pizzeria va bene, non c'era motivo di fare debiti».

«Forse qualche ex dipendente aveva del risentimento nei suoi confronti?».

«In vent'anni di attività Nicola non ha mai licenziato nessuno. Anzi, molto spesso assumeva più personale del necessario proprio per aiutare chi era in difficoltà».

«Va bene, signora, ora la lasciamo riposare. Qualunque cosa le venisse in mente non ha che da chiamarci».

«Insomma, commissà» dico quando usciamo dall'ospedale, «a 'sto Nicola Caccio non si capisce proprio che ragione ci stava per ammazzarlo».

«Sono trent'anni che faccio questo lavoro, Acanfora, e non mi è ancora capitato un omicidio che non abbia una motivazione».

«E allora, secondo voi, qual è 'sta motivazione?».

«È quello che dobbiamo scoprire. Scoperta la motivazione, scopriremo anche chi può averlo ammazzato. Bisogna interrogare il personale, cercare nel suo passato, vedrai che qualcosa uscirà fuori».

Mentre saliamo in macchina, squilla il telefono del commissario. Il commissario risponde col vivavoce, così posso sentire pure io.

«Cardì, hai scoperto qualcosa con quei cellulari?».

«No, commissà, ci ho lavorato tutta la notte ma non ho trovato nessuna telefonata particolare, nessun numero che colleghi le due vittime e neppure amicizie comuni sui social».

«E vabbuò, Cardì, lascia perdere i cellulari e dai una mano a Musella per rintracciare quella macchina bianca».

«A proposito della macchina bianca, c'è stata una segnalazione poco fa».

«E che aspettavi a dirmelo, Cardì, che si faceva Natale?».

«Ve lo stavo per dire, commissà».

«Jammo Cardì, debbo aspettare ancora?».

«Ha telefonato un avvocato del Vomero, tale Carmine Rapagnati. Dice che poco fa una macchina bianca del modello segnalato e con il nove come numero finale della targa stava sotto casa sua».

Il commissario si fa dare l'indirizzo dell'avvocato e subito ci muoviamo per andare da lui.

L'avvocato Rapagnati tiene cinquant'anni portati bene. Magro, in forma, con il capello sale e pepe curato, vestito sportivo, e con il Rolex d'oro al polso.

«Stavo ancora a casa e avevo appena sentito alla radio la notizia della macchina bianca, quando dalla finestra di casa ho visto proprio qua sotto una macchina che corrispondeva alla segnalazione».

Rapagnati abita al primo piano di una palazzina nel centro del Vomero. Lo studio lo tiene nella stessa palazzina, però al piano terra.

L'avvocato ci fa cenno di avvicinarci alla finestra e indica uno slargo, distante non più di trenta metri, dove ci sono appunto alcune macchine parcheggiate.

«Ho scattato un paio di foto alla macchina, ora ve le mostro».

L'avvocato ci fa vedere le foto e la macchina è proprio identica a quella che stiamo cercando. Tra l'altro si vede la targa per intero e questo ci risparmierà un sacco di lavoro.

«Poi, mentre facevo le foto, ho visto arrivare una donna».

«Una donna?» chiede il commissario. «È sicuro si trattasse di una donna?».

«Assolutamente sì. Sono riuscito a fare qualche foto anche a lei».

«Ah, benissimo, e vediamo».

Nelle foto si vede una donna accanto alla macchina: è magra, alta, e indossa una maglietta nera.

«Che dici, Acanfora, è lei?».

«Sì, commissà, mi pare proprio la stessa che ho visto nelle due registrazioni».

«Ma lei per caso la conosce questa donna?» chiede il commissario.

«Da qui è abbastanza lontano, perciò non l'ho potuta vedere distintamente in viso, però...».

Però mentre stiamo a parlare entra nella stanza una donna sui trent'anni. Una bella donna, con i capelli lunghi, biondi, e gli occhi azzurri che stordiscono un poco.

«Questa è Valeria» dice l'avvocato, «è la mia compagna».

Valeria ci rivolge sì e no un mezzo saluto con la testa, come se teniamo la scarlattina e la possiamo infettare solo con le parole.

«Io esco» dice Valeria all'avvocato, «ci vediamo più tardi».

La donna dà un bacio sulla guancia dell'avvocato.

«A pranzo ritorni?» chiede lui.

«Non lo so, ti faccio sapere».

Poi piglia la sua borsetta ed esce di casa senza manco dire buongiorno.

«Scusate l'interruzione» dice l'avvocato, «che stavamo dicendo?».

«Che lei la donna del camioncino non l'ha vista distintamente in viso, però...».

«Ah, sì, però credo proprio di non averla mai vista prima di stamattina».

Il commissario resta un attimo a pensare. Allora ne approfitto per fare una domanda pure io.

«Avete fatto caso se con la donna c'era qualche cane?».

«Un cane?».

«Sì. Uno o più cani».

«Ora che me lo fa notare, sì, mi sembra di sì. C'era un cane che la seguiva e che lei ha fatto salire in macchina, prima di andare via».

«Era un cane di grosse dimensioni?».

«No no, era un cane piccolino».

«È sicuro?».

«Sì. Non ci ho fatto molto caso, ma che fosse un cane di piccole dimensioni è certo. Mi pare fosse nero, ma sul colore non posso giurare».

«Va bene, Rapagnati» dice il commissario, «noi adesso togliamo il disturbo. L'unica cosa mi dovrebbe fare la cortesia di girarmi queste foto, sono davvero preziose per noi».

«Certamente, lo faccio subito» dice l'avvocato.

E dopo che si è segnato il numero del commissario, gli manda le foto.

Prima di andarcene mi viene in mente un'ultima domanda da fare.

«Ma lei per caso ha un cane, avvocato?».

Per un attimo mi pare che Rapagnati è restato sorpreso da quello che gli ho chiesto.

«No...» risponde con un poco d'imbarazzo, «una volta l'avevo, però Valeria è allergica al pelo di cane e...». S'interrompe un attimo, poi aggiunge: «... e non ho potuto più tenerlo. Ma perché mi fa questa domanda?».

«Niente d'importante, era solo una curiosità».

«Perché gli hai fatto quella domanda?» mi chiede il commissario appena siamo usciti.

«Non lo so, commissà. Mi è venuto da chiederlo, nessun motivo particolare».

«In ogni caso adesso abbiamo la targa della macchina, non dovrebbe essere difficile risalire all'intestatario dell'auto. E se il proprietario fosse quella donna saremmo quasi a dama».

«E ci penso io, commissà, datemi un'ora e vi porto il nome del proprietario».

«Va bene, io intanto incarico Musella di prendere i nominativi di tutti quelli che abitano nella palazzina dell'avvocato. Così, appena hai quel nome, proviamo a capire se c'è qualche legame tra il proprietario della macchina e qualcuno degli inquilini».

La macchina bianca è intestata a Lilla Sallurio, quarant'anni, nubile, residente ad Ercolano e caporeparto in un supermercato di Portici. Dalle foto che recuperiamo in rete Lilla Sallurio è la stessa donna che l'avvocato ha fotografato.

Subito io e Cardillo ci rechiamo all'indirizzo di residenza della donna per procedere all'arresto. Ma quando arriviamo, scopriamo che la donna non abita più là. La vicina di casa ci dice che ha lasciato l'appartamento da più di un anno e da allora nessuno l'ha più vista.

«Voi sapete per caso dov'è andata ad abitare?».

«Non lo so. So solo che Lilla era diventata un poco strana dopo quello che aveva passato. Tra l'altro aveva perso pure il lavoro».

«Scusate, ma che cosa è capitato alla signora Sallurio?».

«Ah, non lo sa. Qua lo sanno tutti quanti nella zona. Forse è per questo che lei ha preferito andarsene».

Io faccio di no con la testa, come a dire che non so niente. E allora la donna, dopo essersi guardata un momento attorno, con la voce bassa, dice: «L'avevano violentata a Lilla».

Lilla Sallurio è stata violentata la notte di tre anni fa, poco lontano da una discoteca dove c'era stata una festa alla quale aveva partecipato. I violentatori, che dalle testimonianze di Lilla erano almeno tre, non sono mai stati scoperti. La donna, dopo la violenza, era stata in cura da uno psicologo, ma evidentemente non era riuscita a superare il trauma, poiché sei mesi dopo l'avevano licenziata dal posto di lavoro. In seguito si era isolata sempre più, limitando al minimo i suoi rapporti con gli esseri umani. Si era iscritta anche a un'associazione che si occupava di cani abbandonati, ma dopo qualche mese aveva mollato l'associazione e nello stesso periodo aveva lasciato l'appartamento in affitto.

A questo punto di Lilla Sallurio si sono perse le tracce e nessuno dei suoi conoscenti sa dire dove passa le notti e come vive.

«Bravo, Acanfora, ottimo lavoro. In pratica possiamo dire che hai quasi risolto il caso».

«In che senso, commissà?».

«Che con tutta probabilità questa Lilla si sta vendicando della violenza subita».

«Volete dire che sta ammazzando le persone che l'hanno violentata?».

«Suppongo di sì».

«Ma a me quel Nicola Caccio non mi pare proprio il tipo che se ne va in giro a violentare donne».

«L'apparenza spesso inganna, Acanfora. E in ogni caso questa Lilla, a seguito del trauma, potrebbe anche aver cominciato ad ammazzare gli uomini un poco a caso».

«Sì, questo può essere vero...».

«Ti vedo scettico, Acanfora».

«Non lo so, commissà, io a questa Lilla non la conosco, non mi sento di giudicare».

«È giusto, non giudichiamo. Troviamo invece questa donna, così da impedirle di commettere altri omicidi. Lei abitava più o meno nella zona tua. Secondo te dove potremmo cercarla?».

«Mah, non lo so. Però se io ero uno che voleva stare lontano dagli esseri umani, con due o tre cani appresso e non tenevo manco i soldi per pagarmi un appartamento, mi andavo a cercare un posto isolato sul Vesuvio, magari in un casolare abbandonato».

«Benissimo. Tra l'altro una donna con dei cani e con una macchina bianca non dev'essere così difficile da rintracciare. Adesso chiamo Musella e...».

E in quel mentre squilla il telefono sulla scrivania del commissario.

«Pronto» dice Santagata.

Per un momento mi pare di vederlo che diventa bianco in faccia.

«Ma siete sicuri?».

E poi:

«Va bene, arriviamo».

Posa il telefono.

«Quella pazza ne ha ammazzato un altro» dice, «bisogna fermarla subito».

Il morto si chiama Domenico Cerillo, ventisette anni, residente a Torre del Greco, di professione impiegato comunale. Abitava in una casa isolata ai piedi del Vesuvio, con annesso un piccolo orto sul retro dell'abitazione. Il corpo è stato rinvenuto proprio nell'orto, in mezzo ai pomodori. A trovarlo è stato uno dell'immondizia, che stava svuotando i cassonetti della zona e ha intravisto il corpo dal cancelletto di legno.

Domenico sta ridotto più o meno come Salvatore Panzina e come Nicola della pizzeria: gola squarciata, naso mezzo mangiato e ferite da tutte le parti.

Secondo Capuozzo, il decesso risale al giorno prima. Sulle cause della morte non ci sono dubbi.

Anche in questo caso sequestriamo il telefonino di

Domenico, ma senza che teniamo troppe speranze di scoprire qualcosa.

Subito dopo il commissario mi manda a controllare se ci sta una telecamera in zona, ma stavolta non siamo fortunati e dobbiamo fare senza telecamera.

In compenso, però, grazie alla banca dei dati, scopriamo che questo Domenico Cerillo è stato accusato per tre volte di aver appicciato il fuoco nel parco del Vesuvio. La prima volta se l'è cavata con la condizionale. La seconda volta lo hanno assolto per mancanza di prove. E la terza, due mesi fa, lo hanno subito rilasciato perché teneva l'alibi.

«Che dite, commissà, pure questo Domenico è uno dei violentatori?».

«Abitava a Torre, come Salvatore e come Nicola. Probabilmente sono stati a quella festa e dopo, approfittando che lei stava da sola...».

«E lì al Vomero che ci è andata a fare?».

«Questo non lo so. Forse da quelle parti abitava un altro degli uomini che abusarono di lei. O forse è solo per un caso che si trovava da quelle parti. Adesso, però, l'importante è trovare la donna il prima possibile. Scarano e Lo Masto li mando a cercare dalle parti di Ercolano. Tu e Musella invece battete la zona di Torre. Mostrate le foto del camioncino e quelle di lei, qualcuno per forza deve averla notata».

«Va bene, commissà, chiamo Musella e andiamo subito».

Sono le cinque di pomeriggio quando rintracciamo

Lilla Sallurio. Come avevo pensato, vive in un casolare abbandonato ai piedi del Vesuvio. Quando facciamo irruzione in casa non tenta nessuna fuga. E neppure fa qualche reazione violenta. Ci guarda solo con la faccia un poco stranita, ma senza fare commenti e senza chiedere niente.

Lilla è un poco più alta della media, è magra, ma con i muscoli allenati di chi fa tutti i giorni esercizio fisico. I capelli sono neri, tagliati corti. E gli occhi, neri pure quelli, ci guardano attenti, come gli occhi degli animali guardano il mondo attorno decidendo come si devono comportare.

È ancora una bella donna, Lilla, con le labbra morbide e i denti bianchi. A guardarla così sembra una donna decisa, forte, per niente accomodante. E a me mi pare di vederla la notte di tre anni fa, mentre tenta di difendersi dagli uomini che l'hanno acchiappata, senza che però ci riesce.

«Lilla Sallurio, lei è in arresto» dice Musella.

La casa è sistemata con poche cose, quasi tutte pigliate per la strada e aggiustate da lei. Ci sta una bicicletta che, non so in quale maniera, riesce a dare la luce nella casa. L'acqua sta in certi bidoni grandi di plastica. E il letto è solo un materasso buttato a terra.

«Lei ha il diritto di tacere» dice ancora Musella, «qualsiasi cosa dirà potrà essere usata contro di lei in tribunale».

C'è anche un camino in un angolo della stanza. E vicino al camino ci stanno quattro cani. Un cagnetto piccolo, nero, con le orecchie bianche, che dev'essere quello che l'avvocato ha visto dalla finestra quando ha fotografato la donna. E poi ci sono altri tre cani più grandi: un cane lupo, un pitbull e un altro cane che non so di che razza è. I cani mi guardano alla stessa maniera di come mi guarda Lilla, con l'espressione incuriosita, piegando un poco la testa di lato. Non ringhiano, non fanno per lanciarsi addosso, guardano e basta, come se, invece di cani, sono esseri umani. E poi, bell'e buono, il cane nero piccolino viene verso di me. Scodinzola tutto e quando mi arriva vicino, io mi abbasso sulle gambe per accarezzarlo, e lui mi lecca la mano.

«Nina ti ha preso in simpatia» dice Lilla, «non lo fa con tutti».

«È femmina?» chiedo.

«Sì, gli altri tre sono maschi, ma lei è femmina. Non tiene paura di niente».

Quando la portiamo in caserma, Lilla non fa nessuna resistenza. L'unica cosa, prima di lasciare la casa, vuole salutare i cani. Poi non fa altre richieste.

In caserma il commissario le fa vedere le foto dei tre uomini ammazzati.

«Li conosceva?».

«Non personalmente» risponde Lilla.

«Perché li ha uccisi?».

«Io non ho ucciso nessuno».

«Certo, non personalmente. Ha usato i suoi cani per ammazzarli».

«O forse i cani hanno usato me» risponde Lilla con

un mezzo sorriso che mi pare più dolce di come me l'ero immaginato.

«Che cosa vuol dire che i cani hanno usato lei?» chiede il commissario.

«Ma niente, non voglio dire niente».

«Allora, sono quelli che l'hanno violentata?» chiede ancora il commissario.

«Ma chi? Di chi sta parlando?».

«Degli uomini che ha ucciso. Sono stati loro a violentarla tre anni fa?».

«No» risponde lei, «io non sono mai riuscita a sapere chi è stato quella notte. E in tutta verità non m'importa più, non si può vivere sempre nel passato».

«Allora uccide a caso, per vendicarsi di quello che le è capitato?».

«Io non uccido nessuno. Io mi prendo solo cura di chi soffre».

«Signora Sallurio, adesso basta con questi enigmi. Se ci vuole spiegare il motivo dei suoi omicidi, bene, l'ascoltiamo. Altrimenti ne parlerà domani in presenza del suo avvocato».

«Io non ho ucciso nessuno» ripete Lilla, «e l'avvocato non mi serve a niente».

«Commissà, ma voi siete sicuro che quella Lilla è la colpevole?».

«Andiamo, Acanfora, le prove sono tutte contro di lei. C'è anche il movente, di che stiamo parlando?».

«Ma quando ha detto che forse erano i cani a usare lei, che voleva dire?».

«Non lo so, Acanfora, e non m'interessa. A me questa mi pare una pazza completa. Mò chiamo il magistrato per la conferma dell'arresto. E intanto mandiamo il servizio veterinario in quel casolare ad occuparsi dei cani».

Il caso oramai pare risolto, ma a me qualcosa continua a non tornarmi, anche se non capisco che cos'è. Però ho la convinzione che quella Lilla non mente e che i violentatori per davvero non c'entrano niente in questa storia.

Non lo so, ma è come se ci sta un fatto o un particolare che sta davanti a tutti e nessuno riesce a vederlo.

Prima di tornare a casa, mi leggo un'altra volta la deposizione che Gemma ha fatto sul fratello, ma non mi pare che ci sta niente di speciale.

Dopo mi leggo pure la deposizione di Anna in ospedale.

Me la leggo due volte, ma pure là non trovo niente di anormale.

Forse mi sto fissando, a volte capita.

Lascio perdere gli incartamenti e mi avvio a pigliarmi un caffè.

Ma neppure ho versato lo zucchero nel caffè, ecco che di colpo si accende la lampadina: *Che cosa terribile, io non me lo riesco a spiegare. Che poi noi li abbiamo sempre amati i cani, è proprio una cosa che non si può spiegare*.

Il cane, certo, il cane di Nicola e Anna, quello che sta nelle foto assieme a loro due, quello tutto nero con le orecchie bianche.

Quel cane è tale e quale alla cagnetta che stava nel casolare da Lilla. Nina, si chiamava.

Forse è tutta una coincidenza, questa delle orecchie. Ma se invece il cane è lo stesso, allora che cosa vuol dire?

Siccome il commissario non ci sta, mi prendo la libertà di tornare in ospedale a parlare con la signora Anna.

La signora sta in compagnia di un'amica, ma è contenta di vedermi e le fa piacere parlare un poco del marito: di quanto era una brava persona, di come i clienti lo volevano bene e di come ancora non si fa capace di quello che è successo.

Io la lascio sfogare un poco.

Fino a quando è lei stessa a chiedermi se sono tornato in ospedale per fare qualche domanda specifica sul marito.

«Ho visto la foto con il cane appesa nella pizzeria. Era vostro il cane?».

«Nina! Si chiamava Nina. Quant'era bella Nina, la volevamo tanto bene».

E si mette a raccontare la storia di Nina, che la tenevano da cinque anni con loro e un anno prima era uscita incinta con tutto che le avevano fatto l'operazione per non restare incinta. Aveva fatto quattro cuccioli uno più nero dell'altro. Lei e Nicola, però, siccome tenevano una crociera prenotata, ed era la prima vacanza che si dovevano fare da quando avevano aperto la pizzeria, si erano decisi a portare Nina e i cuccioli da un'associazione che li accudiva per il tempo della crociera. Ma quando quindici giorni dopo erano tornati dalla crociera, avevano ricevuto la notizia che Nina era morta per un'infezione dovuta alla gravidanza. E pure i cuccioli, purtroppo, pure loro erano morti.

«Povera Nina» dice Anna, «la volevamo così bene».

«E quest'associazione voi sapete dove sta?».

«Io non lo so» risponde Anna, «è stato Nicola a portarli all'associazione. Solo lui ci ha parlato».

A me mi pare che nella storia di Nina ci sta qualcosa che non torna. O forse questo dipende solo dal fatto che io sono un poco come mia madre, che ogni tanto si fissa per certi fatti, e ora sono io che mi sto fissando con questa storia dei cani.

Io non lo so se è una fissazione o no, però, a pensarci bene, pure quel pitbull che stava da Lilla assomigliava a un altro cane. Assomigliava a Ciro, il cane da combattimento di Salvatore.

È una coincidenza pure questa?

Prendo il cellulare e faccio una telefonata a Cardillo.

«Senti, Cardì, ti volevo chiedere una cosa».

«Dimmi Acanfora, a disposizione».

«Tu l'hai controllato il telefono di Domenico Cerillo, quello che hanno ammazzato dentro all'orto?».

«Sì, come, l'aggio rivoltato comm' 'a 'nu cazettino, ma non ho trovato niente d'interessante».

«Ma sai per caso se Domenico Cerillo teneva un cane?».

«Un cane?».

«Eh, sì, un cane».

«Mò che mi fai riflettere, sì, forse un cane lo teneva. Almeno a giudicare dalle tante foto che stavano sul cellulare. Un golden qualcosa, mi pare, non mi ricordo bene».

«E mò correggimi se sbaglio, Cardì: a casa del Cerillo, però, non ci stava nessun cane, è giusto?».

«È giusto, sissignore».

«Senti, ti dispiace mandarmi qualche foto di questo cane».

«Sì, certo, ma a che ti serve?».

«Niente, è 'na sciocchezza. Tu mandami le foto, però».

«Cinque minuti e te le spedisco».

Uh Gesù, allora è come pensavo: il cane di Domenico Cerillo pare proprio lo stesso che stava a casa di Lilla.

Tre coincidenze sono troppe, non può essere.

Debbo scoprire qualcosa in più su questo cane.

La prima cosa chiedo ai vicini del Cerillo, ma siccome l'abitazione di Domenico è piuttosto isolata, nessuno mi sa dire niente di preciso.

Allora provo a domandare ai negozi che stanno in zona, ma pure là nessuno si ricorda bene di questo cane.

L'ultimo tentativo lo faccio in un negozio di colori con l'insegna scambiata, l'intonaco mezzo caduto e la serranda fatta di ruggine. Dentro ci sta un vecchio alto e secco che pare un lampione. Il vecchio è pure mezzo sordo, però la memoria la tiene buona e si ricorda bene sia di Domenico che del cane. Dice che Domenico è andato nel suo negozio più di una volta.

E ogni volta che andava si comprava un barattolo grande di pece.

«E a che gli serviva questa pece?».

«A me ha detto che doveva riparare il tetto di casa. Il fatto mi è sembrato un poco anomalo, perché la pece oramai non la usa più nessuno per questo genere di cose. Però domande non ne ho fatte, anche perché sul conto suo giravano cattive voci».

«E quali erano 'sti voci?».

«Che stava inguacchiato con la camorra. E appicciava il fuoco sul Vesuvio per ordine loro».

«Sì, questo lo sapevo pure io. Ma secondo voi questa pece c'entra qualcosa con gli incendi?».

«Oramai il ragazzo è morto. Che ne parliamo a fare?».

«Ne parliamo perché il Vesuvio è di tutti, mica è proprietà della camorra».

Il vecchio ci pensa un momento, poi abbassa la serranda e si decide a raccontare quello che sa.

«Domenico usava i gatti per appicciare il fuoco nei boschi».

«I gatti? E che c'entrano i gatti con gli incendi?».

«Lui pigliava i gatti, gli spalmava la pece addosso e dopo gli metteva fuoco. I gatti scappavano nel bosco impazziti per il dolore e così l'incendio scoppiava in un momento».

«E il cane? Che sapete del cane?».

«Il cane so che si chiamava Ettore perché lui così lo chiamava. Un bel cane, che non si stava mai fermo e abbaiava sempre. Domenico mi ha detto che l'aveva preso al canile che sta fuori Torre, verso la ferrovia.

Provate a chiedere a loro, magari vi sanno dire qualcosa di più».

«Sì, me lo ricordo il cane» dice la ragazza che lavora al canile, «si chiamava Ettore, era un golden retriever, un cane affettuoso, socievole, pure di razza».

«E che ci faceva un cane di razza nel canile?».

«La proprietaria del cane l'avevano messa nell'ospizio e nessuno dei figli voleva tenersi a Ettore».

«Ho capito. E per caso ti ricordi pure chi se l'è preso quel cane?».

«Come no. Era un bel tipo, coi capelli biondi e gli occhi azzurri. Faceva tutto il fareniello, mi ha invitato pure a mangiare la pizza».

Mica come me, che per invitare a Cerasella ci metto l'eternità.

«E tu ci sei andata a mangiare la pizza con lui?».

La ragazza si fa una risata.

«No, non ci sono andata, era troppo buffone. E a me i buffoni non mi danno affidamento».

«Brava, hai fatto bene. Ma secondo te, 'sto tipo perché si è scelto proprio quel cane?».

«Ecco, la verità non l'ho capito manco io. Quando lui è venuto qua al canile, io la prima cosa gli ho chiesto che tipo di cane voleva. Lui ha risposto che cercava un cane alto, peloso. Mò 'sta cosa è strana, perché di solito uno chiede un cane da guardia, da compagnia, da caccia, oppure un cane che va d'accordo coi bambini, che sta bene con la persona anziana. Invece lui lo voleva alto e peloso. Solo questo gli interessava. E poi, appena ha visto a Ettore, subito se l'è voluto pigliare».

«Avete capito, commissà: i cani di tutt'e tre le vittime si trovavano a casa di questa Lilla. È un fatto strano o no?».

«Sì, Acanfora, è un fatto strano, anche se non so come spiegarlo».

«E tenete presente che quei cani sono gli stessi che hanno ammazzato Salvatore, Domenico e Nicola. Cioè quelli che fino a poco tempo prima erano stati i loro padroni».

«È vero, è giusto. Non so proprio che pensare. Tu tieni qualche idea a proposito?».

«Niente di preciso, commissà. Però pigliamo tanto per dire a Ciro, il cane di Salvatore. Ciro di certo non ha fatto una bella vita con quel padrone. Quello Salvatore lo avrà sfrantumato di mazzate, e poi lo ha fatto combattere una continuazione, l'ha spremuto come a un limone. E poi, quando non era più buono a niente...».

«Che cosa è successo?».

«Non lo so, commissà. L'unica cosa che sappiamo è che Ciro all'improvviso è sparito. Così come all'improvviso è sparita Nina con i suoi cuccioli. E pure Ettore non si trova più».

Il commissario non dice niente, resta a riflettere.

Poi si gira verso di me.

«Ma tu lo sai che il servizio veterinario non li ha trovati i cani a casa di Lilla».

«E me l'aspettavo, commissà».

«Come mai te l'aspettavi?».

«I cani sono quattro, commissà. E i morti sono solo tre».

«Quindi tu pensi...».

«... che ne manca ancora uno».

«Ma Lilla sta detenuta, come fanno i cani senza di lei?».

«Non lo so, commissà, però forse è meglio andare al Vomero e controllare nella palazzina dove sta l'avvocato Rapagnati. Secondo me i cani sono diretti là».

Saltiamo nella Cinquecento del commissario e senza fermarci manco ai semafori corriamo al Vomero.

Mentre il commissario guida che pare il pilota di Formula 1, io provo a telefonare all'avvocato Rapagnati, per dirgli di allertare la palazzina.

Il telefono squilla, però non risponde nessuno.

«Niente, l'avvocato non risponde, commissà».

Il commissario corre ancora più da pilota, facendo i sorpassi a destra e a sinistra che se ci fermano, sicuro gli levano la patente.

Quando finalmente arriviamo, parcheggiamo la macchina a come viene e poi di corsa saliamo le scale.

Al piano terra, all'ufficio, hanno già chiuso e non ci sta nessuno.

Allora saliamo al primo piano.

La porta sta socchiusa.

Spingiamo la porta ed entriamo.

E subito vediamo il sangue. Sangue da tutte le parti, pure gli schizzi sul muro.

E vicino alla finestra, caduto a terra, con la gola aperta dai morsi dei cani, ci sta l'avvocato.

Ci sta pure Valeria vicino a lui. Ma lei non è morta, è solo svenuta, e quello che ha visto non credo che se lo dimenticherà tanto facilmente.

Lilla sta vicino alla finestra della cella, in piedi. Guarda fuori, attraverso le sbarre. Anche se fuori ci sta la nebbia e non si vede niente.

«L'avvocato è morto» dico io, «ma forse è inutile che ve lo dico, forse voi lo sapete già».

«Sì» dice lei, «lo sapevo».

«E come l'avete saputo?».

«Io credo che questo tu l'hai già capito da solo» dice lei girandosi dalla parte mia.

E mi guarda con quegli occhi neri suoi, gli occhi degli animali che ti guardano e pare che ti leggono dentro.

«Volete una sigaretta?» dico io.

«Fumo solo quelle fatte a mano».

«Allora ve le vado a prendere» dico io.

Il commissario ha deciso che a parlare con Lilla era meglio se ci andavo io da solo. Perché lui pensa che Lilla solo con me può essere che dice qualcosa.

Torno con il tabacco.

Lilla si siede vicino al tavolo e si prepara la sigaretta.

Io mi seggo di fronte a lei. Inciarmo la sigaretta pure io.

«Che vuoi sapere?» mi chiede dopo che ha tirato la prima boccata.

«I cani» dico, «erano loro che si dovevano vendicare?».

«Gli uomini si vendicano, i cani non lo tengono questo sentimento. Però non si scordano niente».

«E che cosa hanno passato quei cani per farli diventare così cattivi con i padroni loro?».

«Lo vuoi sapere proprio?».

«Sì, lo voglio sapere».

«Nina, quella che ti ha leccato la mano, è stata la prima che ho trovato. Nicola una mattina l'ha portata sulla spiaggia di San Giovanni insieme ai quattro cuccioli suoi. Nina l'ha seguito, tranquilla, si fidava, non sapeva quello che l'aspettava. Nicola si è avvicinato al mare, poi ha preso i quattro cuccioli e uno dopo l'altro li ha affogati dentro all'acqua. Dopo ha provato a fare lo stesso con lei. Nina era intelligente, ha capito di non avere più scampo e allora ha fatto finta di essere annegata. Appena però Nicola si è allontanato, è riuscita a nuotare fino a riva. Io l'ho trovata sulla sabbia, che quasi non respirava più, e l'ho portata a casa. Un giorno io e Nina stavamo camminando nel terreno dietro ai binari della Vesuviana. Nina era guarita, stava bene adesso. All'improvviso si è messa ad abbaiare. È andata verso i binari, pareva una pazza. Sulle rotaie stava steso un cane, pareva un sacco vecchio buttato nella monnezza. Era Ciro, il pitbull, pieno di ferite, più morto che vivo. Salvatore l'aveva lasciato là e il treno avrebbe risolto il problema. Ho portato a casa pure Ciro. Stava ridotto parecchio male, però aveva la pelle dura e si è rimesso presto».

Lilla fa una pausa.

Aspira la sigaretta.

Negli occhi suoi è come se brilla una luce strana, un poco da pazza, però anche di sfida, come se deve combattere contro al mondo intero e non per questo tiene paura.

«Ettore era un cane allegro, simpatico. Non sapeva che quel Domenico l'aveva tolto dal canile solo per usarlo come miccia per l'incendio sul Vesuvio. Io stavo camminando nel bosco, cercavo i funghi. Ettore l'ho visto che correva, era una palla di fuoco. Allora mi sono levata la felpa e mi sono buttata sopra di lui. E in qualche modo, bruciandomi pure io, sono riuscita a spegnere il fuoco. Per Ettore ci sono voluti due mesi a guarire, però alla fine ce l'ha fatta».

«E l'avvocato? Era il proprietario del cane lupo?».

Lilla aspira una boccata e fa cenno di sì.

«Il cane lupo si chiama Cesare. Un giorno, non lo so perché, l'avvocato ha deciso di sbarazzarsi del cane. E ha portato Cesare lontano, nel bosco di Capodimonte. L'ha lasciato là, da solo, ma Cesare è riuscito a tornare a casa. L'avvocato l'ha preso a cinghiate e poi l'ha portato più lontano, sul Vesuvio, ma pure stavolta Cesare è tornato. Allora l'avvocato gli ha dato il sonnifero e dopo l'ha portato sulla tangenziale. E l'ha lasciato in mezzo alla strada, mezzo stupediato, sperando di non vederlo più. A Cesare l'hanno buttato sotto due o tre volte. Io l'ho trovato sul bordo della tangenziale, teneva più ossa rotte che sane. Per tre mesi l'ho imboccato, l'ho lavato e l'ho portato in braccio a fare i bisogni. Poi ha cominciato a camminare e un poco alla volta è guarito pure lui».

Ecco, il racconto di Lilla è finito, non ci sta altro da dire.

Lei spegne la sigaretta, si alza, si avvicina alla finestra, guarda fuori.

E dopo qualche secondo si sente lontano un cane che abbaia. E poi un altro. E un altro ancora.

«Li senti?» dice Lilla.

«Sono loro?».

Lei non risponde, ma nel buio mi pare che sorride.

Mi finisco la sigaretta e mi alzo pure io. Vado verso la porta della cella.

Prima di uscire la guardo per l'ultima volta.

«Ma tu che pensi» dice lei, «che sono un poco pazza?».

«No» rispondo io, «la pazza non sei tu, è il mondo che è impazzito».

Simona Tanzini

La buffa creatura e lo scecco

1

Ci guardiamo. Io all'esterno della staccionata, appoggiata al legno perché sono nata stanca; lui all'interno, piuttosto placido. Si volta verso il caos targato circo mediatico che scoppietta a qualche decina di metri da noi, poi si gira di nuovo verso di me con un'espressione rassegnata, modalità cosa mi tocca sopportare. Io di risposta metto su l'espressione guarda non dirlo a me.

Che poi in effetti io l'avrei scelto, di avere a che fare col circo mediatico, visto che faccio la cronista di un broadcaster internazionale; lui no. A dire il vero non so che aspirazioni avesse nella vita prima di finire coinvolto in un caso di cronaca con un morto e un ferito grave: non è che sia proprio facilissimo comunicare con gli asini. Cioè, è sicuramente un asino molto espressivo, ma non al punto di chiedergli cosa voleva fare da piccolo e ottenere una risposta tanto comprensibile.

Dalla porta del casolare dietro il mio nuovo amico scecco vedo uscire una figura familiare che sta portando qualcosa di strano in braccio, insieme alle solite altre figure che si incontrano sulla scena di un delitto, poliziotti di un tipo, poliziotti di un altro tipo, medici per chi è ancora vivo, medici per chi invece no, etc. etc.

Dovrei cercare come al solito di rovistare tra i neuroni per ricordare il cognome, perché il nome sono abbastanza certa sia Francesco, ma lui è sempre stato solo Zelig, l'unica persona che non ha sempre lo stesso colore.

Lo osservo un po' sorpresa perché è la prima volta che lo vedo davvero sulla scena di un delitto. Finora avevo avuto la netta impressione che la sua occupazione principale fosse quella di prendere in giro me.

Guardo l'amico asino. Presumo abbia un colore anche lui. Ogni tanto, a tempo perso, provo a leggere, studiare e capire qualcosa sulla sinestesia. Io vedo il colore della musica. E fin qui, non sono l'unica al mondo; siamo pochi ma ci siamo. È un po' complicato da spiegare: sono sensi che dovrebbero restare separati e invece è come se entrassero in contatto, per cui ad esempio la *Quinta* di Beethoven per me inizia rosso bordeaux. Però non è che vedo il mondo rosso bordeaux, è solo che il colore è quello. Poi però vedo anche il colore delle persone, e qui mi sembra di essere abbastanza sola nell'universo; sono sempre partita dal presupposto che è come se ogni persona (o quasi) avesse una sua musica, e questo mi portasse a vedere il suo colore. Poi tempo fa ho letto una roba complessivamente abbastanza ardua sulla frequenza e le vibrazioni, e ho iniziato a rifletterci su. Senza capirci nulla, alla fine. Però. Io in effetti non vedo il colore della musica, ma dei suoni. Se sotto un certo punto di vista tutto ha un suono ci sta che per me tutto abbia un colore. Credo. Comunque, Zelig invece ne ha troppi. Anche se di base è verde bottiglia chiaro.

In questo momento, fuori dalla scena del delitto con quel qualcosa di strano in braccio, sembra verde bottiglia scuro. Non riesco a capire cosa stia tenendo perché sulla distanza i vuoti che ho nel campo visivo si allargano. Prendo una decisione che nel migliore dei casi mi porterà a una cazziata storica da parte delle forze dell'ordine presenti. Cerco di scavalcare la staccionata. L'asino mi guarda perplesso, poi prudentemente si allontana. Tra le altre cose, ho anche una malattia neurologica che influisce parecchio non solo sulle pallocchette vuote nel campo visivo ma anche su come muovo, diciamo non proprio agilmente, le gambe: non è che scavalco staccionate in scioltezza e con piglio atletico, ecco. Zelig si volta, mi vede, decide di raggiungermi prima che io contemporaneamente mi schianti al suolo e mi faccia fermare per atterraggio non autorizzato di faccia sulla scena transennata di un delitto.

Mentre si avvicina cerco di mettere a fuoco quel qualcosa che ha in braccio. Sembra un grosso tappetino da bagno di quelli molto pelosi. Sembra un grosso tappetino da bagno di quelli molto pelosi e anche un bel po' sporchi. Sembra un grosso tappetino da bagno di quelli molto pelosi e anche un bel po' sporchi, con quattro zampe. Non avevo mai visto un tappetino da bagno con quattro zampe. Si ferma davanti a me e sorride di quel suo sorriso splendido e luccicante da pubblicità, con annessa una discreta dose di ironia in modalità predefinita. Il tappetino con le zampe alza la testa e la volta verso di me. Spalanco gli occhioni.

«Heidi?» dico.

«Non sappiamo come si chiama» risponde lui.
«Ah, ma io mica dicevo a lei. Dicevo a te. Le caprette ti fanno ciao?».
Sospira.
«Ciao, Miss Purple».
«Non mi chiamo Miss Purple, mi chiamo Viola».
«Beh, io sicuramente non mi chiamo Heidi».
Ottimo. Convenevoli sistemati, possiamo passare oltre.
«Che è successo?».
«Te ne occupi tu per l'Adi?».
L'Adi è il broadcaster internazionale che si preoccupa, ogni 27 del mese, di accreditarmi sul conto il necessario per permettermi di pagare l'affitto e tutto il resto. In Italia ha tre sedi. All'inizio lavoravo nella sede di Roma. Poi ho chiesto il trasferimento a Milano, l'Adi mi ha offerto invece di spostarmi a Palermo, e io coerentemente ho accettato circa un anno e mezzo fa, perché presumo di avere anche io delle qualità, ma non metterei al primo posto quella di prendere decisioni fondamentali in base alla logica e alla sensatezza.
«Già».
«È la prima volta che ti vedo seguire davvero qualcosa da giornalista, senza esserci inciampata per caso».
«Ma guarda che buffo, potrei dire lo stesso di te come poliziotto».
Ok, i convenevoli non erano del tutto sistemati, prima. Ora sì. Ma aggiungiamo qualcosa.
«Perché vai in giro tenendo una capretta in braccio?».
Mi guarda serissimo.
«Potrebbe aver mangiato delle prove».

Niente, non ce la posso fare. Inizio a ridere. Scendo dalla staccionata che tanto non stavo minimamente riuscendo a scavalcare, avevo solo scalato il primo pezzo di legno e lo usavo come gradino, e rido senza nemmeno provare a trattenermi. Mi aggrappo anche all'asse superiore del recinto. Sento un sospiro provenire dalla sua direzione, poi dei passi. Alzo lo sguardo, asciugo un paio di lacrime, osservo un suo collega che dice, con tono apparentemente grave, abbiamo riscontrato che l'asino si chiama Ogoshi. Zelig inarca un sopracciglio. Ci voltiamo verso l'asino che sembra annuire.

«E la capretta?» chiede Zelig, abbassando lo sguardo, quasi a se stesso.

«Si chiamerà Benzina» rispondo io.

L'altro poliziotto mi guarda perplesso e si allontana. Zelig sorride. Lui l'ha capita. Per far arrivare meglio il concetto che l'ha capita mi sussurra: «Non sei riuscita mai a cambiare».

E non ho bissato alcun capolavoro, non avendone del resto mai realizzato uno. Almeno mi si riconosca la coerenza.

«Dimmi cos'è successo. A noi in redazione è arrivata solo la notizia che si sono sentiti degli spari in un casolare sperso nel nulla nel palermitano, e che sono stati trovati un morto e un ferito. Nessun accenno a capre e asini, oltretutto. Se si può fare informazione così, io dico».

Sorride di nuovo. Credo si ritenga affascinante. A me quando fa il prezioso ispira solo una certa voglia di girarmi e andarmene.

«Ti confermo che è un casolare un po' fuori Palermo».

Sbuffo. Sperso nel nulla, altro che un po' fuori. Ok, qui vicino c'è un centro abitato e ci sono altre tenute e casolari e tutto il resto. Ma per me qualsiasi cosa non sappia chiaramente di città è spersa nel nulla. E comunque ci abbiamo messo mezz'ora ad arrivare. E nemmeno c'era il famoso traffico. Lui continua in modalità non collaborante.

«E confermo che ci è arrivata una chiamata perché sono stati sentiti degli spari».

«Zelig. Io devo chiudere un servizio per il tg e poi andare a ubriacarmi da qualche parte. Non è che ho tutto questo tempo da perdere».

«Ok. Allora. Siamo arrivati e c'erano due persone dentro la casa, in corridoio un uomo sui quarant'anni, che risulta essere il proprietario di casolare e terreno qui intorno, che presentava una ferita da arma da fuoco al torace e che è stato portato in ospedale. È vivo e dovrebbe restare tale, ma la prognosi è riservata. Al momento certo non possiamo interrogarlo. E più indietro lungo lo stesso corridoio un altro uomo, stessa età, morto, presumibilmente dissanguato. Aveva una pistola accanto. Sembra sia caduto, o sia stato lanciato, contro un tavolino di vetro che si è spaccato. Pare che una grande scheggia di vetro gli si sia conficcata nel collo recidendo qualcosa che sarebbe stato preferibile rimanesse integro».

«Uh».

«Già».

«Ma la dinamica? L'ha scaraventato contro il vetro il ferito che poi si è allontanato per pochi metri ed è crollato? Prima o dopo essere stato ferito? Cioè, lui gli ha sparato e l'altro con le ultime forze l'ha ribaltato? Ma come faceva se quello era armato? Allora quello gli ha sparato e poi è finito sul vetro? Ma come? C'era qualcun altro? Una terza persona sulla scena intervenuta dopo gli spari?».

Zelig alza una mano per placarmi.

«Stiamo cercando di ricostruire tutto, al netto del casino che ha combinato Benzina lì dentro. Perché era in casa anche lei e ha ritenuto opportuno usare stanze e corridoio a mo' di pascolo. Con molto entusiasmo, sembra».

Fissiamo la capretta. Lei, davvero, sorride.

«Posso entrare?».

«No».

«Posso parlare con qualcuno?».

«No».

«Mi rilasci un'intervista?».

«No».

«Mi dici chi vi ha chiamati?».

«No».

«Hai altri dettagli?».

«Sì».

«Me li dici?».

«No».

«È sempre bellissimo incontrarti».

«Vale lo stesso per me. Lo sai che quando avrò qualcosa te lo dirò».

«Ma adesso che ci fai con Benzina?».

«La affidiamo ai servizi veterinari momentaneamente, per capire cosa ha ingoiato e se sta bene. Poi la riportiamo qui».

«E Ogoshi?».

«Gli animali non restano da soli, ci sono persone che lavorano qui, se ne occuperanno loro».

Si interrompe, poi riprende, pensieroso.

«Comunque faremo controllare anche lui».

Ecco, appunto. Ci sarebbe un'altra cosa. Provo? Provo.

«Ma questa storia che l'asino si chiama Ogoshi. Il poliziotto te l'ha detto con un tono strano, e tu l'hai guardato con un'espressione strana».

Resta in silenzio. Insisto.

«Dai, su. Dopo tutto quello che abbiamo passato insieme».

Tira su un angolo della bocca. In effetti non è che insieme abbiamo passato niente. Siamo solo stati coinvolti, alla lontana e in un modo relativo per entrambi, in un caso che per me, per qualche motivo che sto cercando ancora di metabolizzare, è stato un dolore. E poi in qualche altro omicidio, sì, ok, le solite cose.

«È l'ultima, in realtà l'unica, parola che il ferito ha detto prima di perdere conoscenza, quando sono arrivati con l'ambulanza».

«Ha detto Ogoshi?».

«Ha detto Ogoshi».

Apperò.

Osservo Zelig che consegna Benzina ai veterinari. Seppur da lontano, ho la netta impressione che lei lo saluti. Ma guarda. L'inizio di una bella amicizia. Mi giro verso l'operatore che mi hanno assegnato e che non è Turi, l'operatore più bravo e cinico della Via Lattea, che oggi aveva il giorno libero. Ma anche lui è bravo. Armeggia con la camera. Mi avvicino, mi dice che tutte le immagini possibili le ha fatte e che molto altro da riprendere non c'è. Gli rispondo che mi faccio un giro e poi andiamo. Inizio a seguire il perimetro della staccionata, il confine invalicabile tra noi da una parte e delitti e inquirenti dall'altra. E asini e capre. Il recinto svolta e io svolto con lui. Oltrepasso il casolare e dietro si estende tutto un mondo di verde e stalle, prati e piccole costruzioni. Dopo circa cento metri intravedo finalmente esseri umani che non sembrano né giornalisti né polizia. Sono tre, un signore sui settanta, una donna sui cinquanta e una ragazza, e stanno parlottando tra loro a pochi metri dall'ingresso di qualcosa che pare un magazzino. Sembrano piuttosto tranquilli, considerato il contesto.

Mi passa davanti, lentamente, Ogoshi. Noto solo adesso che ha una sorta di campanella al collo, che però non scampana affatto quando lui si muove. Finché il signore lo vede, gli fa un richiamo, e l'asino sposta velocemente la testa di lato. La campana fa un unico rintocco, nettamente blu. Poi, il silenzio, mentre Ogoshi si dirige da tutt'altra parte rispetto ai tre. Bravo, amico scecco. Io tiro fuori il mio miglior sorriso e li saluto. In risposta, vengo osservata con sospetto ma comunque risalutata molto educatamente. Mi appoggio alla staccionata e chiedo altrettanto educatamente se posso parlare con loro per un minuto. Si guardano, poi si avvicinano con cautela. Mi presento. Si presentano. Chiedo se lavorano qui. La signora sui cinquanta decide di fare da portavoce; sfoderando a sua insaputa un divertente giallo limone, mi spiega che lei fa i lavori in casa e spiccia faccende varie, aiutata dalla figlia, la ragazza che sembra in bilico sui diciotto-vent'anni, mentre Giovanni, il signore anziano, si occupa, con gli altri, degli animali. Osservo Giovanni e poi il prato e le stalle alla ricerca degli «altri».

«Si sono nascosti» mi spiega lui. Albicocca, registro.

«Nascosti?» chiedo.

«Pieno di giornalisti» approfondisce lui.

Come dar loro torto. Ora potrei fare la cronista seria e inanellare una serie di domande precise e intelligenti che facciano luce sul caso. Potrei.

«Scusate, perché la campanella di Ogoshi non scampanella affatto?».

La signora giallo limone ridacchia, Giovanni sorride, la diciotto-ventenne mi guarda incuriosita, poi dice:

«Perché l'ha fatta lui».

«Lui chi?».

«Lui, Vincenzo. Il capo».

«L'uomo rimasto ferito? Quello che hanno portato in ospedale?».

Interviene la signora limone.

«Ce l'ha come passatempo. Si crede bravo, e non è tanto male. Ha tutta l'attrezzatura qui dietro, e fa cose piccole di metallo, ma non solo, il tavolino in vetro in corridoio per esempio l'aveva fatto lui, e ha cambiato gli scaffali della stanza dei libri, e ci ha regalato degli attaccapanni di ferro, ma belli, e anche altre piccole cosucce per la casa. Gli riescono anche bene, magari molte, non tutte. Ma quella campana, se non è che lo scecco proprio non corre, o salta ma tanto, o scarta o si gira con forza, non suona mai. Gli è venuta così, ma non gliela cambia. Che poi a che ci serve una campana a uno scecco».

Giovanni annuisce.

«E l'altro uomo, quello morto? Lavorava qui?».

«Pietro? Ma no che non lavorava qui, una volta era il padrone» risponde di getto la ragazza. Sulla scena cala il silenzio, poi Giovanni borbotta, queste cose tutti le sanno.

«Padrone?» insisto io.

«Era tutto suo qui» spiega Limone, dopo aver scambiato una rapida occhiata con Giovanni. Che riborbotta, queste cose tutti le sanno.

«E poi?».

Interviene la, a guardarla meglio, forse ventenne-ventiduenne. Come si invecchia velocemente sui casi di omicidio.

«E poi Vincenzo ha fatto quella cosa che se stai da anni nel posto di un altro, se quell'altro non ci viene, diventa tuo».

«Ah. E quand'è successo?».

«Definitivo, circa un anno fa. Ma all'inizio a Pietro non gliene importava niente, mai c'era venuto, e a Vincenzo ce l'aveva lasciato per disprezzo, qui».

«E poi?».

La signora limone decide che ho saputo abbastanza, interviene e spiega che adesso hanno da fare, acchiappa la ragazza, un brillante verde acido, e il signor albicocca, salutano e vanno via.

Torno indietro, alla ricerca del mio operatore. Vedo Zelig appoggiato alla staccionata che mi guarda.

«Che hai combinato, Miss Purple?».

«Che è questa storia dell'usucapione?».

«Non posso mai lasciarti andare in giro da sola».

«E quindi?».

«E quindi niente. Ci stiamo lavorando».

«Da quando si conoscevano?».

«Dalle superiori».

«E andavano così d'accordo già a quei tempi?».

Zelig sorride, stavolta amaro.

«Viola, ne parliamo nei prossimi giorni».

Poi si gira e se ne va. Eh, ma che modi.

Quindi faccio l'ovvio. Mi volto e seguo di nuovo il recinto, alla ricerca di un colore a scelta tra albicocca e limone. Trovo il signore albicocca dietro le stalle che parla con Ogoshi. Mi arrampico sulla staccionata senza tentare di scavalcarla e urlo, scusi, solo una curiosità. Ogoshi fa una sorta di saltello giocoso verso Albicocca, scampanellando un singolo colpo rosso. Resto interdetta, ma non posso perdere il contatto con Giovanni. Chiedo se sa dove ha fatto le superiori Vincenzo, lui lo sa e abbastanza inspiegabilmente me lo dice pure. Ringrazio, saluto lui, saluto Ogoshi.

Mentre trotterello verso l'operatore cerco di farmi un'idea del posto. Non so quanto ci sia di terreno, ma casa stalle e costruzioni varie sono tutte abbastanza ravvicinate.

Nessuna coltura, a parte un accenno di orto. Gli edifici non sembrano tutti ridotti un granché bene, ma è evidente che ci sono parecchi lavori in corso. Qualche costruzione è nuovissima, qualcuna è in fase di recupero, lo stesso casolare ha delle impalcature sulla facciata posteriore. Qui male economicamente non si sta, anzi. Ma sembra tutto fine a se stesso. Qualche capretta, un asino, da una parte un pollaio, non è certo un'azienda agricola, ma nemmeno una fattoria che si sostiene da sé. Eppure ci sono varie persone impiegate, lavori di ristrutturazione, una generale sensazione di benessere.

Saliamo in auto, guida l'operatore. È un ragazzo giovane, simpatico, piuttosto in gamba. Gli chiedo di fermarsi al negozio più vicino. Negozio di che? domanda. Uno qualsiasi. Accosta davanti al primo bar che appare dopo almeno un chilometro di nulla.

Scendo, entro, chiedo un caffè. Dietro al banco c'è una signora cordiale, mentre lo prepara fuori si sente sfrecciare qualcosa dotato di sirene. Aspetto di trovarmi la tazzina davanti, poi mormoro:

«Ce n'è stato parecchio di via vai di polizia oggi, eh».

La signora annuisce, brutta storia, conferma.

«Che è successo?».

«Un morto, forse due, c'è uno ferito che gli hanno sparato, alla tenuta piccola del vecchio barone».

La osservo.

«Cos'è il vecchio barone, il nome della tenuta?».

Lei ride.

«No, il vecchio barone era il soprannome del proprietario antico. Era uno che qui aveva molti terreni, quella lì era la tenuta più piccola di tutte, quella più inutile. Non ci faceva nulla, ci teneva giusto qualche costruzione in disuso, il casolare che un altro po' e andava in malora. Quand'è morto l'ha lasciata a uno dei nipoti, il preferito».

Faccio la vaga.

«Quello che gli hanno sparato?».

«No, l'altro».

«L'altro?».

«Quello che dicono che morto, è sicuro che è morto. Quando il nonno gli ha lasciato la tenuta a lui non è importato niente, non ci è mai andato, ci ha lasciato lì uno che pare avesse occupato terreno e casolare, e ciao. Dicono che c'erano stati problemi passati, oltretutto, ma io questo non lo so, lui qui al bar non ci veniva mai. E quello dopo un po' di anni la tenuta se l'è presa».

«E lui, il nipote del vecchio, si è arrabbiato?».

«All'inizio sembrava di no, cioè, più questione di orgoglio, ma alla fine della tenuta non gli importava. Poi l'altro, però, quello che si era preso il terreno, è sembrato che avesse trovato il modo di fare i soldi, ma non si sa come. Aveva iniziato a fare lavori, a prendere gente che assumeva regolare. E allora pare che avevano cominciato a litigare, che lui ci andava spesso. Ma io non so niente di più».

Ringrazio, pago il caffè, saluto. Fumo una sigaretta prima di salire in auto. Mentre Palermo si avvicina, provo a mettere insieme un po' di informazioni, ma sono distratta. Nella testa ho una nota rossa e un'altra blu. E però non funziona così. Cioè, non dovrebbe funzionare così.

2

È da un po' di tempo che mi chiedo se il giorno che ho deciso di fare questo mestiere io non abbia clamorosamente sbagliato strada. E per il momento non riesco a darmi una risposta. Forse perché non è che ho proprio imboccato l'autostrada contromano; potrei aver semplicemente sbagliato svincolo. Per esempio, secondo me, intrufolarmi in questa scuola ha un senso. Poi se qualcuno mi chiedesse di spiegarlo a parole, credo che risponderei, mah.

Palermo a marzo non è male. Umidiccia, come sempre, ma non troppo calda, non troppo fredda, e soprattutto regna sua maestà la sfincia di San Giuseppe. Che in realtà non è che si trovi in giro solo a San Giuseppe, ma questo è il suo periodo d'oro. E pure il mio, che la trovo commovente. Sono un'anima sensibile, fortunatamente abbinata a uno stomaco pronto a tutto. Cioè, non scherziamo: il mio cuore appartiene e apparterrà per sempre alla cassatina. Ma ho un cuore grande.

Stamattina il gatto era ancora un po' offeso per la sfilza di odori evidentemente animali con cui ho impestato casa ieri sera. Per fortuna io e il perfido felino siamo accomunati dallo stesso tipo di anima sensibile e soprattutto di stomaco, quindi in genere basta aprirgli le scatolette più costose sul mercato e lui fa finta di perdonarmi. Mentre sbranava del tonno, gli ho fatto presente che non credo di essere mai riuscita a concludere nulla, e sul non fare cazzate nemmeno era il caso di esprimersi. Lui ha sollevato per un attimo la testa dalla ciotola, ha socchiuso gli occhi, ha risposto, mh, e ha ripreso a mangiare. Fa sempre piacere quando siamo d'accordo su qualcosa.

È che non mi applico. Sono riuscita a farmelo dire persino all'università, il che non è da tutti. Così, mentre guardo questo istituto di una tranquilla periferia palermitana, mi sale un po' l'ansia. Non posso sinceramente dire che gli anni del liceo siano stati i più felici della mia vita. Per quanto adesso mi sfugga quali potrebbero essere stati, gli anni più felici della mia vita. Forse quelli prima della diagnosi, ma non lo sapevo. Che poi, la diagnosi. Vabbè, lasciamo stare.

Ho scelto un orario da fine lezioni. Una categoria che mi turba sicuramente più degli insegnanti è quella degli studenti. Salgo con cautela le scale all'ingresso. Il portone è aperto e io quindi serenamente entro. L'androne è vuoto e io quindi serenamente avanzo. Il corridoio è deserto e io quindi serenamente, no, qualcuno mi urla contro un buongiorno che sottintende un, e tu chi sei e che vuoi. Mi volto con il mio visetto impostato sulla modalità innocente alla massima potenza. Analizzo l'essere umano davanti a me, espressione apparente non ostile, età apparente sui sessanta, incarico apparente non docente. Sessanta vuol dire che se sono fortunata venti, venticinque anni fa era qui. Un po' perplesso un po' annoiato mi chiede cosa mi serve.

Cosa mi serve? È senza dubbio il caso di mentire.

«Buongiorno, mi serve capire perché hanno sparato a una persona».

Ok, verrà meglio la prossima volta. Lui sgrana gli occhi e fa un passo indietro. Io scuoto velocemente la testa.

«No no, non è che gli hanno sparato perché, cioè, non creda, era solo una questione privata».

Solo. Ho detto solo? L'ho detto. Lui giustamente mi guarda sempre più interdetto.

«Cioè, erano, sono, diciamo uno era e uno è, due che circa venti, venticinque anni fa venivano a scuola qui».

Facciamo così, va bene seguire l'istinto ma la prossima volta in caso il discorso me lo preparo prima.

«Vincenzo e Pietro. Magari se li ricorda. Era solo per capire. Se si odiavano e perché».

L'uomo riflette, io gli aggiungo i cognomi che forse aiuta, lui riflette più intensamente, poi smette di essere interdetto, annuisce. Sboccia in un colore rosa rosa. Cioè, proprio rosa.

«Che è successo?».

«Pietro ha sparato a Vincenzo».

«È morto?».

«Sì».

Sospira.

«Povero Vincenzo».

«No, scusi, veramente è morto Pietro».

Mi guarda.

«Signorina, non la deve prendere come una critica, ma lei le cose le racconta che non ci si capisce niente».

Ha ragione. Mi viene da ridere. E pensi che mi pagano apposta per raccontare. Allargo le braccia. Si illumina per un istante.

«Ma che sono quelli che dicevano stamattina alla radio? I due in campagna?».

Rispondo la frase più e meno sensata che poteva mettere insieme una cronista in crisi d'identità.

«Ma l'ha detto pure la televisione».

«Ah, non ne guardo».

«Eh. Ok. Erano loro».

«E Vincenzo come sta?».

«Prognosi riservata, ma dovrebbe cavarsela».

Abbassa la testa, poi mi fissa.

«Venga, stavo per prendere il caffè».

Vado. In corridoio incrociamo due insegnanti che parlottano fra loro di uno studente che è intelligente ma non si applica. Sento lo stomaco che si chiude istantaneamente. Cielo, il liceo. Raggiungiamo uno stanzino antico dotato di moderna macchinetta con cialde. Vengo fornita di caffè. Si affaccia una signora, saluta, dice che va a controllare il corridoio dove è successa quella cosa. Lui annuisce. Quale cosa?

«E quindi Pietro ha sparato a Vincenzo?» chiede.

«Già. Cioè, pare».

«Mah».

«Perché? Era Vincenzo quello cattivo?».

«No. Vincenzo era quello buono. Ma a volte pure i buoni alla fine non ce la possono fare più e smettono di essere se stessi».

Osservo il mio bicchierino di caffè. Non è che pure lui a raccontare sia 'sta precisione, eh.

«Scusi, in che senso?».

Guarda la parete. Comincia.

«Storia vecchia quanto l'uomo, i prepotenti e gli altri; quelli che ti devono schiacciare per forza perché in realtà sono deboli loro, i bulli li chiamano, e gli schiacciati. Pietro era il bullo, Vincenzo la sua vittima preferita. Gli faceva di tutto, veramente. Ma neanche si riusciva a capire perché. Come se potesse sentirsi bene solo così. Facendo male a lui».

Annuisco.

«Che poi, guardi, non è che gli metteva le mani addosso. Era un'altra cosa. Una derisione continua, un disprezzo continuo, e dirgli che non valeva niente, e nascondergli lo zaino, la giacca, e queste cose qui. Che davvero lo guardavi e ti sembrava che lui altrimenti non poteva vivere, che non respirava se non gli dava addosso a quel ragazzo. Che era di famiglia normale, né su né giù, un ragazzino tranquillo, anche timido, educato, niente da dire, le solite cose, la mattina scuola, pomeriggio al massimo faceva judo, mentre Pietro era figlio di gente coi soldi. E allora che problema hai?».

Ho finito il caffè. Faccio roteare il bicchierino per muovere un po' la goccia sul fondo. Così, per gioco.

«Alla fine Vincenzo si è ritirato, ha cambiato scuola.

Ma scusi, se Pietro ha sparato a Vincenzo, perché è morto Pietro?».

Dovrei dirgli che l'unico potenziale testimone che abbiamo al momento è una capretta che potrebbe aver mangiato delle prove, ma glisso.

«Questo non si capisce bene. Pare che sia caduto mentre gli sparava».

Ho l'impressione che mormori pianissimo «cosinutile», ma non sono sicura. Lo riporto sul discorso.

«Che è successo dopo?».

«Che Vincenzo trovò lavoro come commesso e Pietro lo fece licenziare».

«E perché? Ma scusi, questi si erano picchiati all'asilo? Da dove veniva tutto questo odio?».

«Da dentro. Che c'entra l'asilo. Se hai l'odio ce l'hai e basta. Comunque non la so la storia del licenziamento, poi qualcuno mi disse che Vincenzo era andato a vivere in un casolare di Pietro e lui per rimediare non gli aveva detto niente, ma io ho pensato che non era per niente per rimediare, era per essergli padrone. E poi non ho saputo più nulla. Erano lontani e qui ogni anno vengono classi nuove con problemi vecchi. Dicono che sembrano giovani per sempre, ma a me sembrano i più antichi di tutti, che funzionano alla fine sempre nello stesso modo».

Si riaffaccia la signora di prima. Si scusa e gli chiede se la può raggiungere in corridoio dove è successa quella cosa. Lui si alza, mi saluta, mi accompagna all'ingresso, si allontana, sembra, un po' malinconico. A me resta il grande interrogativo, che caspita è successo in quel corridoio. Lo osservo mentre cammina piano, poi da una stanza escono tre insegnanti, mi volto e mi lancio fuori.

Antichi dissapori. Cancella. Pare che tra i due già ai tempi della scuola. Cancella. Chi li conosceva racconta. Cancella. Testimoni dicono che. Cancella. La solita vecchia storia. Cancella. Tanto domani succederà qualcosa e la vita e la cronaca ci sorpasseranno e ci occuperemo di altro. Cancella. Non vedo il senso. Cancella. Magari potevo fare la pittrice, ok che non so disegnare nemmeno i pupazzetti, ma se avessi provato a dipingere la musica, forse. Cancella. Con la presente. Cancella. All'attenzione di. Cancella. La presente per comunicarvi che. Cancella. Scusatemi ma io ci sono giorni che non trovo più. Cancella. La musica non ha solo colori, ha anche forme, e il suo spazio è il tempo, e se la vedi, la vedi così, che si svolge, ecco, la musica spazialmente si svolge nel tempo come una sciarpa leggera, un foulard, che avevi appallottolato e poi invece si dispiega, e man mano che lo fa puoi vedere le sfumature, e vedere la musica è bellissimo, non è un limite anche se non riuscivo a guidare con la musica e a studiare e leggere e a fare qualsiasi altra cosa, non è un limite, non ho un limite, io in qualche modo questo dovrei fare.

Oh, santo cielo, cancella. Cancella tutto. Alzati e vai a farti un giro. Non è la prima volta che ti succede. Respira, esci, cammina.

La musica si svolge come una sciarpa di seta con le tastiere. Con il pianoforte è molto più agile e spezzata.

Quasi spigoli vivi. Quasi. Ma poi dipende. Credo che andrò in centro. A passeggiare; a guardare le persone; a prendere una sfincia, tipo.

Il cielo è grigio ma Palermo graziosamente ha deciso, almeno per il momento, di non farmi piovere addosso. Questa città così incasinata e chiassosa è piena di angoli di pace. La città ossimoro. Devo solo sceglierne uno. Me ne vado in Cattedrale. Senza sfincia, in caso la prendo poi.

Salgo lungo il Cassaro, sbirciando chi scende. Ogni tanto gioco a ricostruire vite dai dettagli. Parto da una borsa, un paio di occhiali, una giacca e ci allestisco intorno una vita quotidiana, una famiglia, un passato. Mi chiedo cosa verrebbe fuori se qualcuno provasse a farlo con me. Mi osservo velocemente dall'esterno. Lasciamo stare.

Ciondolo un po' nei giardini della Cattedrale, guardo questo edificio che ogni volta cambia nei disegni e nelle ombre. E nella luce. Ma non ce n'è oggi luce. Entro piano, sgattaiolo in un angolo, mi siedo. Non penso a niente in particolare, è solo che sono stanca. Ho camminato a lungo. Dopo qualche minuto un soffio verde acqua dietro l'orecchio destro sussurra, crisi mistica, Viola?

Ma non ci posso credere. Non mi volto, abbasso la testa, sussurro a mia volta.

«Che fai, mi segui?».

«O il contrario. Intanto c'ero prima io, e poi ti ricordo che la Questura è qua dietro».

Stavolta invece mi giro, lo guardo, sogghigno.

«Ah, c'eri prima tu? Quindi la crisi mistica è la tua».

Sorride. Quando è tranquillo è verde acqua. Quasi azzurro.

«Vieni, Miss Purple, usciamo, così mi racconti in quali altre scuole sei andata a fare danni».

Ops.

«Come lo sai?».

«A voler ricostruire la vita di qualcuno si finisce negli stessi posti. E se ti dicono che era già venuta una strana signorina che sembra un po' incasinata, un dubbio viene. Birra?».

«Sfincia».

«E sfincia sia».

Mi porta in un posto che conosce lui. A dire il vero lo conoscevo anch'io ma lo lascio vincere. Mi servono informazioni che io non posso avere ma lui sì. Di sfinci ne ho prese due. Non ho mai capito bene perché singolare sfincia, plurale sfinci, ma pare funzioni così.

«E quindi 'sta cosa dell'usucapione, si diceva?».

«Dove sei arrivata?».

Lui una sfincia sola.

«Come sta Benzina?».

«Tra un paio di giorni la riportiamo a casa. Sta benissimo, non ha, diciamo, restituito nessuna prova, e sta facendo impazzire i veterinari, ne ha quasi azzoppato uno non so come. Dove sei arrivata?».

«Che questi si odiavano già a scuola, senza un motivo, sai ai bulli quando gli parte la cosa che identificano la vittima e quella sarà per sempre, così. Vincenzo se ne va, poi trova un lavoro da commesso, e Pietro lo fa licenziare in qualche modo che non so. Poi per distruggerlo completamente lo piazza sul suo terreno tipo per fargli pesare per sempre che comanda lui o qualcosa del genere, terreno che gli aveva dato il nonno e di cui a lui non importava nulla, e infatti non ci va per anni, e allora Vincenzo lo prende per usucapione e apparentemente sembra che all'inizio a Pietro non importi nulla, ma dopo un po' Vincenzo sembra averci trovato il petrolio in quella tenuta, perché pare che inizi a tirare fuori soldi per assumere gente e farci lavori e allora Pietro cambia idea e poi l'altro giorno va lì e gli spara e finisce su un tavolino di vetro non si sa come e muore».

Zelig annuisce.

«Non molto chiaro, per me» faccio presente.

Zelig riannuisce.

«Allora cominciamo dalla fine. Il nonno di Pietro, il cosiddetto vecchio barone, era pregiudicato».

Annuisco io. Lo lascio continuare.

«Piccole rapine, principalmente. Da giovanissimo. Ma di quella presunta finale, che nemmeno avvenne qui ma sul continente, non si trovò mai la refurtiva, non si misero insieme abbastanza prove, non ci fu nessuna condanna. Restò un caso irrisolto. Poi più nessun reato, mai».

«E la rapina finale era?».

«Pietre preziose per un valore da sistemarsi per generazioni».

Mi va di traverso un po' di ricotta con una goccia di cioccolato. Tossisco piano.

«Quindi la fine è pure l'inizio».

«L'inizio e la fine, quando Vincenzo, che vive sul terreno del nonno di Pietro, all'improvviso sembra aver trovato il modo di avere un bel po' di soldi, e a Pietro viene un dubbio. Che se il nonno gli aveva lasciato proprio quel terreno che sembrava una fregatura, a lui, il nipote preferito, magari c'era un perché. E forse sarebbe bastato farsi un giro, cercare qualche carta, un messaggio. Magari tra le cose che Benzina ha strappato, masticato minuziosamente e pure bellamente digerito».

«Quando si dice far sparire le prove».

«Già».

«Beh, in caso gli starebbe bene, che lì ce l'aveva messo per umiliarlo».

Zelig scuote la testa.

«Non è andata così, pare. Non l'aveva messo lì lui. L'aveva lasciato stare lì, che è una cosa diversa».

«E perché?».

«Per riscattarsi, o credersi migliore di quello che era. Fai tu. Abbiamo ricostruito questo. A scuola le cose sono andate come sono andate, questo è vero. Non si sono visti per un po', finché non si sono ritrovati in un negozio, a Pietro deve essere partita la vecchia storia del fare il bullo e Vincenzo ha perso il lavoro. Ma pare che stavolta sia stata una cosa più grave perché è dovuto intervenire pure il padre di Pietro per rimettere un po' le cose a posto e far sì che non se ne parlasse più. E allora Vincenzo si è piazzato su un terreno di Pietro, proprio quello che gli aveva lasciato il nonno, per arrivare allo scontro finale, dice qualcuno. Una sorta di sfida. Ma Pietro, che nel frattempo forse doveva ripulirsi un po' per avviarsi su nuove strade, o aveva da fare altrove, o era stato cazziato pesantemente dal padre, l'ha lasciato stare lì. Questa versione è tutta da verificare, devo ancora parlare con un paio di persone, ma un senso ce l'avrebbe. E tutto il resto lo sai. Negli ultimi mesi li avevano visti litigare spesso. Come ai bei vecchi tempi, ma stavolta era diverso, perché stavolta Vincenzo reagiva».

«Magari usando una forza che non era del tutto sua» mormoro. Chissà che combina in questo momento Ogoshi, con la sua strana campanella. Poi mi ricordo che c'è qualcos'altro di cui ancora non so niente, il fatto in sé. «Ma alla fine, proprio gli spari e tutto, com'è andata?».

«Dovrebbe essere andata, dalle posizioni dei corpi e dai riscontri, che prima hanno litigato in una stanza che dava sul corridoio, c'erano oggetti per terra e carte sparse ovunque. Probabilmente in quel momento Pietro deve aver tirato fuori la pistola, Vincenzo deve essere corso fuori, in corridoio, Pietro ha sparato almeno tre colpi, due finiti in una parete, il terzo andato a segno. Ma al momento Vincenzo non parla, anche se è cosciente».

«E poi?».

«E poi Pietro deve averlo inseguito in corridoio, e a quel punto è finito, o è stato fatto finire, contro il vetro. Ora, il problema è che quel tavolino non era lungo la sua traiettoria apparente. Non è che si è schiantato contro una porta di vetro che non ha visto. Ci è finito in qualche modo, su quel tavolo, e con una forza tale da spaccarlo e tagliarsi la gola».

«Ma segni di una terza persona...?».
«Non ce ne sono e non è stato visto nessuno. Ma non c'è nemmeno nulla contro cui potrebbe essere inciampato. Dopodiché, Viola».
Mi fissa con uno sguardo quasi serio. Restituisco un, mh?
«È da un po' che faccio fatica a seguire il tuo lavoro».
«Mh?».
«Sembri aver preso le distanze da te stessa».
Ho finito la sfincia. Sfince. Sfinci. Loro, insomma.
«Usciamo a fumare?».
«Usciamo a fumare».
Usciamo a fumare. Sembro aver preso le distanze da me stessa. Estraggo dalla borsa il mio posacenere portatile. Zelig mi accende la sigaretta. Ma che gentiluomo, quando vuole.
«Ce l'hai mai la sensazione che hai imboccato l'autostrada contromano?».
Prende il portafogli e mi passa un cartoncino colorato.
«Cos'è?» chiedo.
«Un biglietto per un concerto, stasera. La Filarmonica di non mi ricordo».
Rido.
«Ah, la conosco. I non mi ricordo. Sono bravissimi».
«Qual è il tuo momento preferito di un concerto?».
«Quando accordano. Ma non quando danno la nota poco prima che entri il direttore. Prima ancora, quando fanno quel caos separato insieme».
«Quel caos separato insieme?».

Rifletto. Non lo so se lo capisce.

«Nel caos sembra strano ma i singoli colori, se vuoi, li vedi meglio. Durante il concerto è più difficile. Si amalgamano. Ma prima, nel caos, ognuno resta del suo colore. Separato. Unito nel caos generale, trattiene il colore suo. E la forma. E si vede. Si vedono i singoli».

Mi guarda e non sorride. Niente sarcasmo. Ma nemmeno sembra serio.

«I singoli colori?».

«I singoli».

Mi osserva interrogativo. Sospiro. Riprovo.

«Si vedono i singoli suoni».

Non la può capire questa cosa del vedere un suono. La sa, ma non la può capire. Infatti non insiste.

«Ti va di venire quando riportiamo a casa Benzina?».

«Certo. Come sta?».

«Benissimo, le hanno solo trovato una contusione su un fianco. Si sarà presa un calcetto da Ogoshi».

«Non mi sembra proprio il tipo che prende a calci una capretta».

«E allora si sarà fatta male da sola, non sta ferma un attimo, mi dicono. Comunque è bella allegra. Ti chiamo quando ci danno l'ok e ci vediamo lì».

E poi, semplicemente, se ne va. Questa cosa che ha perso l'abitudine di salutare non lo so se mi piace. Mi resta in mano il biglietto del concerto. Cioè, me l'ha regalato, deduco. Ok. Grazie.

3

Sono appoggiata alla staccionata, un po' perché resto sempre quella nata stanca, un po' perché in fondo mi piacciono le tradizioni. Mi piacciono così tanto che ne creo di nuove da un giorno all'altro. Osservo il furgone dei servizi veterinari, e assisto al rilascio di Benzina. Non so se sia stata rilasciata o messa ai domiciliari, in realtà. Sembra bella allegra davvero, e saltella verso Ogoshi, che la guarda paziente. Per quanto tradizionalista, persino io arrivo a capire che si va avanti. Come la musica, che si sposta nel tempo e quindi cambia forma, colore, si srotola, si dispiega. E poi magari si riarrotola pure, e torna indietro e si sposta ancora. Sempre movimento è. Io invece sono ferma.

Mi sento osservata, mi volto e vedo a pochi metri da me, dietro la staccionata, la ragazza diciotto-venti-ventiduenne verde acido. Mi sorride e la raggiungo. La saluto.

«Vincenzo sta meglio» mi annuncia contenta.

«Ma andate molto d'accordo?».

Ci pensa un po' su.

«In effetti non parliamo quasi mai. Solo una volta abbiamo fatto un discorso, diciamo, proprio discorso».

«Un discorso discorso».

«Già».

«E quando è successo?».

Ci pensa su un altro po'.

«Quando gli ho raccontato che mi ero ritirata da scuola. E perché».

Chiedo? Non chiedo. Chiedo altro.

«E che ti ha detto?».

«Che tutte le cose, come anche le persone, hanno un modo di essere, in un certo senso una direzione, una spinta. Che puoi fare che diventa un movimento buono per te, se lo riesci a, non lo so, non mi ricordo che parole aveva usato, non queste qui. Non avevo capito niente e mi ha spiegato che la forza di un altro la puoi usare. Continuavo a non capire e mi ha detto che lui per esempio una volta gli era stato detto ingiustamente di aver fatto una cosa che non aveva fatto, che aveva preso cose che non erano sue, ma poi questa cosa era diventata che tutto è diventato suo. Ecco, questo l'ho capito meglio».

«Mh. Io no, a dire il vero».

Ci pensa ancora.

«Disse che stava in un posto e non aveva fatto niente. Poi era successo che aveva dovuto dire che aveva fatto qualcosa, ma che alla fine con pazienza tutto era andato bene così».

Con pazienza.

«Vado che devo aiutare mamma».

Saluta e corre via. Io mi dirigo verso il punto della staccionata dove c'è del verde bottiglia in modalità riflessiva. Mi appoggio di nuovo al legno. Accanto a me Zelig osserva la capretta, pensieroso.

«Senti un po', mister collaborazione e poi quando so ti dico. Non è che nel famoso posto dove Vincenzo lavorava come commesso, Pietro aveva per caso, dico per caso, rubato qualcosa, e la colpa se l'era presa lui per qualche motivo?».

Non risponde per un po'. Poi domanda, senza guardarmi: «Com'era il concerto?».

«La parte dopo o prima l'ingresso del direttore d'orchestra?».

«Dopo. Quella prima me l'hai già spiegata piuttosto bene».

«Bello. Leggero, colori acquerello. Rasserenante».

Continua a osservare la capretta.

«È stato un furto».

Inarco il sopracciglio sinistro.

«Avevi rubato il biglietto?».

«Quando Vincenzo è stato licenziato. Pietro per metterlo nei guai aveva rubato della merce e dei soldi dalla cassa. Ma qualcosa non era andato del tutto liscio ed era stato scoperto».

«E?».

«L'hanno appattata, grazie all'intervento del padre di Pietro, perché il figlio doveva rappresentare la parte immacolata e assolutamente redenta della famiglia. Vincenzo si era preso la colpa e aveva recitato una ridicola storia sul fatto che Pietro i soldi li stava rimettendo a posto; il titolare del negozio ha fatto finta di crederci dopo un risarcimento ma comunque lo ha licenziato, senza raccontare in giro il perché ma alimentando la voce non meglio specificata che era stato per colpa di Pietro. Pietro restava incensurato. Peraltro quello era il periodo in cui moriva il nonno, lasciando a lui la tenuta. E così avevano fatto l'accordo, Vincenzo poteva far finta di occupare la tenuta, Pietro poteva far finta di lasciarcelo per redimersi, o, come diceva qualcuno, per umiliarlo ulteriormente. Non avevano calcolato che Vincenzo si sarebbe costruito il percorso per l'usucapione, i presupposti c'erano tutti, nessuno sapeva dell'accordo, Vincenzo stava lì pubblicamente e faceva anche lavori nella tenuta, Pietro pubblicamente lo ignorava; ma anche se l'avessero calcolato, a Pietro della tenuta fino a quel momento non importava».

«Ma tu come lo sai?».

Sorride.

«Ho le mie fonti. A te invece il dubbio com'è venuto?».

«Ho le mie fonti. E che altro ti hanno detto le tue, di fonti?».

«Che nel testamento il nonno aveva ben chiarito al nipote di girarsi per bene la biblioteca della casa».

«C'è una biblioteca?».

«Pochi libri, in realtà, che Pietro ha ignorato, ma Vincenzo no. E la famosa lite finita male è iniziata in quella stanza lì. Vincenzo stamattina stava meglio, si sentiva pare improvvisamente più collaborativo, e insieme a un avvocato ci ha dato la sua versione: è rientrato a casa e ha trovato Pietro che metteva a soqquadro la stanza e che lo ha minacciato con la pistola, apparentemente senza motivo, solo per il gusto di farlo».

«Dici che in biblioteca c'erano le indicazioni per la famosa leggendaria refurtiva?».

Zelig alza le spalle.

«Se anche fosse, o le ha distrutte Vincenzo, o le ha distrutte Benzina».

Continua a guardarla.

«Ti mancherà, eh».

Non risponde. La fissa mentre lei saltella davanti alle zampe di Ogoshi. C'è il signor albicocca, Giovanni, accanto all'asino. Poi mentre l'autista del furgone si dirige indietro verso la portiera, Benzina fa uno scatto e gli si piazza davanti alle gambe, rischiando di farlo cadere. Sentiamo un «di nuovo!» esasperato. Giovanni scoppia a ridere. Uno dei veterinari scuote la testa, sembra zoppicare. Benzina saltella via. Zelig chiama Giovanni, lui si avvicina piano, non sembra particolarmente entusiasta di dover parlare con un altro poliziotto, ma ancora un po' ridacchia. Zelig accende una sigaretta, poi con voce calmissima lo saluta, gli sorride splendido, gli racconta che Benzina ha fatto cadere un veterinario, quando è stata portata via. Albicocca ricomincia a ridere.

«Lo fa sempre».

«Lo fa sempre?».

«Sì, aspetta di vedere qualcuno che cammina e fa uno scatto e gli si piazza davanti alle gambe. È il suo gioco preferito. Se quello va troppo veloce non ce la fa a fermarsi in tempo, la prende in pieno e rischia di ribaltarsi. Credo sia questo che la diverta. Non è cattiva. È allegra».

Zelig soffia via il fumo.
«Capisco».
Giovanni scuote la testa.
«Prima o poi con questo sistema ammazza qualcuno».
Poi ridendo si allontana. Noi restiamo in silenzio per qualche minuto, continuando a osservare Benzina. Alla fine parlo io.
«Beh, l'abbiamo sempre saputo che in effetti erano in tre sulla scena del delitto. Solo che non avevamo dato peso alla terza, diciamo, entità presente».
Non risponde. Credo stia ricalcolando mentalmente potenziale velocità di Pietro, traiettoria, ribaltamento e spostamento di posizione da inciampo, accelerazione, schianto.
«Che fai, la arresti?».
Si volta, mi guarda, continua a non parlare.
«Perché guarda che forse ha salvato la vita a Vincenzo. Che Pietro può essere che gli sparava di nuovo e magari stavolta lo prendeva bene».
Si gira di nuovo a fissare il prato. Tirata di sigaretta, soffia via il fumo. Poi.
«Viola».
«Mh?».
Altra tirata.
«Io non capisco una cosa».
«Mh?».
«Perché quando ci sei tu di mezzo non si riesce a fare mai un arresto normale?».
«E io che c'entro? Arresta il tavolino, se proprio ci tieni».

Zelig ha scavalcato agilmente la staccionata ed è andato a parlare con i veterinari a proposito della contusione che hanno riscontrato su Benzina. Da qui non posso sentire la conversazione, ma presumo sia, è per caso compatibile con l'urto con un tizio armato di pistola che ne stava inseguendo di corsa un altro a cui aveva sparato e poi ha impattato sulla capretta ribaltandosi contro un tavolino di vetro che si è spaccato uccidendolo? Ok, forse non letterale così. Ma più o meno, a larghe linee.

Peraltro Zelig ha raggiunto i veterinari a rischio della sua stessa incolumità, perché mentre cercava di avvicinarsi di corsa prima che partissero, la capretta ha tentato di ripetere il gioco anche con lui. Che l'ha schivata con un notevole gesto atletico, devo ammettere.

Ora Benzina sta saltellando attorno a Ogoshi, che la osserva tranquillo e passeggia piano. Poi all'improvviso scarta per evitarla, e la campana scampanella una nota verde.

Verde, rifletto. Ok, così non può continuare. Vediamo di risolvere anche questo. Lo faccio? Lo faccio. Inizio a scalare il recinto. Con cautela, un pezzo di legno per volta, un passo per volta. Ma certo che posso farcela. Poi male che vada atterro sul prato. A metà strada mi viene improvvisamente in mente che a venti metri c'è un cancello aperto. Non importa. Continuo. Che non si dica che non ci ho mai nemmeno provato, a fare o cambiare qualcosa. Almeno la scalata del recinto, sì. Che non è che sia altissimo, oggettivamente. Ma tra centro dell'equilibrio danneggiato e corteccia e gambe che si parlano poco e male, anche il gradino di una scala può essere un'impresa. Dai, ci sei quasi, adesso sollevi la gamba destra e la passi dall'altra parte. Mh. Proviamo la sinistra. No, la destra. Nel bel mezzo dell'impresa incrocio lo sguardo di Zelig che osserva la scena tra lo sconcertato e il sembra fugacemente preoccupato. Almeno non ride. Per ora. La gamba passa. Sono sopra. Ora devo arrivare sotto. Uff. Abbassa la pancia. Stabilizzati. Resta saldamente aggrappata. Fai passare l'altra gamba. Voltati. Scendi con calma, ho detto con calma, non buttarti, va bene, fai finta che volevi buttarti volontariamente e che non stavi cadendo.

Atterro, miracolosamente intera. Respiro. Che fatica.

Zelig mi sta ancora guardando e stavolta sembra sempre sconcertato ma anche piuttosto divertito. Io, zoppicando leggermente, punto verso Ogoshi. Benzina mi passa davanti ma almeno c'è di positivo che sono troppo lenta per ribaltarmi contro una capra, lei se ne rende conto e saltella di nuovo verso Zelig. Raggiungo l'asino, lo guardo, lo saluto, lui ricambia lo sguardo, amichevole.

Ciao, sono quella con cui parlavi del circo mediatico. Vedi che stavolta non c'è nessuno? Potrei fare una cosa, per favore? Senza che ti offendi.

Non cambia espressione e attende. Allungo con cautela una mano verso la campanella. Lui non si sposta e sostanzialmente mi ignora. Sembra una campanella normale, all'esterno. Passo una mano all'interno. Il batacchio non ha molto gioco, è per questo che non scampana quasi mai, ce ne vuole a farlo muovere. Tasto con le dita la superficie interna della campana. E qui decisamente c'è qualcosa che non va. Non è affatto liscia come fuori. C'è qualcosa, come se si trattasse di una serie di sassolini incastonati dentro.

Guardo meglio l'esterno, non risulta nulla, nemmeno il minimo intarsio. Cerco di valutare lo spessore, che però non sembra omogeneo. Torno a tastare all'interno, seguo con le dita il gioco dei sassolini incastonati. Non sembrano tutti uguali. Certo, con lo spessore variabile, i sassolini dentro e il batacchio senza gioco, non c'è da stupirsi che non suoni quasi mai e quando lo fa emetta sempre un colore diverso. Prendo il telefono, accendo la torcia, sto per sollevare la campana per illuminarla all'interno e studiare i sassolini, quando mi blocco. Ma non è che si debba sempre avere le prove. Né dirle, le cose. Né saperle con certezza perché proprio le hai viste. Spengo la torcia, rimetto il telefono in tasca, abbasso la campana. Do una carezza sul collo a Ogoshi. Lui annuisce e si allontana.

E quindi, vedi Vincenzo. A volte pure i buoni ce la possono fare rimanendo se stessi. Con un'altra forza. Mi volto per cercare Benzina, la vedo che sta giocando con Zelig. Mi avvicino. Lui sorride.

«Miss Purple. Pronta per le Olimpiadi?».

«Tu scecco si'» sibilo. Dall'alto del mio palermitano inventato.

«Cosa dirai nel servizio di stasera?».

«Niente».

«Niente?».

«Niente servizio. A parte che è il mio giorno libero. Ma sono successe un sacco di cose nel frattempo. A chi interessa la storia di una capra e di un asino?».

«Giusto. A chi importa di una buffa creatura che si mette sempre in mezzo e di uno scecco».

«Già».

«Già. Sfincia?».

«Birra».

«Ok, birra».

Mi volto a salutare Benzina e Ogoshi. Resto ferma mentre Zelig si dirige verso il cancello, aperto. E poi mi muovo anch'io. Dritta verso la staccionata. Posso farcela. Sono riuscita a scavalcarla già una volta. Ci sono riuscita.

Marco Malvaldi Samantha Bruzzone

I rospi sono una cosa seria

«Non è possibile».

«Bah, visto che succede, direi che è possibilissimo».

«Quanto sei ingegnere. Cioè, non me l'aspettavo. Non qui. Sono il popolo più educato, più ligio, più rispettoso che ci sia al mondo. Se non lo fanno nemmeno loro...».

Vuol dire che è antropologicamente impossibile. La frase, per la grammatica, si sarebbe dovuta chiudere così. Ma Virgilio aveva allargato le braccia, facendomi intendere che aveva capito benissimo cosa volevo dire e, contemporaneamente, che non sapeva cosa farci. E anche, forse, che non gli sembrava un problema così preoccupante.

«Quanto manca allo Starbucks?» chiese Pietro, il primogenito, con gli occhi fissi sul cellulare, facendomi così capire che in quel momento le questioni che lo angustiavano erano altre.

«Trecento metri» dissi, dando una rapida occhiata al mio telefono.

«Qui dice trecentosessanta».

«Ho approssimato».

«Allora avresti dovuto dire quattrocento».

«Anche questi qui dovrebbero andare in bicicletta sulla strada e non sul marciapiede» ribattei, mentre mi guardavo intorno sconfortata. Lo so, su certe cose sono un disco rotto, ma continuo a essere convinta che andare in bicicletta controsenso, o cambiando in continuazione tra la strada e il marciapiede, oltre a essere contro il codice della strada, sia pericoloso. E mi aspettavo che in Giappone, patria del rispetto delle regole per antonomasia, dove è vietato suonare il clacson e infatti nessuno suona il clacson, dove la patente di guida ha validità di anni tre e scaduti i tre anni non devi semplicemente andare da un dottore distratto che ti chiede se distingui il rosso dal verde, ma devi rifare l'esame di teoria e di pratica da capo, dove il limite di velocità in città è 40 all'ora e mi cascassero i denti se ho mai visto qualcuno andare a velocità pari o superiori a quarantuno (ho visto Ferrari transitare in prima, facendo un rombo infernale ma a velocità da gatto sazio) e dove anche le biciclette hanno la targa... insomma, mi aspettavo che perlomeno qui le persone andassero in bici secondo la legge. In Giappone, in teoria, pedalare sui marciapiedi sarebbe proibito; e pare che sia l'unica proibizione della quale il nipponico medio se ne fotte allegramente. Non è che pedalano anche sui marciapiedi, come in Italia: pedalano solo sui marciapiedi.

«Guarda che anche se arriviamo cinque minuti dopo lo Starbucks non sparisce».

«Il negozio no, ma il cornetto marziano sì».

Il «cornetto marziano» tecnicamente sarebbe una brioche al tè verde, che Pietro ha eletto come unico cibo giapponese da colazione edibile dopo alcune esperienze traumatiche, avendo fatto colazione, nei tre giorni precedenti, con *yamakake soba* (spaghetti di grano saraceno ghiacci marmati e conditi con una poltiglia di color malattia epatica), *mizu shingen mochi* (gelatina di non è chiaro cosa rotolata nella farina di soia, il che la rende difficile da deglutire ma impossibile da sputare) e infine il *nattō*, fagioli di soia fermentati dalla consistenza collosa ma bavosa, dal sapore ibrido, un po' ammoniaca e un po' fecaloma.

Senza farmene accorgere, o almeno così credevo, accelerai il passo. Mi sentivo un pochino in colpa; in fondo, l'idea della locanda tipica era stata mia.

Erano anni che volevo visitare il Giappone. Così, quando Virgilio è stato invitato come speaker a un congresso a Kyoto, abbiamo colto l'occasione: il volo e il soggiorno per lui erano pagati dall'università, per cui avremmo fatto un viaggio per quattro al prezzo di tre. Prezzo che comunque non era esattamente regalato – già solo per il biglietto aereo volavano via tre zeri a testa. Per cui, al momento di scegliere l'alloggio, non nascondo di aver impostato la ricerca su criteri, diciamo così, piuttosto netti: sopra questa cifra, non se ne parla. Il che limitava di fatto le opzioni alle locande tipiche, quelle tradizionali giapponesi con i futon stesi direttamente sul pavimento. L'unica cosa su cui non transigevo, nel tentativo di limare il costo, era il bagno in camera.

Purtroppo, non avevo considerato che «bagno privato» in una locanda tradizionale giapponese non di rado significa «tazza del cesso privata», e che per fare la doccia si deve andare all'*onsen*, cioè al bagno pubblico. Così come non avevo considerato che, nelle fotografie, gli odori non si sentono: e se la locanda che hai scelto (*ryokan*) si trova sopra a una taverna (*izakaya*) specializzata in spiedini (*yakitori*) e fritti (*tempura*), ti ritrovi a dormire dentro una crocchetta (non so come si dice). L'odore di fritto ti segue dovunque, tranne a colazione, dove viene sostituito dal pungente aroma della tradizione giapponese, a base di marinati e fermentati vari.

Per cui, dopo tre giorni di eroici tentativi spacciati per curiosità culturale, la mattina del quarto giorno Virgilio si è alzato e ha detto:

«Io vado a fare colazione allo Starbucks».

E dagli torto.

«Quanto manca?».

«Mancano... oh cavolo» dissi, guardando il telefono.

«Cos'è, abbiamo sbagliato strada?».

«No, non è quello» risposi, portandomi il telefono all'orecchio e dicendo: «Pronto, Corinna?».

«Pronto, Serena. Scusa se ti disturbo a quest'ora, ho provato a chiamare pensando che magari eri ancora sveglia...».

«Eh, certo che sono ancora sveglia... sono le otto di mattina...».

«Le otto di mattina? Ma, scusa, dove sei?».

«Mamma, quanto manca?».

«Scusa, Pietro, un attimo». E poi, rispondendo alla domanda di Corinna: «Eh, sono a Kyoto».

«Ah». Un'altra persona a quel punto avrebbe chiesto «Ma quanto state? Lavoro o vacanza? Fissi lì o vi muovete?». Corinna, invece, da sovrintendente di polizia giudiziaria, non si sarebbe mai permessa tali incursioni nella privacy del cittadino. E poi, tenendo conto che a Kyoto erano le otto, in Italia doveva essere l'una di notte. Difficile che una ti telefoni per fare due chiacchiere a quell'ora. «Senti, se ti mando un messaggino con una molecola, mi sapresti dire se è possibile produrla in laboratorio, e che attrezzatura ci vorrebbe?».

«Eh, non lo so... dovrei vedere la molecola».

«Te la mando. Ecco, dovresti avercela».

«Mamma...».

«Un attimino, Pietro» dissi aprendo WhatsApp, e trovandomi di fronte una struttura molecolare che ricordava un appendiabiti di design estremo. «Vedo. Non so cosa sia, però è bella grossa e mi sembra parecchio complicata».

«Quanto manca, mamma?».

«Prima che ti spinga sotto un'auto? Continua così che ci sei quasi. Scusa, Corinna, parlavo con Pietro. Posso studiarci un attimo?».

«Certo. Richiamami quando vuoi, tanto stanotte non si dorme». Si sentì un telefono squillare, e la voce di Corinna dire: «Sì, dottore, sono qui. Arrivo». Clic. «Scusa, ora devo andare. Ci sentiamo dopo».

«Che ti ha mandato prima Corinna?».

«Questa roba qua» dissi, mostrando a Virgilio l'attaccapanni molecolare.

«Uh ganzo. A cosa serve?».

«Eh, bella domanda. Non me l'ha detto. Vista così, ti direi che la vedo roba psicoattiva».

Virgilio annuì, ingollando i resti del secondo cornetto e ricominciando a scorrere col dito le mail sul suo schermetto privato. Contrariamente a quanto si pensi, è quasi sempre impossibile indovinare la funzione di una molecola sulla base della sua forma e composizione: non è che vedi una struttura molecolare e dici «questa è una droga», «questo è un antinfiammatorio» o «questa sa di vongole». Detto ciò, ci sono alcune regole di massima che possono aiutare, così come farti prendere delle grosse cantonate. Una delle regole di massima è che le sostanze contenenti strutture ad anello (cinque, sei o sette atomi di carbonio, legati insieme in circolo chiuso) sono biologicamente attive. Un'altra regola di massima è che le sostanze psicoattive contengono eterocicli, cioè anelli in cui uno degli atomi non è carbonio ma ossigeno o azoto. Un po' poco, lo so. Se provassi a essere più specifica, mentirei. È un po' come dire «Ho di fronte un atleta alto un metro e novanta, dal peso di novanta chili, con arti inferiori più sviluppati di quelli superiori. Che sport pratica?». A parte escludere la ginnastica artistica, non posso andare molto più lontano: potrebbe essere un portiere come uno sciatore.

«Che succede a casa?».

«Ma nulla, le solite cose... Allerta gialla per il maltempo, piogge record a Pitigliano... Operaio precipita da tre metri... Troppi turisti sulle spiagge, Legambiente chiede il numero chiuso... 'spetta un attimo...».

Virgilio smise di scorrere col dito e fece tap sullo schermo, con aria attenta.

«Che succede?».

«È morto un collega».

«Ah. Lo conoscevi?».

«Non lo so, sto guardando. Qui c'è scritto solo "Tragico incidente, noto ricercatore trovato morto in facoltà". Appena si apre... Ecco. Ah, no. Renato Sangirolami. Un biologo».

Virgilio disse «un biologo» con lo stesso tono con cui un inglese residente nel Punjab avrebbe detto «un indiano».

«Sangirolami... non mi dice nulla...».

«Nemmeno a me... che sfiga, poveraccio...».

«Che sfiga?».

«Eh, parrebbe di sì...».

Virgilio si schiarì la voce ed iniziò a leggere, allontanando ulteriormente il telefonino – capita sempre più spesso, evidentemente l'articolo era scritto in corpo più piccolo del titolo e anche il caro coniuge inizia ad avere le braccia troppo corte per la sua vista.

«"Una disattenzione, un eccesso di confidenza forse, tipico di chi quei gesti li ha compiuti mille volte nell'arco di una carriera e di una vita. Chi ha scoperto stamani il corpo di Renato Sangirolami ha ricostruito così gli ultimi istanti di vita del docente, che è stato ritrovato cadavere all'interno del proprio laboratorio. Una morte apparentemente naturale, se non fosse che nella stanza attigua, lo stabulario, una delle gabbie fosse aperta e vuota. Non una gabbia qualunque, ma una di quelle contenenti alcuni esemplari di *Dendrobates tinctorius*, meglio conosciute come “rane freccia”, un particolare tipo di rane note per secernere attraverso la pelle un pericolosissimo veleno, la cosiddetta batracotossina, usata già dalle popolazioni indigene dell’Amazzonia, che sono soliti strofinare le punte delle frecce sul dorso di questi animali per renderle letali. A quanto riportano alcuni suoi colleghi, a causa di mancanza di personale, nelle ultime settimane Sangirolami aveva ripreso ad accudire personalmente gli esemplari dello stabulario, non di rado nel corso delle 24 ore, e ieri notte – in un’ora in cui il dipartimento non è popolato – uno degli animali custoditi nello stabulario è saltato fuori dalla gabbia, venendo a contatto in qualche modo con la pelle del ricercatore. La batracotossina ha come effetto una paralisi muscolare e respiratoria ad insorgenza rapida: Sangirolami ha avuto il tempo di uscire dallo stabulario dopo aver chiuso sia la porta dello stesso che quella del laboratorio, nonché tutte le finestre, per evitare fughe ulteriori dalla stanza, e probabilmente subito dopo ha cominciato a cercare nel laboratorio per accertarsi che qualcuno degli esemplari fuggiti non fosse riuscito ad evadere dallo stabulario. Gli inquirenti ipotizzano che nel corso della sua ricerca la tossina abbia iniziato ad avere effetto, e la paralisi muscolare e respiratoria conseguente abbia impedito al docente di portarsi fuori dal laboratorio per ricevere le cure necessarie...”».

Virgilio smise di leggere a voce alta, continuando a scorrere sullo schermo. Quando lo fa, di solito mi irrito.

Specialmente quando l'articolo diventa interessante, continua a guardarlo per conto suo. Capisco che leggere a voce alta richieda più tempo, che uno per conto suo va più veloce che non se deve rendere partecipe il resto del mondo, però se hai iniziato finisci, no?

Stavolta, invece, non mi scomposi. Feci come facciamo tutti quando la conversazione langue, mi rifugiai nel mio telefonino e aprii Internet. Al contrario di quello che capita di solito, però, sapevo benissimo cosa cercare.

Batracotossina, digitai su Google.

Tap.

La batracotossina è uno steroide ad azione neurotossica estremamemente potente, che si estrae dall'epidermide della rana dorata... iniziava l'anteprima di Wikipedia sulla parte alta dello schermo. Ma quello lo sapevo. Ciò che fino a quel momento invece sospettavo e basta mi venne confermato dalla struttura molecolare dello steroide in questione. Un lungo intercalarsi di anelli di carbonio ed eterocicli, vagamente somigliante a un appendiabiti di design.

Aprii il messaggio di Corinna con dito emozionato.

Non era immediato accertarsene: tutti gli steroidi si somigliano, per dirla con Tolstoj, anche se ogni steroide ti ammazza a modo suo.

Gli steroidi, per definizione, hanno quella struttura lì, con tre anelli di carbonio a sei atomi fusi tra loro, con attaccato in cima un ulteriore anello da cinque che termina in una coda – una specie di grosso geco stilizzato visto dall'alto. Detto questo, è proprio quello che portano attaccato in aggiunta alla loro struttura base che cambia la loro funzione: la parola «steroide» è generica, ti dice come è fatta più o meno la molecola, ma non cosa fa. Il testosterone e il cortisolo, per esempio, sono due steroidi: uno aumenta la massa muscolare, l'altro la distrugge, uno fa perdere i capelli e l'altro la pazienza.

Ma in questo caso non c'erano differenze, nemmeno la più sottile. La molecola che mi aveva mandato Corinna, senza alcun dubbio, era batracotossina.

«Mamma, ci fai una foto?».

«Sì, Marti, un attimo...».

«Mamma...».

«Sì» dissi, buttando giù la finestra di Internet e aprendo l'app delle foto. Di fronte a me, Martino e Pietro ognuno in posa plastica, ad imitare le fattezze dei due guardiani della Porta Nandaimon, la cui vista aveva provocato loro un momento di autentica esaltazione – niente a che vedere con il valore artistico, erano semplicemente anni che li vedevano nei fumetti di *Ken il guerriero* e scoprirli dal vero li aveva emozionati non poco.

«È venuta bene, mamma?».

«Sì, è venuta...».

«Mamma, posi quel cellulare un attimo?».

Avevano ragione. Non c'è nulla di peggio che essere in vacanza a visitare un posto stupendo e comportarsi esattamente come a casa, con lo sguardo alla deriva nel telefonino. Tanto più che ero stata io stessa a dirgli «domani, mentre babbo è al congresso, andiamo a fare una gita a Nara». La sera prima, per invogliarli, gli avevo magnificato questa città dalle porte lignee, con una statua di Budda alta 14 metri tutta placcata in oro, per le cui strade camminano centinaia di cervi... Cervi? Cervi. A Nara sono animali sacri, girano indisturbati a frotte per la città. A Pisa abbiamo i piccioni, a Nara hanno i cervi.

Avevo raccontato tutto questo a cena, parecchie ore prima che Corinna mi telefonasse per chiedermi della batracotossina e che io scoprissi che un professore era morto avvelenato dalla stessa, autoprodotta in situ da una delle sue adorate rane. Per cui, mentre i bimbi scorrazzavano e nutrivano i cervi con appositi crackers venduti in loco, cioè facevano i turisti, la loro mamma aveva passato la mattina a testa in giù, immersa nella rete.

La domanda che mi aveva fatto Corinna era abbastanza precisa: è possibile ottenere questa molecola in laboratorio, e che attrezzatura ci vorrebbe? La domanda che mi facevo io, invece, era: perché Corinna me lo ha chiesto?

Voglio dire, se il povero professor Sangirolami aveva aperto la teca con le rane, come diceva il giornale, e uno dei simpatici batraci gli era saltato addosso, trasformandosi in un cerotto letale... perché Corinna mi chiedeva se era possibile sintetizzare tale sostanza in laboratorio?

Ad ogni modo, la richiesta di Corinna era stata la prima, e io stavo passando più o meno la mattinata a cercare di rispondere. E la risposta era semplice: si prende un rospo e lo si strizza. Oppure si prepara una coltura di cellule di rospo, gli si danno da mangiare i precursori chimici e si aspetta che la coltura li digerisca e che la natura faccia il suo corso. Per via biologica, insomma, era facile: per via chimica, non avevo trovato nulla. Ma non aver trovato non significa che non esista. Magari significa solo che non hai cercato abbastanza. E allora ti tocca continuare a cercare.

«Mamma...».

«Eeeeh...».

«Mamma, guarda...».

«Sì, Martino, lo so» dissi in tono distratto, continuando a scorrere il cellulare mentre camminavo. «È meraviglioso. Adesso finisco un attimo e mi guardo in giro».

«No, mamma, volevo dirti di guardare...».

E, mentre scorrevo, lo vidi.

Total synthesys of (-)-Bathracotoxin Enabled by a Pd/Ag promoted Suzuki-Miyaura coupling reaction.

«Sintesi totale» vuol dire, in soldoni, «sintesi di una molecola complicatissima a partire da prodotti commerciali». E la presenza di catalizzatori inorganici, palladio e argento, escludeva la via biologica a priori. Era quello che cercavo.

«Ooooh. Trovata!».

«Eh sì, mamma, l'hai trovata per davvero» disse Martino, mentre Pietro accanto a lui era viola dalle risate. Guardai senza capire.

«Quello che volevo dirti prima era: guarda dove metti i piedi...».

Abbassai gli occhi verso terra.

Come dicevo prima, come a Pisa ci sono i piccioni, a Nara ci sono i cervi – e i due enti biologici in questione, pur molto diversi come specie e come morfologia, hanno una cosa in comune: cacano ovunque. Di conseguenza, le vie della città sono disseminate di escrementi di ruminanti, cosa che, unita alla temperatura media del Giappone a fine luglio – circa 37° all'ombra –, rende l'atmosfera decisamente densa. Insomma, non è piacevole camminare in un labirinto di cacca.

Figuratevi pestarla con le infradito.

«Virugilio...».

«Hai!».

«Teibor is rèdi» disse la cameriera, indicandoci i gradini di legno su cui sederci per toglierci le scarpe prima di entrare. «Pris».

«Thanks» disse Virgilio. «Boia, ragazzi, ho una fame...».

«Dillo a noi» dissi mentre mi levavo le ballerine. «Era tutto pienissimo a Nara. Meno male che alla stazione abbiamo trovato uno di quei banchetti che vendono i *dorayaki*, ci siamo rifatti nuovi...».

«Anche quelle scarpe sono nuove» notò Virgilio, indicando le mie ballerine.

«Comprate oggi pomeriggio» stronfiai. «Piacciono?».

«Sì, carucce. Ma non stavi più comoda con le infradito?».

«Fidati, babbo, oggi no».

Guardai malissimo il mio secondogenito, mentre contemporaneamente pestavo un piede al primo arrivato – non avevo nessuna voglia di sentir parlare di merda a cena. Ma le mie minacce didascaliche non sarebbero mai bastate a dissuadere i pargoli dal raccontare la storia nel dettaglio, se in quell'esatto momento non fosse arrivata la cameriera con i menù. La ragazza, con un sorriso saggio, ci indicò una foto in copertina con una bistecca rosea.

«Today Hida bìf» disse. «Speciar prais».

«Virgilio, hanno la carne di Hida...» dissi.

«Cos'è?».

«È un tipo di manzo wagyu» spiegai, indicando sulla copertina la bistecca marezzata di grasso, un marmo morbido e succulento che prometteva di fondersi in bocca al primo morso. «Cioè, è il miglior manzo che esista. Manzo rurale, allevato completamente all'aperto, solo erba e acqua di ruscello».

«Come il manzo Kobe?».

«Molto meglio del manzo Kobe. Ha questa marezzatura di grasso finissima, che oltretutto per via dell'alimentazione sono principalmente grassi insaturi, come quelli del salmone. Una volta lo abbiamo preso, quando ancora ero al ristorante, ma poi costava troppo...».

«Eh, anche qui non è che te lo regalino...» osservò Virgilio.

Pietro guardò Virgilio con gli occhi spalancati. Sono tre giorni che mangio riso in bianco, dicevano quegli occhi.

«Me la portano cotta, vero?».

È incredibile quanto possa fare un pasto ben riuscito per ristabilirti l'umore. Se fino ad ora ho parlato male del cibo giapponese, beh, adesso devo rimangiarmi tutto – e lo farei volentieri. Non ho mai assaggiato una carne migliore in vita mia. Abbrustolita al punto giusto fuori, morbida e succosa dentro... ancora me la sogno. Ero talmente rasserenata che riuscii anche a ridere di cuore di fronte all'inevitabile narrazione della mia disavventura da parte dei due nani-spia («Babbo, non hai idea. Sembrava che seguisse il sentiero, piene una dopo l'altra per una decina di metri...»).

«Sì, non hanno tutti i torti a prenderti per il culo. Sei in vacanza in una delle città più belle del Giappone, almeno finché guardi verso l'alto, e cammini guardando il cellulare».

«Ma lascia perdere... Era per quella cosa che mi ha chiesto Corinna. La molecola, l'hai presente? Quella che mi ha mandato stamani».

«Ah, il biologo morto... Ci ho pensato tutto il pomeriggio».

«Interessante il congresso, eh?».

«No, è che ho trovato questa cosa qua...».

E mi porse il cellulare, con una pagina del «Tirreno» aperta.

«Ho dato un'occhiata al giornale verso le quattro, volevo vedere i titoli e mi sono ritrovato a leggere questo».

NESSUN PERICOLO PER LA SALUTE PUBBLICA,
QUELLE RANE NON SONO VELENOSE

Filippo Passacagli, tecnico di laboratorio dell'università. «Il professore non può essere morto avvelenato da una di quelle rane. Nessun esemplare è fuggito».

«Capisco l'isteria collettiva di fronte alla notizia, ma la ricostruzione dei fatti che ho letto sui quotidiani non è possibile».

È categorico Filippo Passacagli, biologo, responsabile dello stabulario di Erpetologia nei cui pressi è stato trovato morto il professor Sangirolami. La prima ipotesi era che il professore fosse stato avvelenato da uno degli esemplari di rana freccia fuggito dalle teche dopo l'apertura incauta di una delle stesse.

«Ed è una ipotesi priva di senso. Quelle rane non sono velenose. Intendo quelle particolari rane».

Intende quella particolare specie di rane, le Dendrobates tinctorius*?*

«Innanzitutto non si tratta affatto di Dendrobates *ma di* Oophaga Lehmanni*, che è una specie completamente diversa».*

Quindi queste rane non sono velenose?

«Velenosissime, in natura, ma non quegli esemplari della teca in questione. La teca trovata aperta custodiva rane in cattività da più di due anni, e le loro secrezioni dorsali non contengono assolutamente più la minima quantità di tossina, perché questo tipo di rane assorbe il veleno dagli insetti di cui si nutre, e Oophaga Lehmanni *non fa distinzione. Per produrre la tossina la rana necessita di alimentarsi di alcuni tipi particolari di insetti, principalmente formiche della specie* Crematogaster *e* Cyphomyrmex*, che si trovano nel suo habitat naturale. Gli esemplari di cui parliamo sono in custodia da più di due anni, e sono stati nutriti a moscerini della frutta della specie* Drosophila*. La loro tossicità è pari a zero».*

Ma allora per quale motivo il professore avrebbe chiuso il laboratorio? Perché cercare di impedirne la fuga?

(Passacagli ride, ndr). «Al di là del valore commerciale, tenga presente che sul mercato dei collezionisti ognuna di quelle ranocchiette vale più di mille euro, c'è il valore di ricerca, che è elevatissimo. Quegli esemplari sono una risorsa per il laboratorio, sono difficilissimi da allevare in cattività, necessitano di condizioni controllate e di una cura maniacale. Per questo avremmo dovuto essere in tanti ad occuparcene. La perdita di una singola rana sarebbe una scocciatura da un punto di vista economico, ma una disgrazia da quello scientifico. Per questo le dico, so esattamente quanti esemplari ci sono in ogni teca e so dove stanno, le rane sono estremamente territoriali e ognuna deve avere il proprio spazio. Capisco che faccia notizia parlare di frotte di ranocchie velenose che saltellano in qua e in là, ma la verità è che gli esemplari fuggiti erano due ed entrambi sono stati ritrovati. E anche se fossero fuggiti, sarebbe stata sicuramente una seccatura, ma non ci sarebbe stato alcun pericolo per la salute pubblica».

E allora il professor Sangirolami di cosa sarebbe morto?

«Questo non glielo so proprio dire. Potrebbe anche aver avuto un infarto. Eventualmente, se ci fosse il sospetto che la morte non è stata naturale, lo lascerei stabilire al medico legale. Io sono un erpetologo».

«Erpetologo?» chiese Martino.

«Biologo specializzato nello studio dei rettili e degli anfibi» definì Virgilio.

«E perché?».

«Perché cosa?».

«Perché studiare della roba stupida come le rane?» chiese Pietro. «Cioè, ci sono tanti problemi che hanno gli uomini…».

«Se per quello anche le donne».

«Sì, ci sono tanti problemi che hanno gli esseri umani, perché perdersi dietro alle rane?».

Presi un respiro e mi accinsi a spiegare a Pietro l'enorme importanza degli anfibi nello studio della natura. Gli anfibi, gli avrei detto, sono dei filtri meravigliosi, delle specie di sensori biologici che assorbono tutto quello che li circonda, concentrandolo sulla loro pelle, come degli evidenziatori dello stato di salute di un ecosistema; tutta roba che avevo scoperto quel pomeriggio stesso, saltellando da un sito all'altro. Per fortuna, prima che potessi annoiare a morte la progenie, Virgilio mi precedette sullo iato.

«Devi sapere» cominciò Virgilio con tono da cantastorie, un po' stile Angelo Branduardi «che negli anni '30 del secolo scorso c'era un signore di Pavia, che si chiamava Erspamer…».

«Che si chiamava come?»

«Erspamer. Vittorio Erspamer».

«Ma era italiano?».

«Italianissimo. E questo signor Erspamer era un biologo…».

«Studiava proprio le rane?» chiese Pietro alzando un sopracciglio, cosa che fa sempre irritare Virgilio un pochino – è l'unico in famiglia che non ci riesce. Forse per quello continuò a parlare con tono lievemente piccato.

«Se continui a interrompermi non lo saprai mai. Comunque sì, studiava le rane, e scoprì che nelle mucose delle rane c'erano delle cellule strane, di aspetto insolito» qui il tono di Virgilio smise di ricordare Hillary Clinton e si fece misterioso, tipo Carlo Lucarelli, «che contenevano una sostanza chimica sconosciuta. Si chiese se per caso queste cellule ci fossero anche in altri tipi di animali, e così cominciò a sbuzzarne altri e a metterli sotto il microscopio. Provò con i polpi, e le trovò; poi provò con i pesci, e le trovò; poi provò con le cozze, e le trovò; poi...».

«Poi organizzò un cacciucco per venti con i campioni di laboratorio?».

«Forse, ma questo non è pubblicato. Insomma, dopo gli animali marini passò ai mammiferi, tipo i conigli, e le trovò anche lì. E in tutte queste cellule c'era questa sostanza sconosciuta. A questo punto, visto che tale sostanza la trovavi in rane, cozze, polpi, pesci e conigli, si iniziò a pensare che questa sostanza fosse presente anche negli uomini, e si cominciò a cercarla».

«E perché era importante?» chiese Pietro, di nuovo col sopracciglio alzato.

«Perché il signor Erspamer aveva scoperto che questa sostanza induceva la contrazione dei muscoli: cioè, se la spalmavi sui muscoli degli animali, li faceva muovere. I muscoli involontari, quelli che non sai controllare intenzionalmente, come quelli dell'intestino».

«O come quelli delle sopracciglia» disse Martino alzandolo a sua volta. Ma Virgilio era lanciato in modalità «docente» e aveva due adolescenti che lo ascoltavano, e non si fece distrarre.

«Oppure, come scoprirono due ricercatori americani dieci anni più tardi, i vasi sanguigni. Insomma, piano piano si scoprì che questa molecola è una specie di interruttore biologico, che regola la pressione del sangue, il ciclo sonno/veglia, la termoregolazione, la memoria… insomma, è una delle molecole più importanti del corpo di tutti gli animali, dalla cozza all'uomo».

«E come si chiama questa molecola?».

«Erspamer l'aveva chiamata "enteramina", perché era un'ammina ed era stata trovata nel sistema digestivo degli animali. Ma gli americani, nel frattempo, avevano scoperto che aumentava il tono dei vasi sanguigni. Era un siero, alzava il tono, e quindi la chiamarono "serotonina"».

Stavolta fu il mio turno di alzare un sopracciglio.

«Cioè, la serotonina è stata scoperta nei rospi?».

«Nelle rane comuni, per essere precisi».

«E non la potevano cercare negli esseri umani?» chiese Pietro.

«Le rane fanno meno storie se le sbuzzi» osservai.

«Diciamo che una rana è meno complicata da studiare di un essere umano» edulcorò Virgilio.

Ma non così diverse da noi, a quanto pare.

«E tutte 'ste cose sulle rane come le sai?» chiesi. Virgilio alzò un dito per chiamare la cameriera e farle il gesto universale del conto.

«Come dicevi prima te, non è che oggi il congresso fosse particolarmente interessante».

«Hai passato tutto il pomeriggio su Internet?».
«No, sono anche andato in bagno un paio di volte».

Io invece, devo ammetterlo, mi arresi molto prima. La sera precedente avevo chiamato Corinna e le avevo raccontato quello che avevo trovato, cominciando con orgoglio dall'articolo che descriveva la fabbricazione di quella molecola in laboratorio.
«La sintesi totale della batracotossina, intendi?».
«Sì, esatto, quella».
«Mi scrivi come si intitola, esattamente?».
«Sì. Ti mando subito via WhatsApp...».
«Per curiosità, è mica un articolo di cinque giapponesi?».
Sentii l'orgoglio per la mia scoperta scorrermi via da dentro, come se mi avessero forato le caviglie.
«Sì, sono Watanabe, Morozumi...».
«Del 15 agosto 2023?».
«Sì, è quello lì».
«Lo abbiamo trovato anche noi» mi disse Corinna. Ma non con la delusione di chi trova un doppione nell'album delle figurine, anzi. Con una puntina di orgoglio, direi quasi.
«Io questo solo ho trovato. Speravo di poterti essere utile...».
«Mi puoi essere ancora utile, se vuoi».
«Volentieri. E come?»
«Potresti mica leggerlo? E dirmi quanto è difficile farlo?».

Certo che potevo leggerlo. Era un open access – non dovevo pagare per leggerlo, lo avevano già fatto gli autori, per renderlo pubblico. Otto pagine di articolo e 84 di supporting information, cioè di procedure dettagliate: in una parola, la ricetta. Fare chimica di sintesi non è molto diverso dal cucinare, l'unica differenza è che non è il caso di assaggiare mentre prepari. Alcune ricette di cucina particolarmente complicate hanno cinque o sei passaggi: quella sintesi ne aveva 22, e il primo che lessi nel dettaglio durava esattamente 64 ore. Quello più veloce ne richiedeva giusto otto. Ci misi molto meno, circa sei minuti, per addormentarmi di schiocco con il naso sul tablet.

La mattina dopo, aprii il file e l'entusiasmo mi passò di nuovo. O meglio, l'entusiasmo per la procedura di preparazione della rospotossina; la curiosità per quello che stava succedendo, invece, era a manetta. Per quale motivo Corinna mi aveva chiesto di leggere quell'articolo? E come mai il fatto di aver trovato la stessa cosa l'aveva sensibilmente ringalluzzita?

Il problema dello stare in Giappone è che rispetto all'Italia ci sono sette ore di fuso. Per cui, se in Italia è successo qualcosa di interessante – che so, hanno ucciso qualcuno e una tua amica poliziotta ti ha chiesto un aiuto al riguardo – e ti svegli alle sette di mattina curiosa come una scimmia, i quotidiani con le notizie della giornata usciranno solo alle otto italiane, cioè quando da te sono le tre del pomeriggio.

L'unica cosa che avevo trovato era roba del giorno precedente, tra cui un profilo del fu Renato Sangirolami, nei soliti termini di asettica agiografia con i quali si parla di un professore universitario quando arriva il pensionamento definitivo, l'unico al quale non può opporsi.

ADDIO AL PROFESSOR SANGIROLAMI,
UNA VITA E UNA FINE TRA LE RANE

L'università di Pisa era da più di quarant'anni la patria di Renato Sangirolami, scomparso ieri in circostanze ancora non del tutto chiarite. Nato a Orte il primo luglio del 1960...

Guardai l'orologio. Curioso. Il professor Sangirolami era morto il giorno stesso del suo compleanno. Dicono che capiti. Ti svegli la mattina con un anno di più, inizi a rimuginarci sopra, la cosa ti causa tensione e ti fai venire un infarto. Oppure ti distrai e finisci per farti aggredire da un rospo.

... si era trasferito a Pisa dopo essere entrato come allievo ordinario alla Scuola Normale Superiore (unico del suo anno ammesso per la facoltà di Biologia), e aveva fatto all'interno della facoltà una carriera fulminea, culminata nella chiamata a professore ordinario nel 1992, a soli trentadue anni. Studioso noto in tutto il mondo, autore di oltre centosessanta pubblicazioni scientifiche e di alcuni libri divulgativi, tra cui ricordiamo I rospi sono una cosa seria *(2010) che gli aveva dato fama nazionale qualche anno addietro, Sangirolami aveva conosciuto un ritorno di popolarità la scorsa primavera, in seguito alla vicenda delle cosiddette «rane fosforescenti» che ha provocato parecchio scalpore a*

livello nazionale, oltre a qualche strascico penale di dubbia opportunità. Ma non si poteva mettere in dubbio, invece, la viscerale passione per la ricerca e per i batraci di Sangirolami, che ha dedicato la vita allo studio di queste creature con una dedizione che, per sua stessa ammissione, sfiorava talvolta la mania; come dimenticare la targa di marmo, appesa nel suo studio dietro la scrivania, che recava scolpita nella pietra la massima SI STAVA MEGLIO QUANDO ERAVAMO ANFIBI, *o il murale sulla parete del laboratorio in cui due rane stilizzate si rincorrono in una specie di ciclo taoista, una nell'aria e una nell'acqua, che Sangirolami sosteneva fosse stato dipinto dallo stesso Keith Haring durante la sua visita a Pisa per realizzare «Tuttomondo...».*

Come dite? Avrei dovuto leggere l'articolo sulla sintesi della batracotossina e non i particolari scabrosi sulle indagini in corso? Fatevelo dire, non conoscete le donne. E nemmeno gli uomini, se è per quello. Anche Virgilio ci era cascato mani e piedi, e durante la mattina seguente – lui al congresso, io in giro coi bimbi – ci messaggiavamo in continuazione. Solo che, mentre io giravo intorno alla vita del professor Sangirolami, Virgilio si era intrippato con le rane.

Fra l'altro è vero che questi ranocchi sono preziosi, sono in via di estinzione. Però la gente li ingabbia lo stesso.

La gente chi? I biologi?

No, più i collezionisti. Ci sono anche delle organizzazioni per l'allevamento responsabile e per la salvaguardia delle rane in cattività. Però va forte anche fra i camorristi. Pare che sia cool fra i capimandamento avere il terrario pieno di bestie velenose. È l'ultima moda del criminale organizzato.

Seguivano, in allegato, un paio di articoli del «National Geographic» sul contrabbando di animali velenosi dal Sudamerica – ragni, serpenti, scorpioni e, ovviamente, rane.

Bella gente. Speriamo che un giorno mettano un coccodrillo in piscina e se ne scordino. Io preferirei i rospi fosforescenti.

Cosa c'entrano i rospi fosforescenti?

Sangirolami era quello che li aveva sputtanati.

Nooo... non lo sapevo.

Risposi allegando a mia volta l'articolo in questione.

GUERRA TRA FACOLTÀ: FINISCE IN TRIBUNALE LO SCHERZO DELLE RANE FOSFORESCENTI

È stato deciso ieri il rinvio a giudizio di Andrea Lorenzetto, professore associato di Chimica bioorganica del Dipartimento di Chimica, che sarà imputato per il reato di danneggiamento del patrimonio faunistico del parco di Massaciuccoli a seguito della denuncia di un altro professore del nostro ateneo, il biologo Renato Sangirolami.

I fatti sono ben noti: nel corso della primavera, alcuni pescatori avevano notato delle scie fosforescenti, nei prati prospicienti i fossi del parco, che seguivano una traiettoria particolare, come se un corpo lampeggiante rimbalzasse sul terreno. Uno dei pescatori riuscì a riprendere con il cellulare la scia luminosa, e il punto in cui si fermava: il video di una raganella dal dorso fosforescente, sulla cui schiena la luce si alternava al buio a intervalli regolari, come una lucciola, fece il giro del mondo, e i visitatori accorsero da ogni parte d'Italia. Il fenomeno si ripeté con frequenza fino a quando proprio uno dei ricercatori del laboratorio del professor Sangirolami riuscì a catturare uno di questi esemplari fosforescenti, che si rivelò essere una comune rana. Mentre i ricercatori impazzivano per capire in che modo fosse possibile il fenomeno, l'équipe del professor Lorenzetto rivelò che le rane erano fosforescenti perché erano ricoperte da una sostanza luminosa (commerciale) di sintesi, proveniente dal laboratorio stesso.

Qui la vicenda assume il contorno di una beffa. Il laboratorio di chimica bioorganica, da anni, collaborava con quello di erpetologia, analizzando e caratterizzando le sostanze biochimiche prodotte dagli esemplari del laboratorio di Sangirolami, che venivano raccolte e portate in laboratorio per essere analizzate. Nel corso degli anni, quindi, Lorenzetto aveva analizzato e raccolto discrete quantità di feromoni delle rane, e insieme ad alcuni suoi collaboratori aveva deciso, secondo le sue parole, di «fare uno scherzo», posizionando lunghi tubi irrorati di soluzioni concentrate del feromone della rana comune e, nella parte superiore, di una sostanza fosforescente. Le rane, attirate dai feromoni, entravano nei tubi e si ricoprivano così della sostanza, che le rendeva quindi fosforescenti al buio appena uscivano dalla trappola. Ma le conseguenze erano andate ben oltre le sue intenzioni, e le migliaia di persone che invadevano il parco ogni notte per cercare di vedere le rane fosforescenti avevano prodotto, secondo lo stesso Sangirolami, danni incalcolabili all'equilibrio faunistico del sito: da qui la denuncia, cui ha fatto seguito un rovente scambio di contumelie tra i due, con Lorenzetto che accusa a sua volta Sangirolami di aver usato la storia delle rane come pretesto. I due, infatti, avevano presentato un progetto congiunto per lo studio di alcuni precursori di farmaci oncologici a partire da molecole naturali prodotte dagli anfibi, che era stato approvato e finanziato attraverso il PNRR *per la cifra di quattro milioni di euro, e Lorenzetto accusava Sangirolami di averlo denunciato per estrometterlo dal progetto e aggiudicarsi da solo l'intero finanziamento.*

«Dai mamma, ti stacchi da quel cellulare?».

Mi rimisi il telefono in tasca, cercando di dissimulare l'imbarazzo. Da madre, sentirsi dire dai propri figli di non passare troppo tempo al telefonino è avvilente.

Sapevo benissimo che avrei dovuto cercare di non pensare al caso del professor Sangirolami, ma non era facile. Posso sentire qualcuno di voi chiedersi se per caso non sia scema: sei in vacanza in Giappone, un viaggio che la maggior parte di noi si sogna la notte, e invece di guardarti intorno pensi a una roba successa in Italia che manco ti riguarda? Avete ragione, ma il problema era proprio che mi stavo guardando intorno.

Lo sapete qual è uno degli animali-simbolo del Giappone, quello che ti ritrovi ovunque, scolpito nel marmo, fuso nel bronzo, stampato nella plastica o in carne e ossa, che ti saltella fra le gambe sui viali dei parchi? Esatto, quello.

Eravamo a Kanazawa, quella mattina, e stavamo andando verso il castello passando per l'Oyama-jinja, un tempio shintoista uguale in tutto e per tutto agli altri templi shintoisti che avevo visto fino a quel momento, incluse le rane – qui erano di bronzo, nascoste tra foglie di bambù anch'esse di bronzo. All'ingresso, un cartello avverte che tra queste mura venne ospitato il grande poeta Matsuo Bashō, il più famoso autore di haiku dell'epoca Edo, la cui composizione più conosciuta recita:

Vecchio stagno
Una rana si tuffa
Un rumore d'acqua.

È vero che non riuscivo a togliermi le rane dalla testa, ma non era tutta colpa mia.

«Mamma, ma perché sono fissati con le rane?».

«Eh, vorrei saperlo anche io».

«Potremmo chiederlo al monaco».

Alzai la testa. Un giovane dal cranio rasato e rotondissimo, drappeggiato in una tunica verde brillante, stava lucidando il corrimano già lucidissimo della scala con la stessa concentrazione con la quale un chirurgo scrupoloso incide un paziente.

«Non so se è il caso... lo disturbiamo...».

«Te non vuoi mai chiedere informazioni a nessuno».

Sbuffai. Non avevo scampo, altrimenti Pietro mi avrebbe massacrato fino alla fine della giornata. O della vacanza. Avevo realizzato già da qualche mese che «adolescente» fa rima con «insistente».

«Sorry...».

Il giovane si voltò, mi guardò e sorrise. Da vicino, mi resi conto che non era giovane per niente. La postura e la tonsura mi avevano depistato, l'uomo era più vicino ai cinquanta che ai quaranta.

«Can I ask a question?».

«Question?» chiese, inclinando la testa.

«Yes...».

Il monaco continuava a guardarmi, con il suo mantello verde e con un sorriso celeste, mentre io avevo paura di cominciare a virare sul porpora. Se prima ero imbarazzata, adesso ero veramente a disagio.

«Why japanese people love frogs?».

«Frogs?».

Non disse proprio così. Disse una cosa tipo «fogg», in un modo talmente assurdo che per un attimo mi venne il dubbio che non sapesse manco mezza parola di inglese, e stesse solo ripetendo quello che dicevo.

«Yes. Why you are so fond of frogs? What is the meaning of frogs?»

Il monaco mi guardava sorridendo, senza capire. Però sorridendo in modo sincero. Non era minimamente infastidito, o dubbioso, solo visibilmente contento che un altro essere umano gli stesse chiedendo qualcosa e potesse quindi essere utile a qualcuno. Come, non ne avevo idea. Ma forse lui sì.

«Frogs... meaning...» ripetei, indicando la rana di bronzo che mi sorrideva anch'essa, pure se in modo molto più beffardo del monaco, come se lei avesse capito di avere a che fare con una povera minorata.

«Aaaah... furoggu. Kaeru». Il monaco indicò la rana a sua volta, annuendo a trentadue denti. «Japanese, kaeru. Means to return. Get back. Wish to get back. When to travel, get frog with you. Little frog, wood frog. You back. Good luck».

Si guardò intorno, vide i ragazzi e allargò il sorriso. Quindi si voltò e tornò alla sua occupazione, sereno, nella consapevolezza che con il suo inglese e la mia capacità di comprendonio, limitati entrambi, era impossibile fare di più.

«Che ti ha detto?».

«Mi ha detto che sono un augurio di buon viaggio. E un auspicio di ritornare».

«Non ho capito».

«È una specie di augurio. Loro collegano il concetto di "rana" al concetto di "ritorno dal viaggio"».

«Quello l'ho capito, non sono scemo. Ma perché? Non sono mica piccioni viaggiatori che ritornano al nido».

«Questo non lo so. Spero che tu non voglia veramente che io chieda una cosa così raffinata a uno che parla inglese come Totò e Peppino con una patata in bocca. Ho capito solo che se dai una rana a una persona che parte, tornerà a casa».

«E ci credo» ridacchiò Martino. «Prova a salire su un aereo con una rana».

«Una rana di metallo, deficiente» replicò Pietro, con il disprezzo tipico del quindicenne per chi va ancora alle medie.

«Una rana di metallo deficiente?» insisté Martino. «Esistono anche i metalli furbi?».

«Intendo che la rana è fatta di metallo, e te invece sei fatto di carne, sangue, ossa e merda, specialmente dal collo in su».

Ci sono momenti in cui vorresti portare da parte i tuoi figli, appoggiare loro le tue mani delicatamente sulla nuca e poi sbattergli la testa fronte contro fronte come faceva Bud Spencer. Per fortuna, di solito succede qualcosa che mi impedisce di farlo, e quasi sempre è a forma di Virgilio. Invece, quella volta andò diversamente. Mentre mi accingevo a separare i due con delicatezza, sperando di resistere alla tentazione di riunirli insieme con forza, mi venne in aiuto la polizia.

No, no: non sono stata affiancata da un agente giapponese che mi ha intimato in tono cortese ma fermo di abbandonare i miei propositi criminali. Piuttosto, mi era venuto in mente che Corinna mi aveva chiesto di leggere l'articolo che avevamo trovato, e dovevo in qualche modo riuscire ad avere il tempo per farlo.

«Ragazzi, sentite» dissi. «Io avrei bisogno di un po' di pace e di fare una telefonata. Vi va mica di mangiare qualcosa?».

«Io volentieri» approvò Martino.

«Io non ho fame» fece ostruzione Pietro.

Respirai più lentamente che potevo.

«Sentite, belli, ho bisogno di mezz'ora di tempo. Trovatevi qualcosa da fare che metta d'accordo tutti e due».

Pietro e Martino si guardarono.

Qualcosa che metta d'accordo tutti e due.

«Pronto, Corinna».

«Ciao Serena. Come va?».

«Bene. Siamo in giro per Kanazawa. Bella città, pulitissima, fauna prevalentemente bronzea e quindi priva di bisogni fisiologici. In compenso ci sono le sale giochi. Lo sapevi che in Giappone esistono ancora le sale giochi?».

«Le sale giochi?».

«Esatto» dissi, guardando al di là dei vetri Pietro e Martino che battevano mazzate su degli enormi tamburi elettronici, cercando di andare a tempo con il ritmo tribale che un megaschermo gli faceva passare davanti. «E sono molto meglio della roba dove andavamo noi. Cioè, io. Tu magari...».

Corinna interruppe il mio sproloquio con tono pratico. «Volevi dirmi qualcosa?».

«Sì, scusa, volevo dirti che ho letto l'articolo». Nella mezz'ora precedente, mentre Pietro e Martino si sfidavano a una specie di hockey meccatronico. «Per cui, se avevi qualche curiosità...».

«Ah, sì». Il tono di Corinna mi sembrava un pochino distante. «No, volevo solo chiederti se quello che dice quell'articolo è fattibile. Se richiede attrezzatura particolare, o materiali particolarmente esoterici o che so io».

«No, niente di più di quello che c'è in un normale laboratorio di chimica organica» risposi, dopo qualche secondo.

«Cioè, all'università lo saprebbero fare, mi stai dicendo».

«Sì, quella è proprio una procedura da laboratorio universitario. Tanti passaggi, poca resa, l'importante è pubblicare».

«Poca resa» ripeté Corinna. «Cioè poca tossina, alla fine».

«Dipende da quanta roba hai usato all'inizio» ridacchiai. «Però quanto basta per uccidere qualcuno, immagino».

«Dici?».

«Beh, questa roba è molto tossica. Anche qualche milligrammo può essere fatale. Se davvero il povero Sangirolami è morto per questo...».

«Nessuno ha parlato di Sangirolami» disse Corinna, con aria formale.

«Certo, certo. Comunque, qualsiasi domanda tu abbia, io sono qui».

«Per il momento direi che basta questo. Grazie».

«Direi che è abbastanza, sì» disse Virgilio, posando il cellulare.

«Parli dell'articolo o dell'ordinazione?» chiesi, guardando i ragazzi che continuavano a scorrere il menù sui loro telefonini.

Dopo il grande successo della cena a base di carne della sera prima, Pietro aveva proposto il bis. Virgilio, memore di quanto avevamo speso il giorno innanzi, aveva fatto notare che per lui andava bene, però poi per i successivi due giorni toccava il digiuno. Pietro aveva a quel punto ribattuto che lui aveva mangiato, si fa per dire, pesce crudo e altra roba che ispirava grave diffidenza per tre giorni di fila, e adesso per controbilanciare gli spettavano tre giorni di roba commestibile. Toccava trovare una soluzione di compromesso. Alla fine, avevamo optato per un locale che faceva *yakitori*.

Gli *yakitori* sono spiedini di pollo e verdure – per pollo si intende qualsiasi parte del pollo, inclusa la pelle, i fegatelli e altri frammenti di anatomia che non sono sicura vogliate sapere: ma se scegliete le parti giuste (petto, coscia, codini) sono buonissimi. Per cui, dopo un primo prudente giro esplorativo di un paio di spiedini per tipo, Virgilio aveva impugnato il cellulare, inquadrato di nuovo il QR, aperto la pagina del menù e ordinato una quantità di pezzi bastevole per nutrire un esercito di medie dimensioni.

Nel frattempo, mentre aspettavamo la prima ordinazione, Virgilio aveva cambiato schermata del cellulare e mi aveva fatto leggere le novità sul caso Sangirolami. Novità che sembravano parecchio grosse.

MORTE SANGIROLAMI, SI INDAGA
SU UN PROF DELL'UNIVERSITÀ

«Nessuna dichiarazione da fare ai giornali, parlo solo con la polizia», queste le uniche parole di Andrea Loren-

zetto all'uscita dal Dipartimento, dopo che gli agenti di polizia giudiziaria si erano allontanati a seguito di tre ore di colloquio. Ma la posizione del quarantaduenne professore associato di Chimica bioorganica si sta facendo difficile. Ieri, da una ispezione disposta nelle ordinazioni dei vari laboratori, è emerso che il Lorenzetto aveva fatto richiesta di alcuni prodotti chimici necessari per produrre in laboratorio la batracotossina: sono infatti stati reperiti nell'archivio del Dipartimento degli ordini di laboratorio, datati 14 giugno e firmati dallo stesso docente, riferiti ai prodotti in questione...

«Quindi è morto davvero per la batracotossina?» chiesi, smettendo di leggere ad alta voce, con visibile dispiacere dei ragazzi.

«Sì, c'è il referto del medico legale. Non ti torna?».

«Hanno pubblicato anche quello per intero, magari con la scritta "riservato agli inquirenti" di traverso, o c'è una dichiarazione?».

«Mah, credo che ci sia una dichiarazione... perché ti ci incazzi?»

«Non mi ci incazzo, resto solo un po' interdetta. È inquietante trovare sul giornale tutta questa serie di informazioni».

«Disse quella a cui un'amica che indaga sul caso ha telefonato per sapere in via del tutto ufficiale se si può sintetizzare la batracotossina?».

«Sì, esattamente. È quello che non mi torna. La conosci, Corinna».

«Non come la conosci te».

«È una che si muove secondo le regole, adora le leggi, sgozza galli di fronte al codice di procedura penale. Se volesse accumulare prove contro questo tale Lorenzetto cercherebbe evidenze producibili in tribunale. Che prove ho, signor giudice? Ho telefonato a una mia amica e mi ha scritto che si può fare. È una chimica, questa sua conoscenza? Sì, signor giudice, cioè, è laureata in chimica ma fa la casalinga». Feci una smorfia. «La prendono a pernacchie».

«Magari lo ha fatto per avere un primo parere e velocizzare le indagini. E comunque mi sembra che qui in realtà di prove ce ne inizino a essere parecchie» replicò Virgilio, continuando a leggere.

Secondo le nostre fonti, dal computer sulla scrivania di Lorenzetto era stato scaricato un articolo scientifico che descrive il processo di sintesi della batracotossina. Stando al parere di alcuni esperti, il laboratorio di Lorenzetto era perfettamente attrezzato per eseguire la preparazione della batracotossina, e questo potrebbe essere collegato ai risultati dell'autopsia, che confermano che il professor Sangirolami – eccotelo qua – *è deceduto per avvelenamento acuto dovuto alla batracotossina.*

«Beh, mi sembra effettivamente anche troppo».

«Sicuramente. Ha usato tre volte la parola batracotossina in un periodo di otto righi. Tua madre al liceo gli avrebbe dato quattro».

«Mia madre insegnava matematica».

«Gli avrebbe dato quattro lo stesso. Tua madre adorava dare quattro. Secondo me nei momenti di relax

Augusta Pino tenta di fare il sudoku usando solo i numeri sotto il sei e si stupisce di non riuscirci».

Continuammo a becchettarci su argomenti vari, fra omicidi e suocere, e l'atmosfera si stava lievemente scaldando quando, per fortuna, arrivarono gli spiedini.

Pardon, gli *yakitori*.

«Certo, abbiamo aspettato un po' ma abbiamo mangiato parecchio bene».

«Non abbiamo nemmeno speso pochissimo» osservò Virgilio, mentre camminava guardando lo scontrino.

«Mi sembra che le due cose siano piuttosto collegate» dissi, con aria soddisfatta. E ne avevo ben donde. Non volevo ammetterlo, ma dopo tre giorni di cibi quasi vivi o morti da troppo tempo, avevo bisogno anche io di rimettermi in pari col mio stomaco. «Abbiamo ordinato una quantità di cibo da rinoceronte incinta, è chiaro che uno aspetta. Avranno dovuto cercare un prato abbastanza grande da costruirci un barbecue apposito».

«Mi sembra che anche tu non ti sia tirata indietro, mamma».

«Infatti» rincarò Virgilio, «guarda come è bella pasciuta e rilassata ora».

Scossi la testa, sorridendo. Stavamo facendo una doverosa passeggiata nella via che sulla guida era indicata come «strada dei filosofi», in una atmosfera di pace e tranquillità che solo il silenzio, la penombra, un sentiero costeggiato da un ruscello gorgogliante ed uno stomaco adeguatamente pieno possono trasmettere.

«Ero rilassata anche oggi».

«Prima a cena non eri rilassata. Stavate litigando».

«Non stavamo litigando, stavamo discutendo. Fra persone civili si discute».

«È da persone civili dire a babbo che nonna Augusta è un'arpia che ha fatto l'insegnante solo perché i lager non assumono più dal 1945?».

«Sì, forse ho esagericchiato un pochino. Però non ce l'avevo con tua nonna, era che ero infastidita. Non capivo perché Corinna mi avesse chiesto quelle cose. O meglio, prima mi chiama e mi chiede una cosa come se fosse della massima urgenza. Poi, oggi, quando le telefono, mi ascolta con mezzo orecchio e si sente chiaramente che le sto facendo perdere tempo...».

«E ora l'hai capito o sei solo satolla?».

«No, ora credo di averlo capito».

«Meno male, dai. Comunque, cerca anche te di capire Corinna. Ti ha chiesto una cosa quando ancora andava per tentativi, poi ha trovato la pistola fumante e adesso magari sta pensando a come interrogare il colpevole. O magari sta cercando di capire chi ha passato tutte quelle informazioni ai giornali per scuoiarlo vivo e appenderlo al pennone di bompresso».

Tentennai la testa, continuando a camminare.

«A meno che non sia stata lei» risposi. «O qualcuno del suo ufficio».

«E per fare cosa?».

«Per tranquillizzare i criminali».

«Dici che non sia stato Lorenzetto da solo?».

«Mah, secondo me Lorenzetto non c'entra proprio nulla».

«Mi sembra un'affermazione un po' scollegata dai fatti. Con tutte le evidenze che hanno trovato...».

«Mi sembra un comportamento da cretini patentati. Vuoi avvelenare uno e ordini dal magazzino del laboratorio i reagenti per preparargli la polpetta, firmandoli personalmente?».

«Non sarebbe la prima volta che vedo un universitario comportarsi in modo stolto. Ti ricordi Castelferri?».

Feci un gesto con la mano. Primo, perché mi dà noia quando tento di seguire un filo logico e Virgilio prende i miei discorsi come spunto per partire con i suoi aneddoti – e la storia del professor Castelferri che aveva fatto assumere la moglie in segreteria amministrativa, e che qualche settimana dopo era andato a un congresso e si era portato dietro l'amante facendole prenotare, per abitudine, una stanza nello stesso albergo dove dormiva lui, ovviamente dalla segreteria amministrativa, come faceva sempre, l'avevo già sentita una decina di volte. E secondo, perché non era quello il centro del mio ragionamento.

«E poi probabilmente non si aspettava che la polizia andasse a frugargli nel computer» disse Pietro, sempre pronto a spalleggiare il padre. «Non lo poteva mica sapere, che quelle rane lì non erano velenose. Ha aperto la prima teca che ha creduto...».

«Un bel coraggio» notò Virgilio. «E se la rana gli saltava addosso? Mica lo poteva sapere, per l'appunto, che quelle rane lì non erano velenose».

«Magari ha solo tolto la sicura» provò Martino, vedendo l'occasione di poter spalleggiare il fratello. «Ha solo sganciato il fermo...».

«E poi la rana saltando l'ha aperta a testate?».

«Magari l'ha aperta e poi è scappata via».

«No, non può essere andata semplicemente così» dissi. «Non è possibile».

«Secondo me invece è possibile. Babbo, ti sembra impossibile?».

«No, impossibile no... cioè, dovessi scommetterci...».

«Scommettiamoci, allora».

«Con quali soldi? Con la tua paghetta settimanale che, parole tue di un mese fa, è vergognosamente scarsa?».

«Hai ragione. Allora facciamo così: se il professore è colpevole mi raddoppiate la paghetta».

«E se è innocente?».

«E se è innocente, guarda, lavo i piatti per una settimana».

Mancava molto meno di una settimana, invece, per finire la vacanza. L'ultimo giorno lo passammo per negozi e negozietti, per la trentina di persone a cui avevamo promesso di fare un regalino. Acquisti per noi, non ce ne siamo quasi presi: io mi ero già comprata un paio di scarpe (più per necessità che per virtù), Virgilio un videogioco vintage, Pietro una maglietta della nazionale giapponese e Martino un modellino di Gundam. A dire la verità, Pietro ha anche avuto un altro regalo, appena arrivati in Italia: una confezione di sapone per i piatti, che Virgilio gli ha consegnato solennemente all'uscita di un supermercatino dell'aeroporto. Alla faccia attonita del primogenito, ha replicato porgendogli il cellulare, aperto sulla prima pagina di un quotidiano nazionale.

DELITTO DELLE RANE, CONFESSA IL TECNICO

È durata appena sedici ore la fuga di Filippo Passacagli, il tecnico di laboratorio del Dipartimento di Biologia dell'Evoluzione dell'Università che dal pomeriggio di ieri è in stato di fermo, con l'accusa di aver ucciso nella notte del primo luglio il professor Renato Sangirolami. «L'accusato è stato collaborativo, ha ricostruito con molta precisione l'accaduto e la sua confessione è considerata attendibile» ha riferito in conferenza stampa il responsabile delle indagini, commissario Enrico Chiariello; ma secondo alcune voci questa collaborazione ha poco di spontaneo, e non è altro se non un tentativo di ottenere protezione dalla criminalità organizzata.

Filippo Passacagli, 56 anni, originario di Subiaco, residente a Calci, una laurea in biologia arrivata a oltre trent'anni, era entrato come tecnico di laboratorio nel 2002 ed era diventato nel tempo uno dei più stretti collaboratori della vittima. Con il professore condivideva infatti la grande passione per le rane; ma la passione principale del tecnico, quella a cui dedica gran parte del suo tempo libero, è il gioco.

«Non si dice "del proprio tempo libero"?».

«Bel tentativo. Non cambiare discorso e continua a leggere».

A causa del vizio, Passacagli accumula una grossa quantità di debiti, e quando la situazione si fa insostenibile alcuni compagni di tavolo gli suggeriscono una soluzione: vendere a dei loro «amici» alcuni esemplari da collezione. Il tecnico, per sua ammissione, mette su un redditizio commercio di rane freccia, simulando la morte di alcuni esemplari della specie più ricercata; ma il professor Sangirolami, insospettito dalla strana frequenza con cui proprio le rane della specie più preziosa morivano, inizia a controllare il proprio tecnico e in breve tempo scopre la verità. Sangirolami, senza giri di parole, minaccia di denunciare Passacagli e gli intima di tornare in possesso degli esemplari già venduti, ovviamente restituendo i soldi ai proprietari. Passacagli però finisce così in ulteriore difficoltà, anche perché alla richiesta di restituire gli animali gli acquirenti non solo rifiutano, ma minacciano il tecnico di ritorsioni se non tiene la bocca chiusa. A questo punto, il tecnico realizza che i suoi clienti non sono solo collezionisti con pochi scrupoli, ma veri e propri criminali, e decide che non può correre il rischio di venire denunciato. Più che la denuncia in sé, per un reato di non enorme gravità, quello che teme Passacagli è l'inevitabile richiesta, da parte dell'autorità giudiziaria, di fornire l'archivio dei suoi «clienti», tra i quali, a quanto si vocifera, figurano parecchi appartenenti di primo piano alla malavita organizzata; l'ultimo acquirente sarebbe infatti uno dei nomi di spicco della Sacra Corona Unita.

Preso tra due fuochi, il Passacagli decide di eliminare il professore, somministrandogli, tramite una caramella, una quantità letale di batracotossina di origine naturale, presa direttamente dalle scorte di laboratorio raccolte negli anni, e tenta di depistare gli inquirenti scaricando preven-

tivamente delle prove compromettenti sul computer di un collaboratore storico del professore, Andrea Lorenzetto.

E qui è stato commesso il primo errore, come hanno spiegato in conferenza stampa gli inquirenti: l'articolo in questione è stato scaricato in modo diretto, effettuando una ricerca molto sommaria e accontentandosi del primo lavoro trovato da Google. Una procedura molto diversa da quella seguita di solito dal Lorenzetto, sia per il motore di ricerca usato che per la quantità di tempo dedicata a questo tipo di operazioni. «Grazie alla competenza dei nostri tecnici, è stato presto palese che il computer, pur se le password usate erano quelle di Lorenzetto, fosse stato usato in quella circostanza da una persona diversa» ha affermato il dottor Chiariello.

«Come volevasi dimostrare: il punto più debole di un qualsiasi sistema informatico è quello che si trova tra la sedia e la tastiera» disse Virgilio mentre usciva dal parcheggio dell'aeroporto. «Probabilmente le password di Lorenzetto le sapeva anche l'ultimo dei dottorandi».

Lentamente, imboccammo la rotonda in mezzo a via dell'Aeroporto e ci dirigemmo verso nord, mentre Virgilio continuava a parlare.

«Torna tutto come in un grande mosaico, comunque. Era questa storia della ricerca bibliografica che è venuta a sapere Corinna fra la prima e l'ultima telefonata. Per quello, quando l'hai richiamata, era poco attenta. Sapeva già che quello che dicevi era inutile».

«È una sensazione che ho già provato» osservai. «L'ho riconosciuta subito».

«Sì, mamma, però...».

«Dimmi, amore» risposi, avvistando nello specchietto retrovisore. Pietro, rigirandosi tra le mani la confezione di sapone, mi guardò nel riflesso degli occhi.

«Io non ho capito. Ma il tecnico, quello lì, l'assassino, come ha fatto a ordinare i reagenti al posto del chimico?».

«In qualsiasi laboratorio, gli ordini li fanno i tecnici. Tieni conto che i due gruppi, quello di Lorenzetto e quello del Sangirolami, lavoravano insieme da anni. Nulla di più normale che il gruppo di biologia richiedesse dei reagenti al gruppo dei chimici. Presumo che avrà portato una paccata di fogli a Lorenzetto e gli avrà detto: professore, alla firma. E Lorenzetto ha firmato».

«Senza leggere?» chiese Pietro, con una sfumatura della voce che faceva capire che la sua fiducia nel mondo degli adulti stava diminuendo ulteriormente.

«Se io dovessi leggere tutto quello che firmo, non lavorerei più» confermò Virgilio.

Lo sguardo di Pietro puntò di nuovo verso il riflesso del mio.

«Ma te come facevi a sapere che era stato il tecnico?».

«Io non lo sapevo» risposi. «Sapevo solo che non poteva essere stato il chimico».

«Ah. E perché?».

«Qual è la prima cosa che guardi quando leggi una ricetta?»

«Boh... chi l'ha mai letta una ricetta...».

«La prima cosa che fai è controllare il tempo. Guardi quanto tempo ci vuole. E la sintesi che ho trovato, che è la stessa che era nel computer di Lorenzetto, richiede ventidue passaggi. Il passaggio più veloce che ho trovato dura otto ore, e ce ne sono alcuni che ne durano anche 64. Sessantaquattro ore, o se preferisci tra i due e i tre giorni».

«E allora?».

«E allora, visto che i reagenti sono stati ordinati il 14 giugno e il professore è morto il primo luglio, vuol dire che Lorenzetto avrebbe avuto due settimane di tempo per preparare la tossina, mentre per fare quella reazione lì ci vogliono come minimo due mesi».

«No, scusa, ventidue per otto fa centosettantasei» disse il primogenito dopo aver rapidamente consultato il cellulare. «Che sono... sono sette giorni e trentatré».

«La procedura più veloce dura otto ore» dissi, sbuffando. «Ce ne sono di molto più lente. E nessuno lavora ventiquattro ore al giorno. E poi tieni conto che Lorenzetto avrebbe dovuto continuare a fare il suo lavoro e contemporaneamente sintetizzare la rospotossina in modo defilato, il tutto all'interno di un laboratorio dove ognuno ha la propria postazione. Non è umanamente pensabile che avesse fatto quella sintesi in un paio di settimane».

Pietro abbassò lo sguardo sul cellulare, tentennando lievemente la testa.

«Boh, ci sta».

«No, non è che ci sta. È così».

«Sissì...».

Per fortuna non guidavo io, altrimenti avremmo fatto un incidente. Mi voltai verso la progenie per spiegare che due decenni di esperienza in un laboratorio non li puoi scambiare con una moltiplicazione, e che se a uno che faceva lo scientifico e suonava il violoncello barocco gli serviva il cellulare per moltiplicare otto per ventidue si prospettavano anni durissimi sia al liceo che nella musica.

«Però anche il tecnico aveva vent'anni di esperienza di laboratorio e ha sbagliato lo stesso» fu la sua laconica risposta.

«Va bene» mi rassegnai, voltandomi di nuovo verso la strada. «Io ho avuto culo e invece il Passacagli ha avuto sfortuna».

«Vedi, Pietro, il tecnico di laboratorio ha fatto lo stesso errore che stai facendo tu» cominciò Virgilio con tono pacato. «Ha scaricato un articolo, il primo che ha trovato, e l'ha letto solo superficialmente. Ma sono i dettagli che fanno la differenza, in queste cose. Essendo ignorante, non ha capito quanto fosse grave la sua ignoranza. Al contrario di Socrate, non sapeva di non sapere. Pensaci, quando deciderai di uccidere qualcuno. Quando ti prenderanno, quasi sicuramente sarà perché ti sei fidato di Internet».

Vidi Pietro tirare su la testa e guardare fuori dal finestrino, mentre attraversavamo il ponte della Fortezza. Avevo quasi l'impressione di sentire gli ingranaggi dentro la sua testa che giravano e rigiravano quello che ci eravamo detti.

«Mamma...» disse, dopo qualche secondo.

«Dimmi, amore» risposi, apprestandomi ad approfondire le parole di saggezza che Virgilio aveva appena pronunciato.

«Ma poi l'hai capito perché in Giappone sono fissati con i rospi?».

Guardai mio figlio nello specchietto come se si fosse tramutato nell'animale in questione.

«Pietro, ma che cavolo dici?».

«Chiedevo se avevi scoperto perché in Giappone mettono i rospi dappertutto».

«Ma cavolo, stavamo parlando di un'altra cosa...».

«E quella l'ho capita. Ora, ti chiedo: come mai...».

«Perché li associano al ritorno» risposi, esasperata. «Al ritorno da un viaggio, da una missione, da una guerra...».

«Sì, ma perché? Cosa c'entrano i rospi con i viaggi? Non sono mica piccioni».

Virgilio alzò un ditino.

«Questa volta la so. È una coincidenza».

E poi, arrivato all'incrocio, si tacque. Aspettai di essere ripartiti, poi siccome non succedeva nulla chiesi, con tono piano:

«Virgi...».

«Sì».

«Babbo, cosa significa? Quale coincidenza?».

«Ah, scusate. È che la parola *kaeru* in giapponese significa rana, ma è anche il verbo "ritornare"».

«E te come lo sai?».

«L'ho cercato su Internet».

Mi venne da ridere.

«Raniamo a casa, dai».

Francesco Recami

Il corpo dilaniato della massaggiatrice cinese

1
L'antianimalista

«Ragazze, sia ben chiaro. Sebastiano è roba mia. Se scopro che qualcuna di voi fa la cretina con lui vi faccio a fette. Ci sto lavorando da un bel po'». Margherita pareva avere idee chiare. Sonia e Samy sembravano meno convinte.

«Ohi, e se tu non fossi il suo tipo? E magari una di noi sì?».

«Lo escludo a priori, e comunque vi faccio a fette lo stesso. Anzi, a maggior ragione».

Si stavano dando da fare in cucina, erano le undici di mattina di una domenica. Sebastiano sarebbe arrivato verso mezzogiorno.

Sebastiano era un ragazzo cremonese di 24 anni che faceva l'università a Milano, studiava medicina. Era un tipo a modo suo, un po' scontroso, e spesso aveva idee strane, ma era bello come il sole...

La Marghe, che se ne era invaghita, era riuscita ad agganciarlo e lo aveva invitato per un brunch la domenica...

Prima dolci vegani, tè e caffè, marmellatine, miele, yogurt vegan...

Poi i salati.

Questo perché Sebastiano era rigorosamente vegano. Arrivò con un mazzolino di fiori. Che figo che era!

Fra i salati Margherita mise in tavola delle succulente piadine con squacquerone e crescione. Insieme servì delle melanzane al forno, speziate, e carciofi fritti, ben rosolati.

Sonia e Sami non riuscivano a staccare gli occhi dal giovane, e Margherita era già sulla strada di innervosirsi.

«Non è che quella piadina è fatta con lo strutto, vero?» indagò Sebastiano.

Margherita trasalì. È certo che era fatta con lo strutto. Con che altro doveva esser fatta? Dovette mentire.

«Oh no, questa è una piadina speciale, fatta rigorosamente con l'olio. È buonissima».

Sebastiano parve crederci e la assaggiò.

«Mmhh, veramente buona, quasi meglio di quella fatta con lo strutto».

Mangiavano tutti e quattro di buon appetito, saltarono fuori anche un paio di bottiglie di Albana secco e Sebastiano pareva gradirlo parecchio.

L'argomento di conversazione era più che scontato.

«E così sei diventato vegano. Non mangi assolutamente niente di origine animale» cinguettava Marghe.

«Eh no» rispose Sebastiano mentre si ingozzava di piadina e squacquerone. Allora il formaggio lo mangiava? No, era uno squacquerone vegano, il che sembra una contraddizione in termini. Era a base di anacardi.

«Ah guarda, anch'io sono molto vicina a una scelta del genere». Soso e Samy la guardarono sbalordite, ma non fecero particolari espressioni facciali o commenti. Non conoscevano nessuno che amasse la carne come la Marghe, normalmente al brunch della domenica si sbafava una decina di costine di castrato arrostite sulla piastra. E la bistecca alla fiorentina, e il pesce, in particolare i crostacei, sì, anche quelli che vanno cotti vivi, come l'aragosta e l'astice. D'altronde era figlia di ristoratori.

«Infatti tendo a mangiare meno carne possibile. Che vuoi, quando vado a casa dai miei, mi costringono. Dicono che sono troppo magra, pare anche a te?». Marghe si alzò in piedi e mostrò la sua perfetta silhouette.

Sebastiano non pareva interessato a chi mangia la carne, non era pervaso da nessuno spirito missionaristico.

«Sei un animalista?».

«Esattamente il contrario. Io gli animali li odio, è per questo che non li mangio». Attaccò le patate al forno.

«Come sarebbe a dire? Non ami gli animali?».

Si risvegliarono anche Samy e Soso. Orrore: come fa uno a non amare gli animali?

«Io odio tutti gli animali. Tutti. Mi fanno schifo».

«Ma come tutti? Tutti tutti?».

«Sì, tutti. Dagli scarafaggi alle mosche, dalle iene alle cicale di mare...».

«Non ci credo. E allora i cagnolini, i gattini, i bamby, i leoncini, i leopardini...».

«Sono tutte stronzate alla Disney».

«Ma sono così amorosi...».

Soso aveva già cercato sul telefonino le sue rassegne di immagini di gattini, cani, civette, gufi, leopardi e leopardini, leopardi delle nevi, cuccioli di lince, ocelot, labrador.

«Non me le fare nemmeno vedere quelle foto del cazzo. Vi state tutti rimbecillendo».

«Ma che dici? Ora se uno ama gli animali è un rimbecillito?».

«Non è necessario, ma aiuta – *cronch cronch*. Prova a considerare le cose da un altro punto di vista. Ci sono delle persone che sostengono di amare incondizionatamente gli animali, tutti. C'è qualcuno che fa un appunto a una affermazione del genere? Qualcuno domanda: ma tutti tutti tutti? No, è una frase che ha un senso. E allora perché non dovrebbe averlo quello che dico io? Io gli animali li detesto tutti, e perché non dovrei farlo? Sono cazzi miei».

«Beh, si vede che da bambino hai avuto delle esperienze negative con gli animali» disse sconsideratamente Soso.

Ma Sebastiano non raccolse. Continuava.

«C'è chi parla di specismo. Non so chi abbia inventato questa parola del cazzo».

«Guarda che lo specismo è un problema serio» intervenne Samy e Marghe la fulminò con uno sguardo. Ma a Sebastiano, che pure non interrompeva per un secondo la sua abbuffata, non pareva interessare molto. Andava avanti per la sua strada.

«Allora, chi si dichiara animalista mette da una parte tutti gli animali, e dall'altra chi? Noi esseri umani. E ci può essere più specismo di così? Guardate, io non sono affatto antispecista. Ma gli animali non li sopporto. Senza contare che in fondo, fino a prova contraria, animali lo siamo anche noi».

«La tua è una posizione molto inconsueta e "particolare"» dovette commentare Margherita, piuttosto disorientata.

Ci fu qualche minuto di silenzio. Poi da sotto cominciarono a sentirsi dei rumori, grida, urla.

«Aiuto! Aiuto!».

I nostri si affacciarono al ballatoio.

In basso c'era la signora Scemaghi, che teneva in braccio il suo cane Peluffo, tremante. Nelle vicinanze c'era il signor Gnutti, che era accorso prima che poteva.

2
Ritrovamento del cadavere

La signora Scemaghi aveva perso la testa, urlava. «Peluffo ha trovato qualcosa! Venite, presto!». Agitatissima, cercava di consolare il suo cane. Il signor Gnutti chiamava i soccorsi.

Le ragazze scesero giù con Sebastiano, comparve anche l'architetto Sommariva e a ruota la signorina Mattei-Ferri. Per ultima si fece viva, tenendosi a distanza, la moglie del signor Gnutti. Tutti scattavano fotografie col cellulare.

Nel piccolo corridoio dietro il portoncino verde che conduceva alla cella frigo, locali abbandonati e fatiscenti, Peluffo aveva trovato un cadavere; si trattava di una donna, ma poco altro si capiva. Il capannello si affollò intorno al cadavere. Venne subito chiamata la polizia, il commissario Ametrano, per l'appunto residente nello stesso condominio, sarebbe arrivato dopo, in questo momento si trovava a Codogno.

Sebastiano, in quanto studente di medicina, disse: «Sono un medico. Lasciatemi dare un'occhiata. Avete dei Kleenex?».

Sebastiano era lontanissimo dall'essere un medico,

frequentava il quinto anno di medicina ma con gli esami era assai in ritardo.

I topi avevano già cominciato a darsi da fare sul cadavere. Quanto tempo poteva essere passato dal momento della morte?

«E chi lo sa» disse Sebastiano, «ma i ratti fanno in fretta, e qui ce ne sono un bel po'».

Senza toccarlo, studiò scrupolosamente il cadavere e comunicò subito le sue impressioni: braccia e gambe slogate, cranio sottoposto a una pressione distruttiva. «Sembra una vittima dei gorilla di Crichton in *Congo*. Comunque è stata uccisa a mani nude da una persona, o più di una, con una forza straordinaria, praticamente l'hanno squartata a mano».

A quanto pareva la vittima era una ragazza cinese. «Non potrei esprimermi sull'età, ma direi che siamo sicuramente sotto i trent'anni».

«Oooohhh...» sussurrarono i curiosi.

In quel momento nella corte della casa di ringhiera arrivò una macchina della PS.

Ne scesero due poliziotti sfavati e piuttosto maleducati.

Mentre Sebastiano pontificava gli chiesero:

«Lei è?». Una tipica espressione da ufficio pubblico.

Sebastiano si irritò. Avrebbe voluto rispondere «l'espressione "lei è?" la usa con sua sorella» ma si limitò a dire: «Io sono un medico, e se posso essere d'aiuto...».

Si avvicinarono lentamente, quasi in pellegrinaggio, le ragazze cinesi che lavoravano al centro massaggi: e chi le aveva viste mai, tutte insieme? Andarono a visitare la morta, loro sapevano benissimo chi era, non dissero niente. Non parevano molto addolorate.

La clientela sapendo del ritrovamento se l'era data a gambe. Spariti tutti.

Le ragazze erano molto contrite e gettarono sul cadavere petali di rosa.

I due agenti intimarono a tutti i presenti di sgomberare il campo.

«Non toccate assolutamente niente e ritiratevi. Non c'è niente da vedere».

E ci mancava solo il «non c'è niente da vedere»! pensò Sebastiano.

Fu proibito scattare foto.

Arrivò il RIS, un furgone anonimo. Due donne e un uomo, vestiti tutti di bianco, con degli occhiali dalle lenti bianco-azzurre, se la tiravano un sacco.

«E questi petali di rosa? Cos'è, un rituale?».

Quelli del RIS si misero al lavoro, dando ordini ai due agenti PS. «Togliete tutta questa gente di qui, beh, che aspettate?».

«Noi siamo alle dipendenze del commissario Ametrano» risposero risentiti gli agenti.

«E chi se ne frega? Datevi da fare».

Sebastiano fu allontanato dal set del crimine, e avvisò Margherita che se ne doveva andare, precisò che aveva un appuntamento con una ragazza, a casa sua, dovevano sfruttare due o tre ore in cui la compagna di stanza era fuori.

«E me lo dici così?».

«E come te lo dovevo dire? Ho fissato con lei molto prima di aver fissato con te».

«Ma allora? Non hai visto che c'è una ragazza morta qua sotto? E non credo sia morta di morte naturale».

Sebastiano era sul punto di andarsene, ma purtroppo per lui, proprio mentre stava uscendo dall'androne, arrivarono altre due macchine. In una c'era il commissario Ametrano, che per l'appunto, dopo la separazione dalla moglie, viveva lì proprio in quella casa di ringhiera.

«Da qui non esce nessuno».

«Ma quella ragazza è morta almeno da due giorni» replicò sdegnoso Sebastiano.

«Lei venga con me» gli disse perentorio Ametrano. «Polizia di Stato».

Verso le ore 19 il cadavere fu rimosso, posizionato in una specie di bara di alluminio. L'area fu sigillata, su indicazione del magistrato.

Soso cercò di interloquire con Ametrano, per avere notizie più precise. Lui aveva un diavolo per capello: ma puttana miseria, pensava, una rogna del genere proprio a casa mia? Soso si innervosì: «Ah, è così che mi tratti? Cambi atteggiamento solo quando pare (e serve) a te?».

«Ma no, ma no, è che è una bella rogna, cerca di capirmi, tesoro».

«Ah, ti capisco, ma non del tutto».

La relazione fra Ametrano e Sonia era cominciata un paio di settimane prima, per iniziativa diretta della ragazza, a cui Ametrano piaceva molto.

«Non lo dire a nessuno» le aveva detto Ametrano. «E non ti fare riconoscere quando vieni in casa mia. Mascherati, camuffati. Se scoprono che ho un'amante giovane sono fritto. Sono proprio nel mezzo di una difficile causa di separazione, e se mia moglie lo venisse a sapere...».

«Ah, perché io sarei la tua "amante giovane"?».

«Beh, no, scusa, è la prima parola che mi è venuta in mente. Ma mia moglie userebbe senz'altro quella».

«Mi offendi profondamente...».

«Ma no, dai, vieni qui...».

«A proposito, chi è quel cretino che sostiene di essere un medico?».

«È un amico particolare di Margherita».

«Potrebbe scegliersene di migliori».

«Al cuor non si comanda...».

Soprattutto se non batte più, pensava Ametrano.

Nel condominio si viveva un clima di fibrillazione, ognuno aveva da dire la sua.

Le tre ragazze romagnole erano destabilizzate. In vita loro non avevano mai visto un cadavere, e adesso... proprio in casa loro. E tutte e tre avevano il pallino del crimine, si identificavano nelle Charlie's Angels.

Il non più giovane architetto Sommariva e la sua invece relativamente giovane compagna Camilla cercavano di razionalizzare. Un regolamento di conti fra cinesi?

La signora Sapelli Vittoria e il marito se ne stavano da

parte, senza dire niente, eppure cercavano di orecchiare il possibile.

La Mattei-Ferri, la zabetta, era la più accesa contro il centro massaggi cinese: «Io lo sapevo che prima o poi sarebbe successo qualcosa di grave».

Ma se c'era un'inquilina che si era sempre espressa nel modo più negativo sulle cinesi, specie in sede di riunione di condominio, quella era proprio la signora Chlorella Scemaghi. Ella purtroppo in questo momento non era in grado di partecipare alla discussione. Aveva da pensare al cane Peluffo, sotto shock, così come lo era anche lei. Per fortuna quella domenica in casa non c'erano il marito e la figlia, in gita sulla Martesana, e poi a cena dai nonni paterni.

La Scemaghi non ebbe esitazioni sul chiamare lo psicologo-veterinario per un intervento d'urgenza su Peluffo, che non pareva riprendersi. Si era nascosto nella sua cuccia, e tremava come una foglia. Lo psicologo la rassicurò, disse che i cani sono molto resistenti a questo genere di shock, e che si sarebbe ripreso nel giro di un paio di giorni. Le fece pagare 145 euro: «Non esiti a chiamarmi». Le consigliò un prodotto omeopatico... Ma Peluffo non sembrava riaversi, le sue condizioni psicofisiche erano un disastro. Probabilmente la cosa che lo aveva traumatizzato di più era la decina di ratti che lo avevano attaccato senza tema, immaginandosi che quello volesse unirsi al banchetto sulla povera ragazza cinese; poi erano arrivati tre gatti che avevano messo in chiaro la situazione, pur non essendo minimamente interessati al cadavere: e dire che Peluffo i gatti li aggrediva sempre, non sapeva resistere.

3
Autopsia e prime indagini

Quando Ametrano lesse il rapporto autoptico sulla povera Shiwan Li, a quanto pare così si chiamava, si rese conto che in fondo lo studente fuori corso Sebastiano, sedicente medico, e da lui a lungo interrogato, non era andato tanto lontano dalla verità. Il risultato dell'autopsia fu che la povera cinese aveva avuto slogature alle braccia e alle gambe, come se fosse stata tirata da una forza mostruosa. Le gambe e le braccia adesso (lussate) erano a sette otto centimetri dalla loro collocazione naturale. Un po' come avveniva quando venivano squartate le persone, ogni arto veniva legato a un cavallo che procedeva a tutta forza in una delle quattro direzioni. Ma ciò era avvenuto prima o dopo la sua morte? Forse durante. E probabilmente a mani nude: non c'erano segni di ausili meccanici, morse di ferro, cric, tensori. Solo qualche unghiata.

Bastarono dieci minuti perché si diffondesse la versione della bestia assassina, un qualche mostro sconosciuto, come succedeva in certi libri gialli dell'Ottocento, quando non si sapeva come farli finire. Così adesso si cominciò a parlare della «bestia del Casoretto» e qualche indizio doveva pur venir fuori.

Il primo interrogatorio che Ametrano e i suoi dovettero organizzare fu quello del personale cinese del centro massaggi. Si svolse in questura, perché c'era bisogno di un interprete. Si presentarono soltanto una decina di ragazze, mentre di certo quelle che lavoravano al centro massaggi erano più del doppio. Ci vollero due ore solo per sbrigare le formalità, nome, cognome, identità, documenti. Poi ci fu il casino vero e proprio, nessuno capiva niente. Chi era la defunta? Le ragazze non sapevano niente, nessuno conosceva Shiwan Li.

«Ma come, lavorate insieme tutti i giorni?».

Dopo un quarto d'ora venne fuori la traduzione della risposta, e cioè che in quel posto di lavoro c'era molta riservatezza e nessuna si faceva i fatti delle altre.

L'unica che disse qualcosa fu Choung Mien Fu, quella che aveva vinto la gara della zuppa di pesce: conosceva a malapena Shiwan Li, ma non ne sapeva granché, se non che... lei parlava un po' l'italiano. Era una ragazza molto bella, alta, e dai modi signorili. Chissà che non ci fosse un uomo nella sua vita? Magari italiano? «Costui era un gigante?» chiese subito Ametrano. Dopo dieci minuti l'interprete disse: «Non so, non l'ho mai visto». Insomma non venne fuori proprio niente, in sei ore di interrogatorio.

Nella casa di ringhiera Ametrano, come gesto di cortesia massima, andò a interrogare per primi i membri della famiglia Scemaghi a casa loro. Erano in ambasce e alla carica contro il centro massaggi: «Quel posto deve chiudere immediatamente, è uno scandalo». In realtà il magistrato aveva già fatto mettere provvisoriamente sotto sequestro il locale. Soprattutto gli Scemaghi erano in angoscia per Peluffo: che avesse visto l'assassino? E se era un grosso animale forse sarebbe rimasto terrorizzato e traumatizzato per tutta la vita.

Peluffo venne coinvolto in un riconoscimento all'americana: gli fecero vedere immagini di primati, orsi e altre belve, per osservare se mostrava particolari reazioni. Abbaiava a tutti, o, viceversa, era equanimemente indifferente. Tremava ancora.

Secondo Ametrano ci marciava.

Il commissario vide velocemente l'architetto Sommariva e Camilla, e poi anche la coppia Gnutti-Sapelli, che non sapevano niente, ma anche se l'avessero saputo si sarebbero ben guardati dal dirlo, loro si facevano gli affari propri, nonostante il loro appartamento fosse il più vicino al centro massaggi. Esprimevano solo disgusto per quegli esseri schifosi, chissà cosa c'era dietro quella vomitevole attività.

A proposito di cinesi, arrivò la proprietaria dei locali, la signora Xing, con la sua enorme Mercedes 6000 ed un abito Dior. Donna di poche parole, si informò su quanto sarebbe durato il blocco dei locali e dell'attività.

«Va bene, quelle ragazze le mando a casa, è tempo per eseguire qualche lavoretto nei locali: è lecito?».

Emerse anche la questione dei topi. Schifo e orrore, ci voleva una bella disinfestazione, ma i responsabili della morte non potevano essere loro. A proposito, la morte non era avvenuta nel luogo del ritrovamento, la ragazza era stata trascinata lì. Da dove? Questo era ignoto.

Fu poi il turno della Mattei-Ferri, la quale prometteva rivelazioni, ma non ne aveva, non aveva visto un bel niente. Però, questo va ammesso, sapeva alla perfezione chi fossero i frequentatori del centro massaggi. Li controllava entrare ed uscire, e ne aveva fatto una lista dettagliata. Naturalmente non conosceva nome e cognome dei clienti che andavano a farsi massaggiare, ma le sue descrizioni erano efficaci: «Operaio in tuta blu con scarpe pesanti da cantiere. Moro e riccioluto: età circa 40». «Falegname in camice marroncino sporco di colla; occhiali da vista: età circa 60. Frettoloso». «Professionista in abito blu e cravatta: età 50 circa. Capelli con riporto».

Alla fine le osservazioni della Mattei-Ferri furono molto più utili ad Ametrano di ogni altro interrogatorio.

«Grazie, signorina Mattei-Ferri».

«A disposizione, dottore».

Ed ecco la visita obbligata alle ragazze romagnole, che erano un po' sovreccitate ma che in realtà dei fatti ne sapevano quanto ne sappiamo noi. Ci furono degli sguardi in tralice con Sonia, la quale si aspettava, in privato, rivelazioni particolari.

«Anche le tue amiche non devono sapere niente di noi» aveva intimato Ametrano a Sonia, la quale lo aveva tranquillizzato: «Neanche se lo immaginano». In realtà sapevano tutto nel dettaglio.

Ametrano tagliò corto: «Adesso devo tornare in questura. Mi si prospetta una nottataccia...».

Nei giorni successivi si tirarono per quanto possibile le somme: si indagò se in tempi recenti era fuggito da un circo o da un giardino zoologico un primate, un gorilla, un mandrillo, anche, volendo un grosso scimpanzé: no? Inoltre si controllarono coloro che detenevano animali selvatici di grossa taglia privatamente, nonostante sia vietato. Quelli noti per possedere primati grossi non produssero risultati: gli animali erano nelle loro gabbie dotati di alibi di ferro (telecamere, testimonianze ecc.). Grazie al lavoro della Mattei-Ferri furono rintracciati parecchi dei clienti del centro massaggi Shouyin Xing, ma nessuno accese la curiosità degli inquirenti. Non c'era gente, per esempio, che avesse a che fare con primati di grosse dimensioni. Insomma le indagini, per usare un'espressione un po' obsoleta, erano in alto mare, e Ametrano non vedeva l'ora di chiudere questo caso che non l'avrebbe portato da nessuna parte. Con i cinesi non succede, anzi, perlopiù, non muoiono mai.

Naturalmente sui giornali e soprattutto sul web venne fuori l'evidente coincidenza: un grosso scimmione che, preso dall'ira, uccide senza pietà una donna? E come non pensare a quello che viene considerato il primo racconto poliziesco della storia, vale a dire *I delitti della Rue Morgue* di Edgar Allan Poe, nel quale l'assassino non è altro che un fortissimo primate, un Orangutan del Borneo?

Pochi dei ragazzi che avevano riportato la notizia sapevano fino a qualche minuto prima chi fosse E. A. Poe: una breve consultazione di Wikipedia e sono tutti esperti. Per non parlare degli occasionali lettori: Poe? E chi è?

Comunque si diffuse la febbre del primate, la maggior parte dei curiosi pensava a un gorilla.

4
Jerry l'orango

Anche per questo quando Ametrano ebbe una notizia che avrebbe preferito non ricevere cominciò a imprecare: al circo cinese avevano un orango, che si chiamava Jerry, 30 anni circa. Un potente primate, che per giunta aveva a che vedere con i cinesi.

La soffiata era arrivata da un lavorante del circo, che aveva letto sul giornale del ritrovamento della cinese dilaniata. Una grossa scimmia? Proprio un orangutan?

Il commissario dovette fare una visita al circo. Si trovava dalle parti di Cascina Gobba, in uno spiazzo abbandonato. Si chiamava Circo Zou.

In realtà il piccolo circo era cinese solo in minima parte, i lavoranti erano italiani e di altri paesi mediterranei. In pochi parvero contenti di vedere entrare nel piazzale una macchina della polizia.

«Nous cerchons un animal, une singe, gros, orangoutan» disse Ametrano in imbarazzo.

«Guardi che io sono italiano, sono di Bitonto».

«Bene, c'è modo di saperne di più su questo orango?».

«Venga con me».

Fu condotto in una roulotte, una specie di ufficio.

Dopo poco arrivò l'orango, che lanciò ad Ametrano

uno sguardo di indifferenza. Con sé portava un lungo pezzo di stoffa.

Vennero presentati: l'orango Jerry dette la mano con educazione al commissario, aveva una presa d'acciaio.

Jerry si mise a lavorare col pezzo di stoffa. Ne assicurò un capo a un gancio sul tetto della roulotte. Poi legò l'altro capo, con un nodo di ottima fattura, alla zampa del tavolo. Si era costruita una specie di amaca, sulla quale si sdraiò, ostentatamente, quasi a far capire che lì la legge la dettava lui.

L'addetto spiegò che Jerry era la mascotte del circo, la sua specialità era quella di intrattenere i bambini.

«È estremamente intelligente: capisce benissimo migliaia di parole, anche in altre lingue, e si esprime senza difficoltà e si fa capire, a gesti, alcuni in codice».

Ametrano ci mise un po' a stabilire con chi aveva a che fare, non sapeva esattamente come comportarsi, non gli era mai capitato di interrogare un orango.

Questo gli fece un gesto esplicito, gli chiese una sigaretta. Ametrano rispose che non fumava. Ci pensò l'addetto, che passò all'orango anche l'accendino. Lui dette una bella tirata, poi si mise a tossire.

Jerry tirò fuori un mazzo di carte (trevigiane), le mescolò e le distribuì: dette tre carte ad Ametrano e tre a se stesso, e ne stese quattro scoperte sul tavolo: era una scopa. Forse che anche Jerry voleva capire con chi aveva a che fare? Con una persona intelligente o un cretino?

Si svolse la partita di scopa: Ametrano non se la cavava male ma Jerry vinse lo stesso. Da quel momento ebbe fiducia in quell'uomo.

A questo punto Ametrano disse a Jerry che gli doveva parlare in segreto. Lui capì perfettamente la parola segreto e si accucciò con aria da complotto, nessuno doveva sentirli. Allora portò fuori Ametrano dalla roulotte e lo fece salire su una macchina scassata, senza targa, che usavano dentro il circo, una vecchia 500. Era riverniciata a mano col pennello, riportava un'enorme scritta: CIRCO ZOU.

Lui mise in moto, e guidando alla perfezione, forse sapeva anche fare la doppietta, condusse Ametrano in un luogo appartato, guardandosi intorno che non ci fossero spie. Poi con un gesto esplicito disse al commissario che poteva parlare.

Ametrano entrò subito in argomento: che motivo poteva avere un animale di mentire?

«It was you to kill the young Chinese girl?» domandò.

Jerry lo fissò negli occhi come se fosse pazzo. Poi sembrò rasserenarsi, scosse la testa e si mise a sganasciarsi dalle risate. Dava pacche sulle spalle ad Ametrano, con una forza pazzesca, e rideva della battuta. Gli oranghi hanno molto senso dell'umorismo. Si sbellicava, facendo ad Ametrano segni di intesa, come a dire: L'hai detta proprio grossa!

Poi Jerry si riprese, indicò Ametrano e con aria interrogativa si toccò col dito una tempia: Ma sei scemo? intendeva dire.

Jerry si fece improvvisamente serio: disse che Jerry non aveva mai ucciso nessuno. Non aveva mai fatto male a nessuno, era contro i suoi principi.

Tu hai figli? chiese Jerry ad Ametrano.

«Sì, una. E tu?».

Jerry rispose facendo il gesto che significa: hai voglia te, quanti ne vuoi. Aggiunse che adesso era troppo vecchio, non gli funzionava più come una volta, e si rimise a ridere.

Rimontarono sulla 500 e tornarono alla roulotte. Ametrano dovette porre all'operatore alcune domande di rito: «Ha visto la scimmia allontanarsi negli ultimi tempi?», «Qualcuno ha interagito con lei?», «L'ha mai vista accennare a comportamenti violenti?».

«Ma lei ha voglia di scherzare. Jerry? Lui detesta la violenza, se vede qualcuno che litiga o che se le dà di brutto interviene all'istante, e fa passare a tutti la voglia di essere aggressivi. Ha una forza che lei non si immagina».

«Questo lo so».

Che rogna, che rogna! pensava Ametrano, che ne aveva altre mille da fare. Come se non bastasse anche nella casa di ringhiera ciascuno aspirava a una quota, anche piccola, di protagonismo. Per esempio Samy prese da parte Ametrano, una sera che tornava alle undici. Gli disse che voleva parlare con lui da sola per un minuto. Ametrano le disse di spostarsi, perché qualcuno poteva vederli, nella fattispecie la Mattei-Ferri, o peggio ancora Sonia.

Samy rivelò che aveva visto qualcosa di strano, la notte scorsa, sul ballatoio prospiciente l'appartamento occupato da Landru. Un'ombra scura di un essere che se ne stava accucciato, nella posizione di un gorilla. Era in giacca e cravatta, e in volto aveva dei tratti mostruosi, forse una maschera con dei denti aguzzi. Insomma, sembrava Mr Hyde. Poi era scomparso, ringhiando.

«Ma sei sicura? Non hai detto che hai visto solo un'ombra?».

«Sì, ma il ringhio l'ho sentito».

«E non poteva essere un cane? Magari uno dei due degli Scemaghi».

«Ah non lo so, sono confusa... ma pensavo di dirtelo, tutto può servire. Ma ho avuto così tanta paura».

Samy sembrava volerla tirare un po' in lungo.

«Va bene Samy, grazie, ne terrò conto, buonanotte. E non lo dire a nessuno, mi raccomando, neanche a Sonia e Marghe».

Ma cazzo, pensò Ametrano entrando in casa: adesso ci voleva anche Mr Hyde. E se Sonia li avesse visti che parlavano appartati li avrebbe scotennati tutti e due.

Ma non era finita qui, appena in casa gli squillò il fisso.

«Buonasera commissario Ametrano, mi scusi l'ora e il disturbo, ma c'era una cosa che nel corso dell'interrogatorio non le ho detto, però ci ho ripensato, e può avere la sua importanza».

«Ma lei chi è?».

«Sono Sebastiano, il futuro medico».

«Ah, dica».

«Beh, si fa presto. Quando ho visto il cadavere per la prima volta all'anulare portava un bell'anello d'oro con un diamante, un grosso solitario. Non me ne intendo ma mi sembrava vero. Beh, dopo un'ora quell'anello non c'era più».

«Beh, è normale che l'abbiano preso quelli del RIS, per analizzarlo».

«Ma dopo un'ora quelli del RIS non avevano ancora cominciato con la morta, erano lì che spargevano polverine».

«La ringrazio per l'informazione. Se la tenga per sé, vedrà che tutto ha una spiegazione».

«Beh, grazie, mi scusi sa?».

«Buonanotte».

E adesso anche l'anello mancante! Ametrano avrebbe voluto fare il maestro di asilo.

5
Uno Yeti a Milano

Per Ametrano lo Yeti di Milano era la goccia che faceva traboccare il vaso. Eppure già da tempo se ne parlava, ed erano molte le persone pronte a testimoniare di averlo visto, nella zona di Lambrate. E per l'appunto Lambrate è piuttosto vicino alla casa di ringhiera di via Accademia.

Pareva che questo essere enorme, a metà fra l'uomo e la bestia, ma forse un po' più sbilanciato sulla bestialità, fosse stato avvistato in quello che rimane degli ex stabilimenti Lambretta e anche vicino alla stazione ferroviaria di Lambrate, che rovistava nell'immondizia, cercando cibo.

Apparentemente non aveva mai infastidito nessuno, però faceva paura a vedersi. Solo una volta pare che avesse distrutto un bar, almeno questo avevano denunciato i gestori, per l'appunto cinesi.

Ognuno lo vedeva a modo suo, ma l'idea generale è che fosse una bestia.

Le descrizioni dello Yeti si differenziavano un bel po', a seconda del soggetto che testimoniava. Unica cosa certa era che fosse enorme, alto più di due metri, e molto peloso, con una barba che gli partiva dalla fronte e scendeva giù coprendogli il volto. Per alcuni somigliava a un gorilla, anche se di pelo rossiccio, per altri a un orso, per altri a Chewbecca.

C'era chi sosteneva che fosse l'uomo Selvadego, sceso giù dalla Valtellina.

Comunque erano tutti d'accordo sul fatto che fosse dotato di una forza straordinaria. Un benzinaio l'aveva visto strappare da terra una pompa della benzina... Per il commissariato era una vecchia conoscenza, perlopiù innocua.

Sullo Yeti c'era una discreta confusione teorica, sia nello schieramento animalista che in quello, chiamiamolo, giustizialista, che portava a delle spaccature interne. Era un animale o un essere umano? O una via di mezzo?

Gli animalisti si divisero in due fazioni, per gli uni lo Yeti era un animale, per gli altri un Homo sapiens. C'erano anche quelli con pareri intermedi. Per l'altro schieramento la difficoltà era più o meno la stessa, si trattava di una bestia o di un essere umano?

E allora cosa fare?

La voce si diffuse con la velocità del fulmine, una volta noto a tutti che la giovane cinese era stata squartata probabilmente da qualcuno o qualcosa dotato di una forza straordinaria.

«Oddio, e se Peluffo ha visto lo Yeti?» pensava la signora Scemaghi.

Ametrano ricevette almeno una decina di persone che avevano da dire la loro sullo Yeti e anche numerose lettere, quasi tutte anonime, di testimoni certi che l'assassino fosse lo Yeti.

«Non può essere stato che lui! Solo lui ha la forza per fare quello che ha fatto».

«L'ho visto in via Porpora».

Ametrano fu costretto a cercarlo. «Va bene ragazzi» disse a due agenti, «andatemi a prendere Gnot Alvise, tanto sapete dove trovarlo, al Palazzo di Cristallo della Lambretta, o nei paraggi».

«Ma capo» replicò l'agente Montanari, «lo sa bene che non è una cosa facile, bisogna essere in tre o quattro. E anche ammesso che riusciamo a metterlo in macchina, poi dobbiamo fare la disinfestazione e farla pulire da una ditta specializzata».

«Prendete un cellulare (si riferiva al furgonato), e sbrigatevi. Lo sapete bene che è l'ultima cosa che desidero fare».

Ametrano conosceva bene Gnot Alvise, che non veniva affatto dalla Valtellina ma dal Friuli (Carnia). Era alto due metri e otto e pesava 150 chili circa. Capelli rossi lunghi e stopposi, un barbone fino all'altezza dello stomaco, un fisico immenso, un carattere difficile e un quoziente intellettivo piuttosto basso. Età circa sessanta. Era lui che chiamavano lo Yeti. Indossava un grosso impermeabile ridotto a una concimaia...

Più di una volta si era accanito contro i semafori, e li buttava facilmente a terra eradicandoli dal suolo. In qualsiasi bar, caffè, piccolo supermercato, negozio di alimentari entrasse, il gestore si affrettava a consegnargli un paio di bottiglie di vino o di brandy del peggiore, a questo riguardo lo Yeti non aveva la puzza sotto il naso.

A proposito di puzza, quella che emanava lo Yeti era insopportabile, non solo perché non curava la sua toeletta in nessuna misura, ma soprattutto perché aveva numerose ferite nelle gambe (procuratesi spesso incappando in vetri rotti o filo spinato) che erano andate in cancrena. Puzzava di cadavere. Avevano provato più volte a portarlo all'ospedale ma lui aveva sfasciato tutto, rifiutando qualsiasi cura. Utilizzava un solo tipo di anestetico, l'alcol.

Fu quello che gli somministrarono gli agenti quando lo trovarono a dormire in una discarica dentro il Palazzo di Cristallo. Gli portarono un paio di bottiglie di vodka da 4 euro, e lui ne scolò una per intero immediatamente. Era l'unico modo di tranquillizzarlo.

«Alvise, devi venire con noi in commissariato. Non fare storie perché sai che poi è peggio. È una cosa veloce, un controllo».

Alvise non fece storie.

In macchina lo misero al centro sul sedile posteriore. L'odore era terribile.

Lo fecero scendere, temendo il peggio, ma lui restò mansueto, dopo aver agganciato la seconda bottiglia di vodka.

Fu portato nell'ufficio di Ametrano, i due si erano già conosciuti. Al commissario venne un conato di vomito, ma si riprese. Non pensava che quell'interrogatorio servisse a niente, lo Yeti con quella faccenda non c'entrava assolutamente, ma era un atto dovuto.

«Se stai buono abbiamo fatto in dieci minuti. Mi capisci?».

Alvise Gnot accennò di sì, anche se la lingua con lui era un problema, non sapeva l'italiano, bofonchiava qualcosa forse in friulano, ma con scarso controllo della fonazione.

Ametrano cercò di farsi capire, e domandò qualcosa a caso, per esempio se lui aveva incontrato ragazze cinesi.

Lo Yeti rispose che sì, ne aveva incontrate, per la strada.

«Ma sei mai entrato in un centro massaggi cinese?».

Alvise cercava di stare attento ma non capiva il senso. Comunque rispose di no.

«Insomma, dov'eri sabato notte, fra le 10 e le quattro di mattina?».

Lo Yeti era tranquillissimo. Estrasse di tasca un foglietto e lo porse al commissario.

«Mi g'ho l'alibi de fero» disse.

Ma questo qui sarà vero che è del tutto rimbambito? si chiese Ametrano. La notte del fattaccio lo Yeti l'aveva passata tutta in cella a Cernusco sul Naviglio, dove l'avevano portato di peso ritrovandolo privo di sensi in mezzo alla strada.

Ametrano telefonò alla caserma di Cernusco, gli confermarono della disgustosa presenza dello Yeti presso i loro locali.

E adesso cosa faccio, pensava Ametrano, un comunicato sullo Yeti innocente? Ma andassero tutti a fare in culo.

Tornando a casa pensava se fosse più intelligente Gnot Alvise o Jerry. Avrebbe scommesso su Jerry: forse Gnot era più furbo, in fondo in fondo, mentre Jerry era più buono di indole. E se uno è intelligente, deve essere per forza buono.

Alla fine Ametrano arrivò a casa esausto e puzzolente, che era abbondantemente passata la mezzanotte. Per l'appunto aveva un appuntamento con Sonia, ma la chiamò e le disse che proprio non ce la faceva, era sfinito e impresentabile.

Dall'altra parte arrivarono tuoni, fulmini e saette!

«Sei solo uno stronzo! E io che mi ero messa tutta in tiro!».

«Mandami una foto, apprezzo molto».

«Vaffanculo, pezzo di merda! Se lo sapevo uscivo per i cazzi miei, non potevi avvertirmi prima? Sei un disgustoso maiale sessista».

Ametrano si era già appisolato con la testa appoggiata al muro.

6
La novità dell'orso

In commissariato si presentò un camionista, il quale aveva da fare una denuncia. Qualcuno, senza che lui se ne accorgesse, aveva sfondato il telone ed era entrato nel vano di carico del camion, un camion di medie dimensioni, facendo un macello delle balle di mais che lui trasportava dalla Val Camonica.

«E quando è avvenuto il fatto?».

«Ieri l'altro».

«E perché sporge denuncia ben due giorni dopo? Adesso cosa vuole che possiamo fare?».

Il camionista raccontò i fatti.

«Mi sono fermato vicino a Edolo, in un bar, a bere una... un caffè, era mattina presto, poi sono ripartito e fino a Milano senza fermarmi più, dovevo arrivare a un magazzino vicino a Lambrate. Ogni tanto sentivo dei rumori provenienti dal cassone, ma non ci ho fatto caso, succede sempre, sa, il camion è un po' vecchio. Ho posteggiato davanti al magazzino, ho preso la bolla e la fattura e sono entrato nell'ufficio amministrativo che era quasi l'ora di pranzo. Guardi, commissario, sulla bolla c'è scritto 6 quintali e invece erano 16, ma sa, son cose che si fanno. Mi son messo a ciarlare con la segretaria, una simpatica. Quando un quarto d'ora dopo sono uscito con gli operai e il muletto per scaricare ho visto che il telone dietro era aperto. E dentro? Dentro era un disastro. Le balle erano state aperte, sbranate, dilaniate. Qualcuno, o qualcosa, aveva avuto il tempo per tentare di aprirle tutte. Oh Santa Madonna! Un disastro!».

«E perché ha aspettato due giorni a sporgere denuncia?».

«Ma, sa, nel nostro settore bisogna muoversi con i piedi di piombo. Ho telefonato alla ditta che mi ha consegnato i materiali e questi mi hanno detto di aspettare, dovevano controllare...».

Fu data un'occhiata nelle riprese con le telecamere del magazzino.

Non si vedeva granché, ma qualcuno, grosso, era sceso dal camion: un'ombra scura.

«Ma cosa ci avevi a bordo, i cinghiali? Un orso?».

«Ecco, un orso, quello sì. Nelle montagne di Brescia ce ne sono, e li hanno visti anche a Edolo. Ma porca miseria, pensavo, proprio un orso mi doveva salire dietro. E adesso dove sarà? Poi abbiamo chiamato la polizia, ed eccoci qua, io devo fare la denuncia, se no l'assicurazione...».

Questo orso, per ora, non l'aveva visto nessuno, ma la notizia si diffuse rapidamente, la minaccia dell'orso a Lambrate, e cominciarono a fare la loro comparsa nuovi testimoni.

«E come se non l'ho visto, in via Rombon».

«Si aggirava nei giardinetti di piazza Gobetti».
«Mamma mia che paura!».
La mattina dopo un quotidiano dedicò una pagina intera all'orso di Milano, probabilmente di provenienza straniera.
«Basta con gli orsi che vengono dall'estero, abbiamo già abbastanza problemi con i nostri!».
Continuarono gli avvistamenti, al commissariato arrivavano telefonate e segnalazioni.
«In questo momento è nel Parco della Lambretta».
Ancora? Che fosse d'accordo con lo Yeti? Si capivano fra di loro?
«L'ho visto a San Babila», «Ho una foto, in corso Buenos Aires», «Adesso è all'Ortica», «È entrato nella nostra formaggeria e ha rubato una forma intera di gorgonzola».

Anche l'orso no! imprecava dentro di sé Ametrano. E ora come la mettiamo con la massaggiatrice dilaniata?
Vi furono controlli e ispezioni dappertutto, Protezione Animali, Centro Naturalistico specializzato della Val Camonica, naturalisti e zoologi, polizia cinofila, ecc.: risultati nessuno, neanche tracce, eppure in molti giuravano di averlo visto, proprio dalle parti di via Porpora.

La città era in subbuglio, soprattutto nei quadranti est. Si scatenarono schieramenti contrapposti: uno, di ex cacciatori e nostalgici, che sosteneva che basta, è finita la pacchia per gli orsi, occorre mobilitarsi per eliminarli. Alcuni di questi recuperarono il fucile, pericolosamente caricato a pallettoni, e battevano le strade molto agguerriti. Dall'altro versante stavano gli amici dell'orso, i quali si sarebbero immolati per salvargli la vita, bloccando il traffico e inscenando altre iniziative che avevano il privilegio di far incazzare anche i cittadini disinteressati, i quali immediatamente si schieravano con i «cacciatori di orsi».

All'autopsia il medico aveva forti dubbi: molto difficilmente poteva essere stato un orso a uccidere la cinese. Non che non sia in grado di farlo, ma le ferite, le lacerazioni, i morsi, le unghiate...

La palla dell'orso sarebbe passata a qualcun altro, ma Ametrano non la abbandonò del tutto: poteva risultare utile.

Ognuno diceva la sua sulla presenza dell'orso, e si scatenarono i maestri della credulità, dell'ignoranza, del complottismo: «E tu credi che a noi ce la raccontino giusta? Loro lo sanno benissimo dov'è l'orso in questo momento, e loro sono pronti a sfruttare l'occasione».

«Ma loro chi?».

«Loro, no?».

Alcuni giurarono di averlo visto solcare la Brianza, passando da Cologno, Monza, Montevecchia, Parco del Curone, Schilpario, e sempre più a nord, verso i suoi territori, l'Adamello.

Poteva fare molti chilometri al giorno. Era vero? Ametrano non lo credeva, ma andava bene così.

Peraltro in molti continuarono a pensare che l'orso non fosse per niente andato via da Milano e che fosse ancora in pericolosa circolazione.

Molta gente si manteneva in guardia. E come non associare la presenza dell'orso, proprio da quelle parti, all'uccisione della massaggiatrice cinese?

7
Supplemento d'indagine

Ametrano doveva fare il punto della situazione, e c'erano molti dettagli di cui non era per niente convinto, c'era bisogno di un supplemento d'indagine. Non si sa perché aveva la sensazione che se c'era da cercare qualcuno fosse meglio farlo dentro la casa di ringhiera, e non fuori.

Per prima cosa chiamò lo zoologo, per dare un'occhiata al luogo del ritrovamento: questo aveva già visto il cadavere della donna all'obitorio, avendo qualche dubbio che a ucciderla potesse essere stato l'orso. Sul set del crimine le tracce erano confuse, di plantigradi o di primati che fossero.

Il commissario dovette dunque tornare al centro massaggi, riaperto da poco. Si fece accompagnare dalla signora Xing, poteva servire anche da traduttrice: lei fu chiara sul fatto che disponeva di non più di un'ora, aveva un aereo da Linate per Francoforte. Nel centro massaggi, guarda caso, non c'era nemmeno un cliente.

La Xing consegnò ad Ametrano un documento, in cinese, tanto per mostrare che da lei era tutto in regola.

Al documento era attaccata una fotografia in bianco e nero, della Li.

Sembrava una di quelle stampe che attori e cantanti si portano dietro, già autografate, per i loro fan. E anche questa foto era autografata. La ragazza somigliava a una star del cinema, una bellissima Shiwan Li da giovane.

Mostrarono la foto alle altre ragazze. La Xing traduceva.

Una disse che quella stava sempre per conto suo, e che aveva vestiti molto costosi. E anche un cliente personale, che andava solo da lei. Un'altra disse che quella si dava delle arie, come se venisse da un altro mondo.

Ametrano chiese se qualcuno avesse notato un bell'anello al dito della Li. Nessuna delle ragazze rispose di sì, ma parevano reticenti. Fra l'altro si era informato: nessun anello era stato trovato al dito della ragazza, anche se forse sulla pelle dell'anulare c'erano tracce che potevano far pensare che lei di norma portasse un anello. Ma che cazzo, se lo sono fregato quelli del RIS?

La Xing disse che lei non sapeva niente, non era lei che reclutava il personale.

«E chi è che recluta il personale?».

«Un mio collaboratore a Shanghai. Lo può contattare qui. Gli dirò di collaborare». La Xing parlava un ottimo italiano, con una lieve cadenza milanese.

Ametrano si guardò intorno, da quel posto non avrebbe cavato un ragno dal buco.

Già che era lì passò un attimo dagli Scemaghi, i

quali non avrebbero avuto alcuna possibilità di essere d'aiuto, ma occorreva sapere come stava Peluffo.

Questo era ancora sotto shock, o perlomeno così dava a vedere. Quando arrivò il commissario proruppe in un pianto sibilante, il ricordo era ancora troppo vivido. Adesso l'ultima ipotesi era quella dell'orso – la storia dello Yeti ormai era superata – ma Ametrano non ebbe il coraggio di interrogare il cane, magari mostrandogli la foto di un grizzly.

Il signor Andrea Scemaghi domandò, distrattamente, se c'erano novità dal centro massaggi cinese.

«No, niente di nuovo, soltanto un muro di gomma».

La signora Scemaghi buttò un'occhiata al marito in tralice, non si sa se perché si disinteressava di Peluffo o per altri motivi.

«Dottore, pensa che potremmo costituirci parte civile?».

«E perché?».

«E chi ci indennizzerà mai per i danni subiti?».

Ametrano si chiese se valesse la pena visitare ancora l'architetto Sommariva e signora, e decise che non la valeva. Se avessero avuto qualcosa da dire si sarebbero presentati loro.

Invece l'architetto ci rimase quasi male: «Come mai da noi non è passato? Eppure vede che ci sono le luci accese. Forse pensa che noi non abbiamo nulla da dirgli?».

«Perché, noi abbiamo qualcosa da dirgli?».

«Io no, ma lui come fa a saperlo?».

«Ma che cazzo dici?».

«Oppure ci tiene d'occhio, su di noi mantiene un profilo diverso».
«E perché dovrebbe tenerci d'occhio?».
«E che ne so io...».
«Ah, tu sai sempre tutto».
«Ma che dici, fai polemica?».
«Ah, perché secondo te io non so che tu al centro massaggi ci sei andato?».
«Ma che cazzo dici!».
«E se ti avessi visto?».
«Hai visto qualcun altro, sei matta?».

Ametrano non si soffermò neanche dal professore, detto Landru, perché questo gli aveva comunicato di trovarsi all'estero, in Germania, ma che restava a incondizionata disposizione. In ogni caso, a suo dire, non aveva alcuna novità da comunicare. L'inquirente alla visione di Samy neanche ci pensava.

Dunque Ametrano visitò Olga Mattei-Ferri, l'unica sulla quale nutriva qualche speranza. Se c'era qualcosa di nuovo lei lo sapeva, soprattutto sui frequentatori del centro massaggi. Eppure neanche lei disponeva di novità interessanti.

Per esempio non aveva visto nessun orso maschio entrare nella corte della casa di ringhiera.
«Ma che fa, mi prende per il culo?».
«Non ci faccia caso, non ci faccia caso...».
Forse c'era un'unica cosa, della quale si era dimenticata la volta precedente.

C'era un frequentatore assiduo delle massaggiatrici, che entrava camuffato, come se non volesse farsi riconoscere. Il che non era del tutto incomprensibile.

«Camuffato in che modo?».

«Bah, un cappottone, o una gabbana, e un cappello di pelliccetta, di quelli con i paraorecchi. E gli occhiali da sole».

«Grosso, basso?».

«Né grosso né particolarmente piccolo. Normale».

Ametrano rifletteva e improvvisamente chiese alla Mattei-Ferri: «Senta, me lo dica senza remore: lei ha mai visto nessun abitante nel nostro condominio recarsi al centro massaggi?».

La Mattei-Ferri guardò Ametrano con un'aria un po' indecisa.

«Beh, sì, forse uno sì».

«E chi sarebbe?».

«Ma come chi sarebbe, e me lo chiede lei a me? Ma è lei, no?».

«Io?».

«Eh sì, proprio lei. Gliel'ho detto perché me l'ha chiesto. Si è trattenuto circa 50 minuti. Ma stia sicuro che non lo dico a nessuno».

Ametrano non ne era sicuro per niente. Sapeva benissimo che nel giro di dodici ore lo avrebbe saputo nei dettagli l'intero condominio.

In effetti una volta Ametrano al centro massaggi cinese c'era veramente andato, e ci aveva passato un'oretta. L'avevano chiamato per dirimere una questione, un cliente non voleva pagare perché insoddisfatto del trattamento. Dopo lunghe discussioni – il commissario fu edotto su cosa consisteva il trattamento e quali erano i motivi dell'insoddisfazione – convinse il cliente a pagare, ma anche le cinesi a praticare uno sconto del 20 per cento. Alla fine le due parti concordarono.

Una signorina chiese ad Ametrano se voleva approfittare di un massaggio anche lui, gratuitamente. «Pisellino?».

Ametrano declinò l'offerta. E se lo avesse saputo sua moglie? E adesso, se lo avesse saputo Sonia? E lui era certo che lo avrebbe saputo, e avrebbe pensato che non era stata l'unica volta.

Per ultimi Ametrano bussò alla porta dei coniugi Gnutti-Sapelli, o meglio Sapelli-Gnutti come c'era scritto sulla targhetta. Questi ci misero del tempo ad aprire e accolsero il commissario malvolentieri.

«Solo qualche domanda, cinque minuti» li rassicurò lui.

Loro risposero in maniera brusca.

«Noi non sappiamo niente di niente, e non abbiamo visto niente di niente». A dire il vero parlava solo la moglie.

«Beh, vi si chiede soltanto un minimo di collaborazione. Magari avete incrociato qualcuno o qualcosa che per voi non significa niente, ma che a noi può essere utile. In fondo lo sapete che nella corte della vostra residenza c'è stato un omicidio, anzi, un femminicidio».

«È morta una massaggiatrice cinese e sono fatti loro. A noi non interessa niente. E non ci piace che la polizia venga a casa nostra a fare domande insinuanti. Chissà che cosa pensa la gente. Come se fossimo criminali. E noi non passiamo il nostro tempo alla finestra a spiare quello che succede e chi passa di qui».

«Ma guardi che sto parlando con tutti gli inquilini, sono soltanto conversazioni informali, tanto per fare un tentativo».

«Glielo ripeto. Non sappiamo niente di niente. Arrivederci».

Che stronzi questi due, pensava Ametrano. Erano di quelli che credono che dove non c'è guadagno c'è rimessa. Che cosa ci guadagniamo noi? Eppure i due si guardavano in modo strano, fra l'attesa e il rincrescimento. Il signor Gnutti sembrava sul punto di dire qualcosa, sua moglie fremeva. Poi cedette e fece: «Avanti diglielo, che cosa aspetti?».

«Sei sicura?».

«Sì, diglielo».

«Beh, vede dottore, in effetti una cosa da raccontare ce l'ho».

«E cioè?».

«Io l'orso l'ho visto»

«E dove? E quando?».

«Qui, nella corte della casa di ringhiera, il giorno prima (o due) del ritrovamento della cinese».

«E perché non l'ha detto subito?».

«Perché credevo di aver avuto un'allucinazione. Mi

avrebbero preso tutti per matto. Che ci faceva un orso in via Porpora?».

«Esatto, che ci faceva?».

«Si aggirava per la corte. Erano le dieci di sera. Rovistava dappertutto, poi si è avvicinato al centro massaggi, c'erano ancora le luci accese...».

Ametrano era strabiliato.

«Ma lei sarebbe disposto a depositare in questura la sua testimonianza? Potrebbe essere decisiva».

Gnutti guardò la moglie che parve fare un cenno di assenso.

«Sì».

8
La bestia umana

«Vabbè, chiudiamola qui».

Ametrano era perfettamente d'accordo.

«La morte della Li pare essere riferibile a un agguato esercitato da un animale di grosse dimensioni, forse un primate o un plantigrado, che ha agito con le mani, disponendo di un'enorme forza muscolare. Nella non ristretta comunità cinese l'abitudine di conservare animali selvatici non è una novità, ma nel nostro caso è noto da dove possa esser sopraggiunto un simile animale. Lo stesso avrebbe trascinato la Li nel cortile della casa di ringhiera in via Accademia 14, nascondendola in un ambiente chiuso, uno stretto corridoio».

«Si tratta di un orso, fortuitamente arrivato a Milano dopo essere salito su un camion in partenza dalla Val Camonica. Tutto ciò risulta dalla denuncia dell'autista, tal Delogu, il quale doveva consegnare il suo carico di mais, distrutto dall'orso, in un magazzino di Milano Est. Come risulta anche dalle osservazioni autoptiche dello zoologo dottor Montagna "le tracce rinvenute sul corpo della vittima non escludono la possibilità di essere compatibili con l'eventualità di essere state prodotte da detto plantigrado", rapidamente scomparso».

«C'è una testimonianza, tale bestia, in fuga a Lambrate, è stata vista da inquilini della casa di ringhiera dove è stato ritrovato il corpo della vittima. Gli orari coincidono. È l'unica testimonianza attendibile che abbiamo. E i coniugi Gnutti non mi sembrano persone che vogliono mettersi in mostra a tutti i costi».

«Eh, chissà quell'orso in questo momento dov'è, dottore. Lo sa che gli hanno dato anche un nome?».

«Dottore la chiamo io a lei, dottore. Lei si limiti a chiamarmi Signor Giudice. Comunque è il nostro mestiere».

«Pare che l'orso sia scomparso e sia tornato nella sua montagna. Ci sono già testimoni che assicurano di averlo visto, lungo il suo percorso. Ci sarà un po' di casino fra animalisti e allevatori, ma poi chi ne parlerà più? Un allevatore sostiene di aver visto la bestia, un grosso maschio parrebbe, e chiede di essere risarcito per quattro agnelli. Non sarà l'unico, ma a noi questo non interessa».

Ametrano non disse più niente. Pensava a cosa potesse aver combinato quel camionista col suo carico di mais, e cosa si era inventato. Perché ha aspettato due giorni? Avrà chiesto come comportarsi.

«Insomma, dottor Ametrano, lei a quest'ipotesi che sia stata la bestia a uccidere la povera Shiwan Li non ci crede per niente».

«No, non ho detto questo. Una cosa me la chiedo: perché mai un animale dovrebbe scegliere la più bella del pollaio? Che gliene importa a lui? Ha altri gusti. Questo succede nelle storie criminali. Oppure in cazzate come King Kong, che si è innamorato di Jessica Lange che era la metà del suo membro eretto. Se è stata una bestia è stata una, forse più di una, bestia umana».

«Non saprei, posso anche essere d'accordo con lei, comunque non le dispiaccia se le faccio notare che la bestia umana è un'altra cosa, è il treno».

«Il treno?».

Ametrano era perplesso sulla soluzione adottata, ma d'altronde aveva passato fin troppo tempo su una cinese uccisa. Sì, ci sarebbe stato qualche problema fra i difensori degli orsi e quelli che li volevano fare fuori. Un orso assassino a Milano? E il caso era chiuso. Secondo la versione definitiva l'orso, dopo aver colpito a Lambrate ed essersi aggirato un po' per i dintorni, se ne era fuggito, e facendo più di sessanta chilometri al giorno era tornato sull'Adamello, come da segnalazioni. A quel punto erano tutti cazzi del Centro di Protezione Faunistica della Val Camonica, e del Comitato Italiano di Salvaguardia dell'Orso, che si ritrovavano sul gobbo un orso assassino che probabilmente era all'oscuro di tutto, nei suoi boschi dell'Adamello. Ma la gente seguiva le proprie linee di ragionamento: «Salviamogli la vita!», «Giustiziamolo!».

Un'ultima informazione forse vale la pena di aggiungerla. In un tardo pomeriggio si rifece vivo Sebastiano da Margherita con un mazzo di fiori, assai più bello del precedente. Si scusò per la brutta figura che aveva rimediato l'altra volta, almeno potevo stare zitto, pensava fra sé. Margherita fu assai contenta, ma non resistette a comunicare a Sebastiano che la piadina che aveva mangiato era fatta con lo strutto. «E lo squacquerone poi, altro che anacardi!».

«Infatti avrai notato quanto ne ho mangiato. Vedi, io non sono affatto vegano. Ho fatto finta per fare un po' il tirella e fare impressione su di te. Sai, funziona sempre, e poi non mancano mai gli argomenti di cui parlare».

«E tutte quelle cazzate sugli animali?».

«Balle, adoro molti animali, soprattutto i felini. Dai gatti al leopardo delle nevi. Hai visto le foto? Sono irresistibili e adesso vanno molto di moda. Hai visto che zampotte che hanno?».

«E la coda? È talmente lunga che la usano per coprirsi il muso quando fa freddo».

«Che amori... Senti, io ho un certo appetito, che ne dici se andiamo in un posto che conosco io vicino a Porta Romana a mangiare l'ossobuco?».

«Mi tenti, mi tenti forte. Ma dimmi, perché volevi far colpo su di me?».

«Beh, perché...».

Essere umanimali

di

Gianfranco Marrone

«Gli animali si dividono in: *(a)* appartenenti all'Imperatore, *(b)* imbalsamati, *(c)* ammaestrati, *(d)* lattonzoli, *(e)* sirene, *(f)* favolosi, *(g)* cani randagi, *(h)* inclusi in questa classificazione, *(i)* che s'agitano come pazzi, *(j)* innumerevoli, *(k)* disegnati con un pennello finissimo di pelo di cammello, *(l)* eccetera, *(m)* che hanno rotto il vaso, *(n)* che da lontano sembrano mosche». La citazione è tratta, si sa, dalle *Altre inquisizioni* di Jorge Luis Borges, che la attribuisce al dottor Franz Kuhn, il quale a sua volta dice d'averla tirata fuori da un'antica enciclopedia cinese dal titolo *Emporio celeste di conoscimenti benevoli*. Si sa pure che Michel Foucault la usa per aprire quel suo capolavoro che è *Le parole e le cose*, rilevando come il comico disorientamento che questa bizzarra tassonomia suscita indichi, in generale, l'enorme quantità di problemi logici insiti in ogni *mathesis* pretesa *universalis*. Può un insieme contenere se stesso come elemento? Bertrand Russel ha insegnato che assolutamente non è pensabile. Per carità. Un animale favoloso che da lontano sembra una mosca può aver rotto un vaso, essere una delle innumerevoli sirene in giro per il mondo, agitarsi come un pazzo ed essere disegnato con un pennello finissimo? Evidentemente sì, al di là di ogni conoscimento benevolo.

Già Borges del resto – che architetta l'enciclopedia cinese a proposito di un fantomatico idioma analitico di tale John Wilkins, atto a inventare un linguaggio capace di articolare alla perfezione, appunto, il nesso fra parole e cose – arriva a conclusioni assai radicali: «notoriamente, non c'è classificazione dell'universo che non sia arbitraria e congetturale. La ragione è molto semplice: non sappiamo cosa è l'universo». E riporta a tale proposito alcune affermazioni di quel cauto ottimista che fu David Hume: «Il mondo è forse l'abbozzo rudimentale di un dio infantile che lo abbandonò a metà dell'opera, vergognandosi della sua esecuzione deficiente; è fattura di un dio subalterno, del quale gli dèi superiori si burlano; è la confusa produzione di una divinità decrepita, tenuta in disparte, che è già morta». Invertendo l'ordine del ragionamento: l'universo è stato fatto male, dunque di esso non sappiamo nulla, dunque è impossibile classificare le sue parti costitutive, dunque, quando lo si fa, si cade in paradossi logici tanto patetici quanto risibili. Col che, tornando al mondo dei viventi, se ne ricava che è impossibile classificare gli animali perché di essi non sappiamo nulla, essendo stati creati, forse, da un dio che è insieme infantile, subalterno e decrepito. Mica male.

Ecco una serie di nomi propri e citazioni dotte, voci e discorsi che, ritardando la partenza d'ogni ragionamento sensato sugli animali, ci dice qualcos'altro. Più che classificare gli animali al loro interno, il problema è forse che loro stessi sono frutto di un'implicita, precedente ripartizione: quella che li separa da noi, animali sì ma umani, di modo che la classe animale, in barba al grande logico inglese, per principio contiene se stessa come elemento... Occuparsi degli animali è allora occuparsi di noi, bestie più di loro, che non solo non ne sappiamo nulla ma per giunta ci consideriamo a essi superiori più per superbia innata che per insipienza procedurale. Basterebbe modificare affetti e preconcetti, e confrontarci con un'evidenza troppo spesso bandita: viviamo tutti – umani e non umani – già da sempre in un mondo comune, i cui statuti sono scritti non nel Grande Libro della Natura, supposto che esista, ma da un qualche Parlamento delle Cose, potere legislativo insieme sociale e biologico, storico e fisiologico che prescrive e vieta, permette e tollera le varie possibili forme di convivenza fra specie, classi, tipi, individui.

***

La letteratura, immaginando racconti che intersecano certi caratteri antropomorfi degli animali con i parecchi sistemi culturali che li trasformano, tutto questo lo ha sempre saputo. Più che la parola comune, ha detto tanto a questo riguardo.

Così sembra che in Bitinia, da un po' di tempo in qua, si faccia fatica a trovare dei buoni censori. Aumenta da quelle parti «il bisogno di censura» ma non si trovano persone in grado di svolgere il lavoro che ne deriva. Si tratta, dicono, di un'occupazione ben remunerata ma pericolosa per la salute fisica e psichica. Gli esseri umani non vogliono saperne. Si prova con l'automazione. Epperò le macchine compiono parecchi errori, incastrando innocenti o lasciandosi talvolta sfuggire tremendi malfattori. Si passa ai mammiferi. Ma cani, cavalli e scimmie mostrano eccessiva sensibilità e intelligenza per un'operazione tutto sommato routinaria. Si ripiega sui polli, che si rivelano perfetti per la censura di massa, economicamente vantaggiosi e facilmente condizionabili. Problema felicemente risolto: le galline verranno impiegate in tutti gli uffici censori del Paese. E il racconto si chiude assodando – autoreferenzialmente – la felicità della scelta:

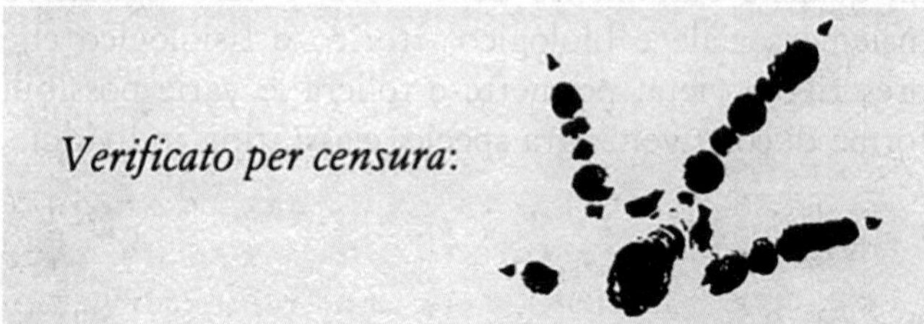

A raccontare questa storia, qualcuno l'avrà riconosciuto, è Primo Levi (gran lettore di Borges) in un breve testo intitolato *Censura in Bitinia*. Levi ha scritto parecchio sugli animali, reali o inventati che fossero, e soprattutto sulla violenza che – analogamente alla ferocia degli umani, sommersi o salvati che siano – caratterizza il loro mondo: «come ignorare i pazienti e crudeli agguati dei ragni, la raffinata chirurgia con cui (altro che vivisezione!) certe vespe paralizzano i bruchi, vi depositano dentro un singolo uovo, e vanno altrove a morire, lasciando che la larva divori a poco a poco l'ospite ancora vivo? [...] e che dire dei felini, splendide macchine per uccidere? e dell'astuzia perfida del cuculo, assassino dei suoi fratellastri appena schiusi nell'uovo?».

Ma qui c'è dell'altro: c'è un mondo comune dove, a partire da una precisa esigenza politica (la censura), animali umani e non umani si trovano a convivere e a cooperare in una medesima società. C'è in essa una precisa scala gerarchica: uomini –> macchine –> mammiferi –> polli. La quale però va a farsi benedire dato che le galline si rivelano essere i soggetti più capaci nell'esprimere un giudizio di valore sulle parole degli uomini, censurandole se del caso. Tutto passa al loro vaglio, nulla sfugge. Perfino il racconto in questione. Ma cosa sarà stato censurato? Possiamo esser certi che quel che leggiamo corrisponde a quel che l'autore voleva raccontarci? O ci sono degli omissis? Tutto è possibile e nulla lo è. Quel timbro finale sarà dunque stato effettivamente inserito da un pollo o da qualcuno o qualcosa che finge di esserlo?

Anche qui un'indeterminazione cognitiva, una vertigine non molto diversa da quella suscitata dalla supposta enciclopedia cinese.

***

Ma pensiamo anche alla scimmia che, in un noto racconto di Franz Kafka, tiene una relazione accademica narrando come nell'arco di pochi anni sia riuscita a diventare un uomo, colto e raffinato quanto basta per poter tenere, appunto, una conferenza in università. Catturato da alcuni bracconieri in Africa, viene trasportato in Europa, venduto a un circo, dove diviene un attore acclamato, un elegante signore capace di stare in società. In questo lungo racconto, la maggior parte del tempo è dedicata a riferire nei dettagli di tale metamorfosi invertita rispetto a quella, più nota, di Gregor Samsa: là dove quest'ultimo da umano diventava animale, qui accade il contrario non senza una certa ironia rispetto al modello teorico evoluzionista darwiniano. Per Pietro il Rosso, questo il nome della scimmia per via della peluria che comunque mantiene, trasformarsi in essere umano è l'unico modo per sfuggire alla prigionia. Nel corso della lunga traversata in nave verso Amburgo sta rinchiuso in una gabbia dove le sbarre di ferro gli penetrano le carni. Lui dà le spalle ai marinai, incupito. Finché, distrutto, decide di cambiare posizione, si gira verso l'universo degli uomini e comincia a osservarne gli strani – per lui – comportamenti. Li studia: sputare, fumare la pipa, grattarsi la pancia, bere fiumi di alcol, parlare... ai suoi occhi sono gesti senza senso. Ma lui impara poco a poco a imitarli, a ripeterli pedissequamente. Riesce subito a sputare, a grattarsi, poi a fumare, poi ancora a ingurgitare del rum, infine a parlare. Mentre fa tutto questo, viene osservato dai marinai, che si divertono da matti vedendo come la scimmia riesca a imitarli. «Ma che vittoria [...] quando una sera, davanti a una cerchia di spettatori numerosa [...] afferrai una bottiglia di acquavite abbandonata per distrazione davanti alla mia gabbia, tra la crescente attenzione della compagnia la stappai come da manuale, la portai alla bocca e, senza esitazione, senza storcere la bocca, da provetto bevitore, con gli occhi a palla, il gargarozzo che oscillava su e giù, la bevvi realmente ed effettivamente fino in fondo; non più da disperato ma da artista, e gettai via la bottiglia; dimenticai di carezzarmi il ventre; in compenso però, perché non potevo fare diversamente, d'impulso, perché i miei sensi erano inebriati, gridai brevemente e semplicemente. "Olà!", proruppi in un suono umano; con questo grido balzai dentro alla comunità degli uomini e ne udii l'eco: "ascoltate, parla!", come un bacio in tutto il mio corpo fradicio di sudore». Così, la scimmia crede di comportarsi da umano, via via sempre meglio. Per farlo fa quel che è tipico, stereotipicamente, delle scimmie: scimmiotta gli umani, facendosi spettacolo per loro. Fa cioè quel che gli umani si aspettano da lui: diventare un fenomeno da baraccone, al punto da finire, guarda caso, giusto in un circo, dove la sua bravura sarà assai apprezzata.

Cosa sarà successo effettivamente? Pietro racconta la sua versione dei fatti, dice d'esser divenuto umano, in fretta ma seguendo la logica darwiniana. Il lettore coglie invece il punto di vista degli umani, ed è lecito che si domandi: ma Pietro sarà effettivamente diventato un uomo, o ha sempre recitato scimmiottandolo, cioè restando in tutto e per tutto una scimmia, imitando alla perfezione gli umani? Insomma, quella che leggiamo è una relazione accademica o un numero da circo? Ogni versione dei fatti, nel testo di Kafka, può essere accettata: non è che evapori la verità, semplicemente si raddoppia il punto di vista, provocando, anche questa volta, una vertigine cognitiva. Ogni volta che si prova a entrare nel merito del rapporto fra uomo e animale va a finire così.

***

Si dirà: ma questa è fiction, fantasia letteraria, immaginazione non verificabile; nella realtà quotidiana sappiamo distinguere molto chiaramente uomini e bestie, umani e non umani; è un'evidenza! Replicheremo che è proprio e soprattutto la scienza, quando studia l'animale, a problematizzare le cose, a stare più dal lato di Levi e Kafka – due nomi fra mille –, negando l'evidenza e cioè, giustamente, tralasciando il senso comune sempre in agguato nei nostri cuori prima ancora che nelle nostre menti.

L'etologia, disciplina che sa problematizzare se stessa, divisa com'è tra indagini sul campo ed esperimenti in laboratorio, s'è posta per esempio il problema dell'imitazione, della supposta capacità delle scimmie di scimmiottare uomini e cose. Che cosa significa imitazione? Di che tipo di competenza si tratta? La questione, costitutiva del pensiero e soprattutto dell'estetica occidentali, è tutt'altro che ovvia. Per Pietro il Rosso sembrava trattarsi di un'operazione lenta e prolungata ma tutto sommato semplice. Sputare è sputare, bere è bere. Ma, a ben pensarci, siamo certi che si tratti di una capacità cognitiva semplice (dunque praticabile anche dagli animali) oppure invece è cosa problematica (che richiede una intelligenza troppo umana)? Si capisce che quest'ultima domanda è mal posta, perché presuppone già quel che vuol dimostrare, ossia la separazione ontologica fra animali intelligenti (gli uomini) e altri che lo sono assai meno (le bestie).

Charles Darwin, da par suo, aveva notato come un gruppo di api usasse nutrirsi dalla corolla aperta di un fagiolo nano. All'arrivo di uno sciame di bombi (per intenderci, api bicolori assai pelose) che praticavano un foro sotto sotto il calice del fiore e raccoglievano il nettare succhiandolo, avevano però trasformato il loro comportamento, imitando i bombi con grande risparmio di energie e un forte guadagno di cibo. Nessun istinto naturale, dunque, negli animali, ma una straordinaria capacità di adattarsi all'ambiente imitando specie similari più perspicaci ed efficienti... Analogamente i gorilla, dicono gli etologi, scortecciano in modo meticoloso piante ricoperte di spine, come hanno visto fare a specie affini di quadrumani, per ricavarne il succo. Per non parlare degli orangutan, i quali per plagiare i comportamenti che vedono negli uomini lavano i piatti, fanno il bucato, si spazzolano con cura, lavano i denti, travasano la benzina da una tanica di metallo al serbatoio di un'automobile. Altre indagini rivelano che le cinciarelle, osservando le azioni umane, sapevano togliere il tappo dalle bottiglie di latte consegnate sulle soglie di casa degli inglesi. La società del latte, costernata, provò a cambiare i tappi, e loro riuscirono a eliminare anche quelli.

L'idea che gli animali siano esseri naturali, sempre uguali a se stessi per ragioni genetiche, si dilegua. Si capisce che la domanda naturalista tipica – *do apes ape?* – presuppone, da un lato, il pregiudizio per cui solo gli uomini saprebbero farlo e, dall'altro, l'idea anch'essa preconcetta per cui gli animali sono rappresentanti in miniatura di vizi e virtù, qualità e difetti tipicamente umani. Pietro il Rosso, sempre lui, cercava una via di fuga, e l'ha trovata facendo finta di – o riuscendo effettivamente a – trasformarsi in essere umano; cosa che per Gregor Samsa, protagonista di un'avventura complementare, si rivelava micidiale. La metamorfosi è la norma, ed è sempre e comunque a partire dalla presenza, non foss'altro che in negativo, della specie umana, dai suoi sistemi di valori.

Così gli zoologi hanno per esempio fatto molta fatica nel considerare pertinente per il loro orizzonte di indagine l'omosessualità degli animali, come per esempio è accaduto a proposito di certi pinguini ospitati nello zoo di Edimburgo ai primi decenni del Novecento. Li si osservava mentre si accoppiavano, nel senso che passavano parecchio tempo assieme a spulciarsi o cenare accanto, e da questo s'era stabilito che si trattava di coppie eterosessuali. S'è poi scoperto che non era affatto così, e che questi eleganti uccelloni intrattenevano relazioni sessuali sia fra individui dello stesso sesso sia fra individui del sesso opposto: non erano dunque omosessuali più di quanto fossero eterosessuali. Semplicemente, per loro il sesso non era legato alla riproduzione e alla conservazione della specie ma al piacere fine a se stesso. Cosa che, se in un primo tempo fu considerata scandalosa, patologica, contro natura (per evidente influenza religiosa), con l'emergere della rivoluzione *queer*, alla fine del secolo, fu invece salutata con entusiasmo: anche in natura c'è dell'insolito. Da qui l'espandersi delle indagini etologiche ad altre specie animali, scoprendo che babbuini, macachi, gallinelle, ghiandaie, gabbiani o insetti si comportavano con la medesima disinvoltura morale dei pinguini scozzesi. Per non parlare dei celebri bonobo, che nella West Coast dei favolosi Seventies sono diventati l'emblema della rivoluzione sessuale prima, del *peace and love* dopo, della *new age* catartica a fine millennio.

***

Chiediamoci: lo sguardo situato dell'etologo influenza le sue scoperte o, viceversa, la natura via via messa in luce si impone fino a cambiarlo? Presupposizione reciproca. Ma non di natura si tratta, a dire il vero, dato che numerosi studi successivi hanno dimostrato come i generi animali siano molto meno statici di quanto non si pensasse, dato che individui e gruppi della medesima specie – corvi, maiali, uccelli, scimmie di vario tipo – hanno atteggiamenti diversi a seconda dei codici a tutti gli effetti culturali cui rispondono, sia per quel che riguarda i comportamenti sessuali sia per altro: hanno tradizioni artigianali, canti diffusi, pratiche di caccia, alimentari, farmaceutiche e dialettali che variano da luogo a luogo, da periodo storico a periodo storico, da situazione a situazione, anche e soprattutto in relazione con quell'altra specie animale con cui entrano spesso in relazione, vale a dire l'animale umano. Esistono culture animali al pari di quelle umane, nonché società complesse dove umani e non umani convivono in modo più o meno conflittuale, più o meno contrattuale.

Quando a casa teniamo un pet, lo portiamo in giro pulito e pettinato, lo accompagniamo dal veterinario e dal parrucchiere, gli compriamo le migliori scatolette di mangime rigorosamente biologico, lo stiamo a tutti gli effetti trattando come un parente, non molto diversamente da quella tribù amazzonica degli Achuar dove si considerano le scimmie nane che circondano i loro villaggi come cognati cui prestare cura – senza mai affidare loro, però, le chiavi di casa. Oggi, ma forse da sempre, le relazioni sociali di parentela includono gli animali, nostri primi cugini, nipoti acquisiti, quando non figli di seconde nozze. Un tempo l'animale era uno strumento di lavoro, di trasporto, di servaggio; oggi intrattiene con noi relazioni di affetto. Non si comprenderebbe l'animalismo, il vegetarianismo, il veganesimo, il fruttarianesimo e via dicendo senza presupporre questa palese rivoluzione antropologica che ci porta a essere, senza saperlo, tutti animisti. Sarà il caso di farcene una ragione.

***

La fantascienza che avevamo gettato fuori dalla porta ritorna così dalla finestra, là dove le recenti indagine di zoologi, etologi, antropologi animali, filosofi di punta mettono ben in evidenza come, se gli animali hanno un linguaggio e una coscienza, come dire un'anima, noi saremo appunto divenuti animisti mentre loro avranno ottenuto un'espressività diffusa, forse una capacità estetica. Una serie di nuove scienze sono pronte a dimostrarlo.

Che cos'è per esempio la geolinguistica? Si tratta di quel ramo – tanto patafisico quanto verosimile – della scienza del linguaggio per il quale gli esseri umani non sono affatto gli unici viventi del pianeta capaci di comunicare con strutture grammaticali e sintattiche complesse, cangianti nel tempo e nello spazio. Fra i geolinguisti ci sono ricercatori serissimi che studiano le espressioni letterarie, poetiche e narrative di animali e loro avatar, le loro forme di scrittura, di mitologia, di romanzo. Ne è nata un'area di studi autonoma, con proprie associazioni accademiche e riviste di settore, chiamata terolinguistica, che si propone di individuare forme espressive, generi letterari, tipi di testo e di discorso che gli animali praticano da milioni di anni a dispetto della supposta (biblica ma assai saccente) predominanza degli umani nel Creato. I pipistrelli comunicano? Bene, mica lo fanno solo per scambiarsi informazioni, per dirsi l'essenziale. Con buonissima probabilità hanno anche loro canti d'amore e di lavoro, forme d'ermetismo poetico, retoriche e argomentazioni che se pure noi umani non capiamo, è piuttosto per un limite nostro (lo diceva già Montaigne) e non per incapacità di questa e di quella specie vivente.

Abbastanza assodato, per esempio, il fatto che i vombati – sia quelli comuni (*vombatus ursinus*) sia quelli pelosi (*vombatus latifrons*) – producano forme d'arte sofisticatissime e fortemente espressive usando le feci. Le quali, strano ma vero, sono ineccepibilmente cubiche: e non per conformazione intestinale, come pure a lungo gli scienziati hanno sostenuto, ma per esigenza d'espressività, per un'intenzionalità comunicativa variegata dove la funzione referenziale (inviare messaggi) si accompagna spesso con quella fàtica (mantenere un contatto sociale), conativa (persuadere o dettare ordini), metalinguistica (riflettere sui propri codici) o, appunto, poetica (giocare con i segni). Chi ha detto che i sistemi di significazione debbano passare per la sonorità, per la capacità fonatoria, e dunque per l'udibile? Ci sono innumerevoli altri codici che usano materie espressive di tutti i tipi (legate ai movimenti del corpo, interni ed esterni, ai comportamenti, ai rituali, agli ornamenti, al cibo…) per produrre significati d'ogni genere: letterari come filosofici, storiografici come scientifici.

La creatività è a trecentosessanta gradi. Da cui, ma sono pochi campioni fra i mille possibili, la poesia pamphlettistica delle formiche, le mitologie fantasy dei ragni, la versificazione vibratoria della cicala muta, o anche, passando al regno vegetale, l'epica lirica del lichene, la poesia passiva della melanzana, il romanzo tropico del girasole, senza dimenticare il genere – se pure considerato minore – del romanzo poliziesco redatto dal papavero quand'è nella morsa dei prodotti fitosanitari. La letteratura comparata allarga moltissimo il proprio campo di investigazione, divenendo inevitabilmente multispecie. Che il polpo fosse furbetto lo sapevamo già dai tempi dei greci: adesso ci tocca ricostruire i dispositivi formali della sua arte della furtività, del suo innato senso del camouflage.

Così, altre discipline ancora si affacciano nell'arena dei saperi contemporanei, non si sa bene se nel campo delle scienze della natura o di quelle sociali. Per esempio la teroarchitettura, la quale, sarà già chiaro, è lo studio non solo degli habitat basilari delle varie specie viventi (si pensi, per dirne una, agli alveari) ma anche delle molteplici infrastrutture create dalle bestie: strade, cunicoli, segnaletiche, monumenti, corridoi migratori e così via. Scopriamo in tal modo che le caverne abitate a migliaia di migliaia dai pipistrelli (ancora loro) sono bazzecole rispetto ai monumenti funerari dei surmulotti o alle sculture effimere della liturgia del lutto fabbricate dai corvi delle Hawaii, oppure ancora – bellissimi – ai villaggi-museo di cocci di vasellame costruiti dal polpo comune nella baia di Porquerolles. Anche qui, le storie e le geografie dell'architettura hanno di che espandere i propri interessi, di modo che le piramidi e i castelli, i ponti sospesi e i grattacieli, le *villes nouvelles* o le unità abitative di un Le Corbusier finiscono per apparire come esiti imperfetti di progettualità troppo umane. Il mondo dei viventi è molto, molto più ricco di soluzioni architettoniche, nonché di creazioni ingegneristiche.

Fermiamoci qui: di che stiamo parlando? Fantascienza verosimile o farneticazioni para-borgesiane? Entrambe le ipotesi sono possibili, come sapeva la scimmia di Kafka.

GIANFRANCO MARRONE

Note

Il racconto di Jorge Luis Borges citato, «L'idioma analitico di John Wilkins», sta in *Altre inquisizioni* (Milano, Feltrinelli 1973), e le due citazioni specificamente alla p. 105. Il testo di Primo Levi «Censura in Bitinia» sta in *I racconti* (Torino, Einaudi 1996) e la citazione a p. 67. Il racconto di Franz Kafka può essere letto nel volumetto *Una relazione per un'Accademia*, con testo originale a fronte, a cura di Micaela Latini e Ginevra Quadrio Curzio, Milano, La vita felice 2022, con una introduzione di Micaela Latini.

Le informazioni e le osservazioni circa il nesso fra culture animali e scienza etologica si trovano nei lavori di Vinciane Despret, e soprattutto in *Quando il lupo vivrà con l'agnello* (Milano, Elèuthera 2004) e *Che cosa rispondono gli animali... se facciamo le domande giuste?* (Casale Monferrato, Sonda 2018).

Per molte delle questioni qui trattate si rimanda al mio *Nel Semiocene* (Roma, Luiss U.P. 2024).

Indice

Questo volume è stato stampato
su carta Arena Ivory Smooth
delle Cartiere Fedrigoni
nel mese di novembre 2024
presso la Leva srl - Milano
e confezionato
presso IGF s.p.a. - Aldeno (TN)

La memoria

Ultimi volumi pubblicati

1301 Andrea Camilleri. Un sabato, con gli amici
1302 Victoria Kielland. I miei uomini
1303 Emilienne Malfatto. Il colonnello non dorme
1304 Alicia Giménez-Bartlett. La donna che fugge
1305 Gioacchino Lanza Tomasi. Lampedusa e la Spagna
1306 Maria Orsini Natale. Francesca e Nunziata
1307 Samir Machado de Machado. Il crimine del buon nazista
1308 Yokomizo Seishi. Il detective Kindaichi e la maledizione degli Inugami
1309 Dolores Hitchens. La gatta ha dato l'allarme
1310 Maria Judite de Carvalho. Tanta gente, Mariana
1311 Marco Malvaldi, Samantha Bruzzone. La regina dei sentieri
1312 P.G. Wodehouse. Alla buon'ora, Jeeves!
1313 Graham Greene. L'americano tranquillo
1314 Gaetano Savatteri. La Magna Via
1315 Alberto Stabile. Il giardino e la cenere. Israele e Palestina nel racconto di un albergo leggendario
1316 Fabio Stassi. Bebelplatz. La notte dei libri bruciati
1317 Giorgio Manganelli. Il vescovo e il ciarlatano

1318 Antonio Manzini. Il passato è un morto senza cadavere
1319 Simon Mason. Un omicidio a novembre
1320 Ludwig Hohl. La salita
1321 Alessandro Barbero. Romanzo russo
1322 Tommaso Pincio. Panorama
1323 John Julius Norwich. Storia di Venezia. Dalle origini al 1400
1324 Anthony Trollope. I figli del duca
1325 Andrea Camilleri. Vi scriverò ancora
1326 Claude Lévi-Strauss. Babbo Natale giustiziato